FOLIO BIOGRAPHIES

collection dirigée par

GÉRARD DE CORTANZE

Diderot

par

Raymond Trousson

Gallimard

Crédits photographiques

1, 14 : RNM – R.-G. Ojéda. 2, 4 : Archives Gallimard Jeunesse. 3, 8, 9, 10 : Bridgeman-Giraudon. 5, 6 : Leemage – Selva. 7 : RMN-G. Blot. 11 : RMN-J -G. Berizzi. 12 : RMN-H. Lewandowski. 13 : RMN-D. Arnaudet. 15 : RMN-Th. Le Mage.

Raymond Trousson, professeur émérite de l'Université libre de Bruxelles et membre de l'Académie royale de langue et de littérature françaises de Belgique, est l'auteur de nombreux ouvrages consacrés au siècle des Lumières et particulièrement à Rousseau (*Jean-Jacques Rousseau*, Tallandier, 2003 ; *Jean-Jacques Rousseau raconté par ceux qui l'ont vu*, Le Cri, 2004) et Diderot : *Images de Diderot en France, 1784-1913*, Champion, 1997 ; *Diderot ou le vrai Prométhée*, Tallandier, 2005 ; *Diderot jour après jour. Chronologie*, Champion, 2006. Avec Roland Mortier, il a aussi dirigé l'élaboration du *Dictionnaire de Diderot*, Champion, 1999. Comparatiste, il est également l'auteur du *Thème de Prométhée dans la littérature européenne*, Droz, 2001, et de *Voyages aux Pays de nulle part. Histoire littéraire de la pensée utopique*, éditions de l'Université de Bruxelles, 1999.

Chercher sa voie

Au début du XVIIIe siècle, à Langres, petite cité de quelque huit mille âmes, il y avait beau temps que l'on connaissait les Diderot. Le premier est mentionné dès 1438 dans les listes du receveur de la ville. Depuis, la lignée a donné des ouvriers, des bonnetiers, des tailleurs, des paysans, des cordonniers, des huissiers, des couteliers surtout, nombreux dans cette région riche en fer. Gens modestes, probes, laborieux et prosaïques qui n'ont laissé de traces que dans les minutiers et les registres de baptême. Du solide, de l'économe, du tout le monde. Nul haut fait, nul acte mémorable ; rien que cette transmission obstinée, absurde, de la vie pour qu'un jour, loin en aval, paraisse le premier Diderot qui fera du bruit.

Du côté maternel, les Vigneron, on est plutôt tanneur, mais souvent aussi ecclésiastique. Un oncle de l'écrivain est chanoine, un autre curé, et il y a aussi deux grands-oncles chanoines, et puis un autre encore, mais Diderot celui-là, frère dominicain. C'est que la cité est dévote : processions et saluts, prières publiques et dévotion au Saint-

Sacrement rythment l'existence quotidienne, comme dans tant d'autres villes de province. La vie y est bien un peu monotone et après l'office du dimanche, on n'a guère, pour tuer le temps, que la promenade sous les tilleuls du parc de Blanchefontaine.

Le 19 janvier 1712, Didier Diderot, maître coutelier né le 14 septembre 1685, épouse Angélique Vigneron, treizième enfant d'un marchand tanneur, née le 12 octobre 1677, union bénie par le propre frère de la mariée. Ce n'est pas fréquent à l'époque, Didier a vingt-sept ans, Angélique trente-cinq. Les nouveaux époux ne sont pas riches, mais leur situation financière les classe parmi les artisans à l'aise.

Leur descendance aurait pu être nombreuse, mais la mortalité infantile est élevée et sur sept enfants, trois seulement survivront. En novembre 1712 naît un garçon, mort presque aussitôt. Le deuxième est Denis, l'écrivain, né le 5 octobre 1713 au n° 9 de la place Chambeau — aujourd'hui place Diderot — et baptisé le lendemain en l'église Saint-Pierre. Vient ensuite, en janvier 1715, Denise, que Diderot nommera affectueusement « Sœurette ». Une Catherine meurt en août 1718, âgée de deux ans environ, une Catherine encore naît en avril 1719 et mourra elle aussi en bas âge. Puis ce fut une autre fille, Angélique, en avril 1720, qui devait se faire ursuline et mourir folle à vingt-huit ans. Un second garçon, Didier-Pierre, naquit enfin en mars 1722[1*].

* Les notes bibliographiques figurent en annexe, p. 323.

Discret sur lui-même, Diderot n'a guère laissé de confidences sur les siens. Il semble avoir eu pour sa mère une grande affection, quoiqu'il la cite rarement. Angélique Vigneron s'éteignit à soixante et onze ans, le 19 octobre 1748, et sa disparition, alors qu'il ne l'avait plus vue depuis cinq ans, l'affligea profondément. On ne sait rien d'elle, sinon qu'elle dut l'entourer de tendresse. D'où ce cri, en 1770, dans le *Voyage de Bourbonne* : « Ô toi, qui réchauffais mes pieds froids dans tes mains ! Ô ma mère… Que je suis triste ![2] »

De son père, au contraire, Diderot parle toujours avec respect et admiration, en dépit de tout ce qui les opposait. Et Dieu sait s'ils étaient différents, l'artisan respectueux des traditions, soucieux de son autorité, profondément croyant, et le fils impatient de tous les jougs, matérialiste et athée !

Travailleur et économe, Didier Diderot put acquérir quelques vignes et terres et laissa à sa mort environ six mille livres de rente. Capable et honnête, il s'était spécialisé dans la fabrication de lancettes, de scalpels et autres instruments de chirurgie et jouissait dans son métier d'une réputation qui n'avait d'égale que son intransigeante probité. Charitable sans ostentation, pleuré par les pauvres qui suivirent son convoi en 1759, il était d'une piété un peu étroite et populaire peut-être, mais sincère et sans bigoterie. Dans la mémoire de son fils, c'est l'artisan qui a laissé son empreinte, et il regrettait que le vieillard ne fût pas venu à Paris, où il l'eût fait camper, dans le style de Greuze,

« dans ses habits d'ouvrier, la tête nue, les yeux levés vers le ciel, et la main étendue sur le front de sa petite-fille qu'il aurait bénie[3] ». Diderot sera toujours aussi fier de son père coutelier que l'était Rousseau de son père horloger. Chez l'un et l'autre, c'est le même respect de leurs origines.

Avec le temps et l'éloignement, le mythe se construira dans le souvenir de Denis, qui fera de Didier le personnage central de l'*Entretien d'un père avec ses enfants*, conscience scrupuleuse, sage respecté, fort d'une vie de probité et, l'âge venant, il aimera penser qu'il lui ressemble. Quelles qu'aient été ses raisons de leur déplaire, ses parents ont compté pour Diderot, et comme il s'attendrit lorsqu'en 1770, revenu à Bourbonne et à Langres et se remémorant le passé, sa jeunesse si peu conforme aux espoirs des siens, il s'écrie, s'exagérant à lui-même ses fautes : « Il est minuit. Je suis seul, je me rappelle ces bonnes gens, ces bons parents ; et mon cœur se serre quand je pense qu'ils ont eu toutes les inquiétudes qu'ils devaient éprouver, sur le sort d'un jeune homme violent et passionné, abandonné sans guide à tous les fâcheux hasards d'une capitale immense, le séjour du crime et des vices. [...] J'ai fait le malheur de mon père, la douleur de ma mère, tandis qu'ils ont vécu[4]. »

Diderot a peu parlé des autres membres de sa famille. Il n'a rien dit de son grand-père, qui était son parrain et ne mourut qu'en 1726, rien non plus de ses nombreux oncles, tantes et cousins, et rien encore sur ses deux sœurs nommées Catherine, l'une et l'autre mortes très jeunes. Rien enfin sur cette Angélique, novice chez les ursulines de Langres, dont le destin tragique trouvera son écho dans *La Religieuse*.

Il n'en va pas de même de Denise, la dévouée « sœurette », de deux ans sa cadette, qui lui survivra jusqu'en 1797. Peu instruite, très pieuse, elle était bon sens et jugement, au point que son frère la traitait en riant de « Socrate femelle ». Jamais elle ne quitta Langres et elle mourut vieille fille, gérant les biens de la famille avec compétence. C'est elle qui, quinze mois durant, soigna le vieux coutelier jusqu'à son dernier soupir. Diderot l'aimait comme elle était, bougonne, grondeuse et rieuse à la fois.

Avec son frère Didier-Pierre, c'est autre chose. Caractère sec et dogmatique, il deviendra chanoine de la cathédrale et ne pardonnera jamais à Denis sa scandaleuse philosophie. Les deux frères auront plus d'une aigre querelle et ne s'aimaient guère, Denis jugeant Didier déformé par une foi sectaire et chagrine. Certes, il remplissait sans restriction ses devoirs de prêtre, charitable jusqu'à se dépouiller lui-même, mais il inspirait le respect, non l'affection. Au fil des années, les liens se distendront jusqu'à la rupture.

On ne saura pas grand-chose de l'enfant Diderot. Tout au plus, grâce à sa fille, apprend-on qu'à l'âge de trois ans, mené pour son édification devant le gibet de la colline des Fourches pour assister à une exécution, il en fit une jaunisse. Ses premières études, il les fit à Langres, au collège jésuite devenu, par un paradoxe qui l'eût fait sourire, le lycée Diderot. Vieille bâtisse, discipline stricte, enseignement traditionnel fondé sur la vieille *Ratio studiorum*. Beaucoup de latin, très peu de grec, guère de mathématiques, l'enseignement des sciences repoussé jusqu'à la classe de philosophie. Diderot se revoit ici et là comme un élève turbulent, mais brillant, qui apprenait sans peine, mais déjà impatient de secouer le joug du *magister dixit*. Indiscipliné, la férule lui pèse. Lassé, il prétendit renoncer aux études et se faire coutelier. Le caprice dura une semaine et Denis reprit ses livres et retourna au collège en disant : « J'aime mieux l'impatience que l'ennui[5]. » Après tout, les jésuites, bons pédagogues, ne l'ont pas mal formé, du moins pour les lettres anciennes : excellent latiniste, il saura commenter Virgile et Horace, Perse, Sénèque ou Lucrèce ; helléniste — qualité beaucoup plus rare — il sera fervent lecteur d'Homère, de Platon et du théâtre grec. Il a raconté son triomphal retour d'une distribution des prix, les bras chargés de livres et le front couronné de lauriers. Le coutelier l'attendait sur le pas de la porte : « Du plus loin qu'il m'aperçut, il laissa son ouvrage et s'avança sur sa porte et se mit à pleurer. C'est une belle chose qu'un homme de bien et sévère qui pleure ! »

S'il voulait justifier les espérances de ses parents, il fallait bien d'ailleurs qu'il fût bon élève. L'oncle chanoine de Denis était pourvu d'une lucrative prébende. La piété n'excluant pas une carrière rémunératrice, on avait songé à lui réserver la succession de Didier Vigneron. Le 22 août 1726, Denis reçut donc la tonsure « par provision », premier degré de la cléricature pour lequel il suffisait de savoir lire et écrire et d'avoir été instruit des principales vérités de la religion. Diderot fut donc abbé, ce qui n'autorisait pas à conférer les sacrements, mais seulement à porter culotte noire, manteau court et rabat blanc et surtout à prétendre à un bénéfice ecclésiastique. Le 19 avril 1728, sentant sa fin prochaine, le chanoine résigna sa prébende en faveur de son neveu, mais les membres du chapitre contestèrent son choix et le mirent en demeure de désigner un autre héritier. Obstiné, Vigneron convoqua un notaire apostolique, confirma sa décision en présence de deux témoins et expédia à Rome un mandataire. Hélas, l'oncle trépassa le 20 avril avant que le Vatican eût approuvé sa décision[6]. « Et voilà, conclut plaisamment Diderot dans l'*Entretien d'un père avec ses enfants*, un canonicat et dix-huit cents francs perdus. »

Ces belles espérances ruinées, il fallait poursuivre ses études. Le coutelier jugea le moment venu de mener son fils à Paris. Il ne savait pas qu'il consacrait ainsi la rupture définitive de Denis avec une province où il ne reviendra que bien rarement. Sachant son père malade, mais étant lui-même retenu à Paris par les difficultés de l'*Encyclopédie*, il écrira en mai 1759 à Grimm, de passage à Langres : « J'étais absent quand ma mère mourut. Mon père mourra sans m'avoir à côté de lui. » En effet : le maître coutelier Didier Diderot s'éteindra quelques jours plus tard sans avoir embrassé son fils.

Si les années langroises de Diderot sont mal connues, on n'est guère mieux loti pour celles qui s'étendent du départ de sa ville natale à son mariage.

On n'est même pas trop sûr de la date de ce grand départ. A-t-il fait sa rhétorique à Langres en 1728-1729 ou à Paris ? Et dans ce cas, où son père l'avait-il inscrit ? Selon sa fille, Mme de Vandeul, au collège d'Harcourt, janséniste. Mais dans sa *Lettre sur les sourds et muets*, Diderot dit avoir eu pour maître le père Porée, qui enseignait à Louis-le-Grand. C'était, dit-il, « il y a trente ou quarante ans », soit en 1721, quand il avait huit ans, soit en 1711... quand il n'était pas encore né. Manifestement, il cherchait à brouiller les pistes et à cacher l'identité de l'auteur de la *Lettre*. En outre, Diderot a fait l'éloge de Dominique-François Rivard qui professait les mathématiques à Harcourt. Bref, Diderot peut donc avoir fait sa rhétorique chez les jésuites et ses deux années de philosophie chez les jansénistes.

Et après ? On a cru longtemps qu'il s'en était tenu là, mais on sait aujourd'hui qu'il a mené à terme un cycle complet de théologie à la Sorbonne[7]. Il l'avait confessé lui-même : « J'arrive à Paris. J'allais prendre la fourrure et m'installer parmi les docteurs de Sorbonne[8]. » Le 6 août 1735, l'Université lui délivra l'attestation certifiant qu'il avait achevé, non seulement les deux années de philosophie menant à la maîtrise, mais aussi trois années de théologie, diplôme qui le mettait en état de prétendre à un bénéfice ecclésiastique. Et c'est chose faite dès le 6 octobre lorsqu'il sollicite sa présentation à l'évêque de Langres. Une fois nommé, il fallait solliciter l'inscription sur le registre du greffe des insinuations ecclésiastiques de son diocèse et renouveler la procédure chaque année. Il ne le fit pas. Quand il reçut, le 13 décembre, son statut de gradué nommé, il fallait choisir. Diderot décida d'en rester là.

Depuis qu'il avait fallu oublier le canonicat de l'oncle Vigneron, Denis avait suivi sans maugréer la volonté de ses parents. Pourtant, dès ses études de philosophie, il paraît avoir eu peu d'intérêt pour la théologie et la métaphysique. « Ses maîtres, dit-il de lui-même, ne parvinrent jamais à vaincre son dégoût pour les frivolités de la scolastique. On lui mit entre les mains des cahiers d'arithmétique, d'algèbre et de géométrie qu'il dévora. Entraîné par la suite à des études plus agréables, il se plut à la lecture d'Homère, de Virgile, du Tasse et de Milton, mais en revenant toujours aux mathématiques[9]. »

S'il a cependant poursuivi ses études de théologie, c'est sans doute pour obéir au vœu de ses parents et parce qu'elles devaient le mener à une carrière, du reste embrassée sans enthousiasme, non parce qu'il en avait la vocation. Il devait bien reconnaître, dans le *Salon* de 1765, sa fascination pour la pompe des manifestations religieuses, la ferveur populaire de la Fête-Dieu, le spectacle de la procession des prêtres en habits sacerdotaux et portant le Saint-Sacrement, mais si cette émotion est profonde, elle est alors esthétique et non plus religieuse.

On imagine la déception des siens, mais que faire, sinon laisser prendre à l'insoumis une autre voie. Le barreau, peut-être ? Quelques mois durent s'écouler, ce qui finit par irriter. Denis logeait alors chez un coutelier langrois nommé Foucou. Le 23 mai 1736, le père de Diderot lui fit savoir qu'il ne lui rembourserait plus un sou des dépenses occasionnées par son fils si le jeune homme s'obstinait à refuser d'entrer chez un procureur[10]. On le fourra donc dans une étude : « Il y demeura deux ans », dit sa fille[11]. Si Diderot s'efforça alors de prendre son mal en patience, il ne mordit pas plus à la chicane qu'à la théologie. Très peu pour lui. Au diable les livres de droit et les recueils de procédure, rapporte Mme de Vandeul : il dérobait à son patron tout le temps qu'il pouvait pour se livrer à ses chères mathématiques, aux lettres, à l'étude du latin, du grec, de l'italien, de l'anglais. Son procureur s'en plaignit. Le coutelier mit son fils en demeure de choisir une fois pour toutes : médecin, procureur ou avocat. Laissez-moi réfléchir, répondit Denis. Mis au pied du mur, il finit par déclarer qu'il ne voulait être ni avocat, ni procureur, ni médecin. Le père répliqua par un ultimatum : prendre un état ou rentrer à Langres. Ni l'un ni l'autre, trancha Diderot, qui planta là son procureur. Ainsi bravé, son père, comme dans un drame bourgeois, lui coupa les vivres. Denis, dira sa fille, allait passer « dix ans entiers livré à lui-même, tantôt dans la bonne, tantôt dans la médiocre, pour ne pas dire la mauvaise compagnie, livré au travail, à la douleur, au plaisir, à l'ennui, au besoin ». Dix ans ? C'est beaucoup, s'il a tenu deux années chez son procureur, mais peut-être bien quatre ou cinq.

Désormais, il fallait chercher pitance. Puisqu'il aimait tant les mathématiques, pourquoi ne pas les enseigner ? Il se dénicha donc des galopins en mal d'algèbre ou de géométrie, mais le métier ne lui allait guère. De temps à autre se présentait une aubaine. Ce fut le cas lorsqu'il rencontra un missionnaire en partance pour les colonies portugaises. En panne d'inspiration, le saint homme lui commanda six sermons à cinquante écus pièce et Diderot s'en souvenait comme d'une des bonnes affaires de ce temps-là.

Son père tenait bon, non sans se voir mis de temps à autre à contribution, car, lorsque des amis du coutelier passaient par Paris, ce gredin de Denis leur soutirait de petites sommes, que le brave homme remboursait en pestant. Dans son testament, il évaluera à plus de dix mille écus les dépenses consenties de 1730 à 1750 pour ce fils indocile. Sa mère lui fit, en cachette, à deux ou trois reprises, parvenir quelques louis par l'intermédiaire d'une servante au grand cœur qui faisait à pied les soixante lieues qui séparent Langres de la capitale.

La misère ? Au moins une existence précaire et parfois l'estomac criant famine. Aussi lui faut-il recourir à des expédients dont il riait encore dans sa vieillesse. Le père de Diderot connaissait à Paris un carme déchaussé, frère Ange de Sainte-Marie-Madeleine[12]. Un beau jour, Diderot s'en fut frapper à la porte de son couvent et laissa entendre une nostalgie du calme, de la paix des cloîtres. Mais n'était-il pas de son devoir, avant de répondre à cet appel, de réunir les douze cents francs nécessaires pour tirer du péché une malheureuse créature qui, sans lui, tournerait mal ? Le moine paya, comptant se faire rembourser par le père. Quelque temps après, Denis revient à la poule aux œufs d'or et attrape huit ou neuf cents francs. Quelques semaines encore et il se dit prêt, mais peut-il entrer en religion sans un trousseau décent ? Flairant enfin le coquin, le moine promet le trousseau en nature. Ce fut la fin de l'appel d'En-Haut : « Frère Ange, lui dit mon père, vous ne voulez donc plus me donner d'argent ? — Non assurément. — Eh bien, je ne veux plus être carme ; écrivez à mon père et faites-vous payer[13]... »

Denis devait rire de sa filouterie en la contant à ses amis. On aimerait savoir qui ils étaient, mais aucun témoignage ne nous est parvenu sur ses fréquentations, et peut-être a-t-il hanté les lieux où se rencontraient des bohèmes pas trop recommandables. Il a connu en tout cas le peu scrupuleux La Morlière, l'auteur d'*Angola*, escroc aux allures de bravache, qui paraît dans *Le Neveu de Rameau*, ou le misanthrope Fougeret de Montbron, l'auteur de *Margot la ravaudeuse*, qu'il nomme « un tigre à deux pieds ».

La bohème laisse du temps libre. Féru de mathématiques, Diderot fréquentait le cours public ouvert par André-Pierre Leguay, dit Prémontval, où il rencontra un autre mathématicien, un nommé Gousse, de son vrai nom Louis-Georges Goussier, à qui il fera place dans *Jacques le Fataliste*, bonhomme excentrique qui lui procurait gratis des livres « empruntés » à la bibliothèque d'un docteur de Sorbonne[14].

Et des livres, il n'en avait jamais assez, en ces années où paraissent quelques-unes des grandes œuvres du siècle : Voltaire, Montesquieu, Destouches, *La Métromanie* de Piron et la *Sylvie* de Landois, Fontenelle ou *Le Spectacle de la nature* de l'abbé Pluche. Et encore les *Lettres chinoises* du marquis d'Argens, les romans de Prévost, Crébillon, Duclos... Il revenait aussi, sans jamais s'en lasser, aux Grecs et aux Romains, à Homère et Virgile qu'il portait toujours dans sa poche, écrit-il dans le *Salon* de 1767. « Plusieurs années de suite, reprend le *Plan d'une Université*, j'ai été aussi religieux à lire un chant d'Homère avant de me coucher, que l'est un bon prêtre à réciter son bréviaire. » Il y a aussi ce Platon qu'il traduira en prison à Vincennes. Et il lit dans le *Théâtre des Grecs* de Brumoy, Sophocle, Euripide et même Eschyle, le plus « barbare » des tragiques anciens. Chez les Latins, Horace, Sénèque, Tacite, Lucrèce, Térence, vingt autres. Des grands auteurs de son siècle, Diderot est celui qui doit le plus à l'Antiquité, le seul qui sache le grec. C'est Diderot qui réhabilitera Sénèque, qui corrigera une édition de

Lucrèce, qui commentera des passages difficiles d'Homère, d'Horace et de Virgile, qui fera l'éblouissant éloge de Térence.

Les nouvelles du jour, il les apprend au café, au Procope, en face de la Comédie-Française, où se pressent nouvellistes et curieux et où l'on rencontre Piron, Marmontel ou Dorat et des acteurs, tandis qu'à la Régence, il observe les joueurs d'échecs, alors que des mouchards laissent traîner une oreille, saisissant ici et là quelques propos interdits. Il est aussi passionné de théâtre et récite à haute voix les grands rôles de Molière et de Corneille. Et puis, quelle tentation que ces actrices que, dit-il, « je trouvais infiniment aimables et que je savais très faciles » : la Dangeville, ou la Clairon, ou la Gaussin, qui triompha dans la *Zaïre* de Voltaire.

Pensait-il à écrire ? Profession instable pour qui n'a ni sou ni maille. En 1749, au lieutenant de police, il dira avoir collaboré aux *Observations sur les écrits modernes* de l'abbé Desfontaines, pour qui il a pu, moyennant rétribution, bâcler quelques comptes rendus. La seule certitude est une *Épître à M. Bas...*, c'est-à-dire l'abbé Basset, publiée en janvier 1739 dans le *Mercure de France*, poésie légère qui n'annonçait pas un talent hors pair. Il dit aussi s'être occupé, vers 1739, d'un commentaire sur Newton, et avoir préparé la formule générale et les tables mathématiques destinées à un traité de trigonométrie et de gnomique publié en 1741 par Antoine Deparcieux[15]. Ce n'est pas grand-chose.

Courait-il les filles ? « Les mœurs de mon père, assure Mme de Vandeul, ont toujours été bonnes ; il n'a de sa vie aimé les femmes de spectacles ni les filles publiques. » Mais dit-on tout à sa fille ? Bien plus tard, en août 1765, il confiera sans ambages à Sophie Volland : « Les premières années que je passai à Paris avaient été fort dissolues ; le désordre de ma conduite suffisait de reste pour irriter mon père, sans qu'il fût besoin de le lui exagérer. Cependant la calomnie n'y avait pas manqué. On lui avait dit... Que ne lui avait-on pas dit[16] ? » Pas de fumée sans feu, à condition de ne rien exagérer. Le jeune Diderot n'est pas un saint, mais il n'a pas donné non plus dans la débauche.

Il l'avoue tout de même, il était grand, bien découplé, aimant à rire et lorgnant les filles. Il s'en souvient avec gourmandise dans ses *Essais sur la peinture* : « Des lèvres vermeilles bien bordées, une bouche entrouverte et riante, de belles dents blanches, une démarche libre, le regard assuré, une gorge découverte, de belles grandes joues larges, un nez retroussé, me faisaient galoper à dix-huit ans[17]. » En 1758, il dira sans fausse modestie : « Où est le temps que j'avais de grands cheveux blonds qui flottaient au vent ? Le matin, lorsque le col de ma chemise était ouvert et que j'ôtais mon bonnet de nuit, ils descendaient en grandes tresses négligées sur des épaules bien unies et bien blanches ; et ma voisine se levait de grand matin d'à côté de son époux, entrouvrait les rideaux de sa fenêtre, s'enivrait de ce spectacle, et je m'en apercevais bien[18]. »

D'autres souvenirs sont moins innocents et concernent des aventures dont Diderot n'entretenait sans doute pas Angélique. Deux fois au moins, il courut le risque d'être « poivré », comme on disait alors. D'où ce soupir : « Ah ! que la Vénus des carrefours m'est hideuse ! » Vertu ou prudence ? Il confesse n'avoir jamais pu penser au mal vénérien « sans avoir la chair de poule ». Les Ninons cariées n'étaient pas son affaire.

Un jour, l'occasion s'offrit de prendre un emploi stable. Un receveur des finances cherchait un précepteur pour ses enfants. Diderot tint trois mois, raconte sa fille. Pris du matin au soir, il ne lisait plus rien et ne voyait plus personne. Il rendit son tablier et retourna à ses errances.

Se fit-il réflexion que cette existence ne menait nulle part ? Crut-il devoir faire une fin en embrassant la carrière ecclésiastique à laquelle il avait naguère renoncé ? Il rencontrait parfois Pierre La Salette, un Langrois ami de son père, ancien contrôleur des fermes et mégissier, lequel donnait, de loin en loin, des nouvelles de Denis. En août 1741, il laisse à entendre que le fils prodigue a résolu d'entrer à Saint-Sulpice le 1er janvier prochain. Ou bien était-ce encore un tour de sa façon ?

Car vers la même époque, il a fait une rencontre décisive. En 1691, un certain Ambroise Champion, « manufacturier d'étamine », avait épousé, alors qu'elle avait quinze ans à peine, Marie de Malleville, fille d'un gentilhomme du Mans ruiné, et était mort en 1713 en laissant les siens dans le besoin. Il avait eu d'elle six enfants dont la cadette,

Anne-Toinette, dite Nanette, née le 22 février 1710. Seule et sans ressources, la veuve s'établit à Paris chez une amie et mit Nanette en pension au couvent des Miramiones, quai de la Tournelle.

À la mort de celle qui l'hébergeait, Marie Champion et sa fille âgée de seize ans subsistèrent d'un petit commerce de lingerie et dentelles en chambre. Nanette a reçu des religieuses l'éducation élémentaire qui convenait à une fille sans fortune et n'a aucune curiosité intellectuelle. Elles vivaient tranquilles, attentives à leur réputation de femmes seules. « Ma mère, dit Mme de Vandeul, était grande, belle, pieuse et sage. » Quelques commerçants lui avaient offert le mariage, mais elle avait préféré sa liberté à un mari qu'elle n'aurait pas aimé. C'est alors que parut Diderot.

Selon sa fille, qui enjolive un peu ou répète le roman narré par ses parents, il s'en vint par hasard, en 1741, loger dans une chambrette de la même maison. Connaissance est bientôt faite, Denis s'empressant de rendre ou de demander de menus services. Inquiètes des cancans, les deux femmes firent d'abord quelque difficulté à recevoir un homme de son âge, mais après tout, n'allait-il pas entrer au séminaire ? On se rapprocha donc sans méfiance et le mal inévitable fit des progrès. Diderot se déclara. Mme Champion jugeait bien qu'épouser ce jeune homme sans ressources et apparemment sans avenir n'avait pas de sens commun, mais elle ne tarda pas à tomber sous le charme de cette « langue dorée ». Bref, il fut décidé que l'amoureux ferait le voyage de Langres pour obtenir le consentement de ses parents. Nanette faisait-elle une si mauvaise affaire ? Après tout, elle avait passé la trentaine et les parents Diderot avaient du bien. Denis, lui, pouvait aspirer à la stabilité, sans compter que Nanette, belle fille, le tente et le fait languir. Et voilà : « Je rencontre sur mon chemin une femme belle comme un ange ; je veux coucher avec elle ; j'y couche ; j'en ai quatre enfants ; et me voilà forcé d'abandonner les mathématiques que j'aimais, Homère et Virgile que je portais toujours dans ma poche, le théâtre pour lequel j'avais du goût ; trop heureux d'entreprendre l'*Encyclopédie*, à laquelle j'aurai sacrifié vingt-cinq ans de ma vie[19]. » Ainsi vont les choses.

Les serments échangés, les mois passent. Elle l'appelle Ninot, il la nomme Tonton ou Nanette, parfois même « maman ». De temps à autre, Nanette doit bien exprimer quelque inquiétude, car Denis proteste : « Si Tonton est fidèle à Ninot, et si le cœur de Ninot est à toute épreuve, le sort peut bien différer notre bonheur ; mais serait-il quelque chose au monde qui pût nous rendre malheureux[20] ? » Oui, car Denis n'est pas majeur, n'a pas même une profession, et il est douteux qu'on bénisse, à Langres, un mariage avec une fille qui ne possède que ses beaux yeux.

Diderot a pourtant fait de son mieux. En 1740 ou 1741, le libraire Briasson lui a passé commande d'une traduction de l'*Histoire de Grèce* de Temple Stanyan, dont les trois volumes paraîtront en juillet 1743, et son travail doit lui rapporter cent écus. Il semble aussi avoir passé à nouveau quelques mois chez un procureur. Toutefois, l'année 1742 s'écoule sans que rien de vraiment positif se décide, et Nanette doit être de plus en plus souvent rassurée sur les intentions de son prétendant qui proteste de sa tendresse et de son indéfectible fidélité : « Ton Ninot n'aime et n'aimera jamais que toi. [...] Ninot suffit à sa Tonton ; Tonton suffira seule toute sa vie à son Ninot[21]. »

Belles paroles, mais rien de concret et le moment vint où les dames Champion exigèrent mieux que des promesses. À l'époque, un fils n'était majeur qu'à trente ans et, si Denis se mariait contre la volonté paternelle, il risquait l'exhérédation. Il s'agissait donc de rentrer au nid et de déployer toute sa diplomatie pour convaincre son père. Poussé dans le dos par une Nanette impatiente, Diderot quitta Paris le 7 décembre.

Langres le reçut mieux qu'il n'avait espéré. La veille de Noël, il informe Nanette que tout va bien. Et puis les choses se gâtèrent. Nanette trouve le temps long et a secoué d'importance son Ninot. Il comprit qu'il fallait presser le mouvement. Le 14 janvier, la scène a lieu, décisive et orageuse. Le coutelier n'y va pas par quatre chemins. Une lettre part à l'adresse de Mme Champion, la priant, dans l'intérêt même de sa fille, de s'associer à ses efforts pour s'opposer à ce mariage. Deux précautions valant mieux qu'une, il a fait boucler l'indocile dans un couvent langrois, probablement chez les Carmes, trop heureux de venger frère Ange du tour que lui avait joué Diderot[22]. Depuis quand arrête-t-on un amoureux ? Au bout de quelques jours, Diderot sauta par la fenêtre et prit la clé des champs.

Il trouva une chambre rue des Deux-Ponts, dans l'île Saint-Louis. Mme de Vandeul assure que sa mère refusa d'entrer dans une famille où elle ne serait pas la bienvenue et pria Denis de passer au large. Il gémit qu'il ne peut renoncer à sa Nanette, ou qu'alors, il sait ce qu'il lui reste à faire... Il est seul dans un galetas, malade. On devine la suite. Nanette s'émut, vint voir l'agonisant et l'on prit un parti. Somme toute, Diderot n'était pas déshérité et un mariage secret pouvait tout arranger.

Le 26 octobre, le contrat fut signé. Le 6 novembre — Diderot étant majeur depuis un mois — leur union fut bénie à minuit, en l'église Saint-Pierre-aux-Bœufs, où l'on célébrait discrètement des mariages qui n'avaient pas l'assentiment des familles, et ne fut connue à Langres que six ans plus tard. Le ménage s'en fut nicher dans le misérable faubourg Saint-Marceau, rue Saint-Victor, près de la place Maubert.

Trop jaloux pour laisser son épouse en contact avec des étrangers, dit Mme de Vandeul, il convainquit Nanette de renoncer à son commerce. Ils vivaient donc très petitement. Le mari dîne en ville, elle se contente d'un morceau de pain. On proposa heureusement à Diderot une nouvelle traduction de l'anglais. Il s'agissait du *Medicinal Dictionary* de Robert James, six volumes qui parurent de la fin de 1745 à la mi-1748, travail pour lequel on lui adjoignit deux collaborateurs, Marc-

Antoine Eidous et François-Vincent Toussaint, qui collaboreront à l'*Encyclopédie*. Ce n'était toujours pas une œuvre personnelle, mais du moins cette besogne apprit-elle à Diderot bien des choses en médecine, en anatomie, en physiologie, en botanique. Curieux de tout, il se passionnait pour tout, retenait tout.

L'existence de Nanette n'était pas trop enviable. Non seulement elle menait une existence retirée, mais surtout elle dut, afin qu'on n'apprît rien à Langres, conserver son nom de jeune fille, ce qui la faisait passer dans le quartier pour une fille-mère et Diderot pour son frère. Car des enfants vinrent rapidement accroître les charges du couple. Ses chagrins aussi, car les trois premiers mourront en bas âge. Une fille, Angélique, naît le 13 août 1744 et est inhumée le 29 septembre. Un garçon, François-Jacques-Denis, verra le jour le 22 mai 1746 et mourra à son tour le 30 juin 1750, sa mort précédant de moins de quatre mois la naissance, le 29 octobre, d'un Denis-Laurent Diderot, qui s'éteindra en décembre de cette même année.

Enfin, Nanette n'était pas commode. Jean-Jacques Rousseau, qui l'a bien connue, la disait « pie-grièche et harengère ». D'une piété étriquée et d'un réalisme terre à terre, dépourvue de toute curiosité intellectuelle, elle devait rapidement s'aigrir, d'autant plus qu'à la faveur de la clandestinité, Diderot prolonge dans le mariage sa vie de célibataire, et elle dut bientôt se lasser d'attendre au logis le retour d'un époux dont elle ne tarda pas non plus à connaître les infidélités. Tout cela, dit Mme de Vandeul, contribua à développer son humeur grondeuse dont Diderot se plaindra souvent, mais à laquelle sa conduite n'était pas étrangère.

Philosopher... à ses risques et périls

Curieux de tout, lecteur boulimique, Diderot n'a pas tardé à s'intéresser à la pensée anglaise, mise à la mode, en 1734, par ces *Lettres philosophiques* que Voltaire avait d'abord intitulées *Lettres anglaises* où il faisait l'apologie d'un pays de la tolérance et de la liberté et brossait un large tableau de l'état des sciences, de la littérature, de la philosophie et de la civilisation. Depuis lors, l'Angleterre passait pour la patrie des philosophes modernes et Diderot exprimait l'opinion de ses contemporains quand il écrivait dans la *Lettre sur les aveugles* : « L'Angleterre est le pays des philosophes, des curieux, des systématiques. »

Depuis longtemps présent en France, le déisme s'était également développé dans la pensée d'outre-Manche. En 1689, la *Lettre sur la tolérance* de John Locke a établi un droit de l'homme et du citoyen indépendant de toute confession. En outre, la véritable religion étant celle qui assure le salut, l'État ne saurait accorder à une Église le monopole de l'orthodoxie. Dès lors, la tolérance s'impose — sauf à l'égard des athées qui, ne tenant rien pour sacré, ne sauraient être bons citoyens. Six ans plus tard, dans son *Christianisme raisonnable*, Locke soutiendra que rien n'oblige l'homme à croire ce qu'il ne comprend pas, puisque les vérités de la Révélation ne sauraient se trouver en contradiction avec la raison. Dans son *Essai sur l'entendement humain*, en 1690, il niait encore l'innéité des idées : toutes viennent de l'expérience, des sens, ce qui assignait aux valeurs morales une origine non transcendante. Locke ne bornait pas non plus, comme Descartes, les propriétés de la matière à la seule étendue : pourquoi Dieu ne l'aurait-il pas dotée de sensibilité et même de la pensée ?

D'autres suivirent. John Toland parle en 1696 d'un « christianisme sans mystères » et bannit l'irrationnel ; Anthony Collins, dans son *Discours sur la libre pensée,* en 1713, fait l'apologie de la liberté de penser ; en 1727, dans les *Discours sur les miracles de notre Sauveur,* Thomas Woolston s'en prend aux prodiges du Nouveau Testament pour contester l'autorité du clergé dans l'interprétation des miracles et réclame une religion raisonnable. Pour Matthew Tindal, dans *Le Christianisme aussi ancien que la création*, en 1730, la Révélation chrétienne n'a rien ajouté à la loi naturelle. Si ce déisme anglais n'a pas l'attitude agressive qu'il prendra en France, il n'en renverse pas moins des assertions essentielles du christianisme.

La réflexion scientifique contribue aussi à modifier la conception du monde et de ses lois. Newton, introduit en France par Maupertuis dès 1732 et en 1734 par les *Lettres philosophiques* de Voltaire, n'avait rien d'un esprit irréligieux, puisque la loi de l'attraction universelle suppose l'intervention constante d'un Dieu conservateur et régulateur. Mais les matérialistes pourront en déduire que si la matière est dotée d'un pouvoir d'attraction, elle est également susceptible d'en avoir d'autres — jusqu'à la pensée inclusivement.

En France aussi, les idées changeaient. Pour Malebranche, Dieu agit par des volontés générales, c'est-à-dire selon des lois, théorie qui pouvait mener à mettre en question les miracles, les prophéties et même la Révélation. Avec l'*Histoire naturelle* de Buffon, dont le premier volume paraît en 1749, la science renonce au finalisme théologique : la nature procède par essais, tâtonnements, adaptations. Sa théorie de la terre, née du choc d'une comète contre le soleil, suggérait une matière agissante, indestructible. Quant aux êtres vivants, Buffon les imagine composés de « molécules organiques » passant éternellement d'un être dans un autre par le mécanisme de la reproduction et de l'alimentation. Contrairement à l'enseignement de la Genèse, les diverses espèces ne sont pas apparues ensemble, certaines ont disparu et l'homme lui-même serait plutôt un tard venu. De tels thèmes se retrouveront, chez Diderot, de la *Lettre sur les aveugles* au *Rêve de d'Alembert*[1].

Il fallait songer à faire bouillir la marmite, et Denis s'est attelé à la traduction d'une œuvre de Shaftesbury, élève de John Locke, l'*Inquiry Concerning Virtue and Merit*, qu'il publie sous le titre de *Principes de la philosophie morale ou Essai de M. S*** sur le mérite et la vertu*, paru au début de mars 1745. La préface soulignait le caractère très personnel de son entreprise : « Il ne me reste qu'un mot à dire sur la manière dont j'ai traité M. S... Je l'ai lu et relu : je me suis rempli de son esprit, et j'ai, pour ainsi dire, fermé son livre, lorsque j'ai pris la plume. On n'a jamais usé du bien d'autrui avec tant de liberté. » Infidèle souvent à la lettre, sa traduction ne l'est pas à la pensée. Surtout, il accompagne le texte de Shaftesbury de notes et réflexions qui lui permettent de dialoguer à la fois avec son auteur et son lecteur.

Sans être un incrédule avoué, Shaftesbury soutenait que pour assurer qu'il est un Dieu juste et bon, on doit bien devoir disposer d'un critère qui permette d'en décider. À la suite de Locke, il prêchait la tolérance, fustigeait superstition et fanatisme, mettait en doute prophéties, miracles et l'autorité des Écritures, récusait la doctrine chrétienne du péché originel. Il estimait l'athée capable, comme le chrétien, de distinguer le bien du mal car — il s'écartait ici de Locke — les sentiments moraux et le sens social sont innés. Il pensait aussi que « l'intérêt particulier de la créature est inséparable de l'intérêt général de son espèce » parce que l'homme est un être social, mais que la vraie vertu n'attend pas de récompenses dans l'au-delà, ce qui revenait à concevoir une morale indépendante de la religion. Il faisait enfin l'éloge de l'enthousiasme, non pas celui du dévot, qui mène au fanatisme furieux, mais celui qui élève l'âme, exalte le beau et le vrai.

Il y avait là de quoi fasciner un Diderot soucieux d'édifier une morale indépendante du christianisme et même de Dieu, la vertu procédant d'un sentiment naturel insoucieux des récompenses futures. Utilitariste en morale, il estime que la vertu produit le bonheur, le vice le malheur et que, dans une société bien ordonnée, le criminel ne saurait faire du mal aux autres sans s'en faire à lui-même — le vice trouvant sa punition ici-bas dans une dégénérescence physique ou morale — et que la conscience se fait entendre en chacun. Mais l'athée ? Ah ! certes — prudence oblige —, mais l'athée Hobbes n'était-il pas honnête homme ? Comme Shaftesbury, Diderot s'élevait contre l'ascétisme, la macération, le refus du monde, inutiles à Dieu et plus encore aux hommes.

Il devait se plaire à discuter ces idées avec ses amis. L'un d'eux lui était devenu cher. En 1742, un provincial d'une trentaine d'années avait débarqué de la diligence de Lyon avec, en poche, un *Projet concernant de nouveaux signes pour la musique* qui devait lui assurer fortune et renommée. Refondu sous le titre de *Dissertation sur la musique moderne*, il parut en décembre et ne lui apporta ni l'une ni l'autre. Ce malchanceux se nommait Jean-Jacques Rousseau.

Depuis sa fuite de Genève, en 1728, il s'était converti au catholicisme, avait tâté sans succès de dix métiers, vécu à Chambéry aux crochets de Mme de Warens, sa protectrice, dévoré, en autodidacte, littérature, philosophie, mathématiques, musique, histoire. Présenté à Diderot par une relation commune, leur connaissance d'abord n'alla pas très loin, Rousseau ayant trouvé un poste de secrétaire auprès de l'ambassadeur de France à Venise, où il séjourna de juillet 1743 à octobre 1744, mais ils se retrouvèrent dès son retour. À l'hôtel où il s'installe, Jean-Jacques a rencontré une lingère, Marie-Thérèse Levasseur, et n'a pas tardé à se mettre en ménage avec elle. Les deux couples se fréquentent : Diderot, dit Rousseau, « avait une Nanette ainsi que j'avais une Thérèse, c'était entre nous une conformité de plus ». Avec Denis, il converse, des soirées entières, ou plutôt, Diderot parle, torrentueux ; Jean-Jacques écoute, subjugué : ils se complètent. Rousseau était lié avec l'abbé de Condillac, philosophe empiriste qui composait alors son *Essai sur l'origine des connaissances humaines*. Il le présente à Diderot et chaque semaine, les trois amis se rencontrent au Palais-Royal pour déjeuner au Panier fleuri. Entre Denis et Jean-Jacques, l'amitié, profonde, essentielle, durera quinze ans.

Entre-temps, la vie conjugale de Diderot lui causait quelques soucis. Au printemps de 1745, Nanette perdit sa mère, puis un fils l'année suivante. Elle se sentait de plus en plus seule et le ménage, déjà, ne pouvait plus cacher sa désunion.

Est-ce cette désunion qui rend le philosophe sensible à la tentation ? Il a fait la connaissance de Philippe-Florent de Puisieux, ancien avocat au Parlement de Paris qui avait épousé en 1738 Marie-Madeleine d'Arsant, âgée de dix-huit ans. Pour être philosophe, on n'en est pas moins homme. Leur aventure dura environ cinq ans. Si Mme de Puisieux l'emporte sur Nanette — car elle n'était pas belle, au dire des contemporains —, c'est qu'elle est une intellectuelle. Comme elle se piquait d'être écrivain, on chuchota très vite que Diderot mettait la main à la pâte, car leur liaison était un secret de Polichinelle. Elle n'ira pas sans lui apporter quelques déboires.

À force de traduire la pensée des autres, peut-être lui a-t-il poussé l'envie d'affirmer la sienne, ou bien son inspiration était-elle de nature plus prosaïque ? À en croire Mme de Vandeul, les *Pensées philosophiques* auraient été composées pour les beaux yeux de Mme de Puisieux — et surtout pour les cinquante louis qu'elle lui réclamait —, « dans l'intervalle du Vendredi saint au jour de Pâques » 1746, soit du 8 au 11 avril. Elles parurent en juin, prétendument à La Haye, « aux dépens de la Compagnie » (des Indes), en réalité à Paris.

Le contenu n'était pas neuf, car elles procédaient de toute une littérature clandestine. Quant au titre, il se référait aux *Pensées* où le janséniste Pascal condamnait les passions, sources d'erreurs, enseignait la misère de l'homme sans Dieu et offrait la religion comme remède à son angoisse, et aux *Lettres philosophiques* de Voltaire.

S'en prendre toujours aux passions, pourquoi ? Sans elles, rien de grand, rien de sublime : « Les passions sobres font les hommes communs. » Comme Shaftesbury, Diderot les montre donc élevant l'homme au-dessus de lui-même, et bonnes puisqu'elles sont dans la nature. Quelle folie que celle du dévot qui se met à la torture pour ne rien désirer et ne rien aimer ! Que nous veut donc une religion qui nous agenouille devant les ascètes, les ermites, les anachorètes, qui croient devoir renier la nature et fuir leurs semblables pour complaire à un Dieu de terreur et de colère. Macérations, discipline, cilice, enfermement, claustration, fanatisme... Est-ce là ce que la religion attend de nous ? C'est, au fil des siècles, le fruit d'une superstition en réalité « plus injurieuse à Dieu que l'athéisme ».

Voilà pourquoi « le déiste seul peut faire tête à l'athée ». Si la Divinité est cruelle et vindicative, que répondre à l'athée qui affirme l'éternité de la matière, se gausse de la création *ex nihilo* et pointe du doigt l'existence inexplicable du mal dans un univers qui, s'il était né de la volonté divine, devrait être le meilleur des mondes possibles ? Suffira-t-il de lui jeter à la tête « toutes les billevesées de la métaphysique » ?

Pour le réfuter, Diderot compte plutôt sur « la physique expérimentale ». Les savants qui ont prouvé qu'il n'y a pas de génération spontanée ont donné les preuves de l'existence d'un « Être souverainement intelligent » et démontré que le monde est « une machine qui a ses roues, ses cordes, ses poulies, ses ressorts et ses poids ». De l'infiniment grand à l'infiniment petit, tout prouve une Divinité...

Rien de mieux, mais voici que Diderot donne la parole à l'athée. Pourquoi, dites-moi, le mouvement ne serait-il pas essentiel à la matière et le monde, comme Épicure ou Lucrèce le pensaient déjà, le résultat du heurt fortuit des atomes ? Supposez la durée illimitée et infini le nombre des heurts et la difficulté disparaît : le calcul des probabilités rend superflue l'hypothèse divine. Voltaire répliquera, déiste convaincu : « Tout ouvrage prouve un ouvrier. » Diderot, lui, esquive et s'en tient, sans répondre, à distinguer trois sortes d'athées, le vrai — qu'il faut plaindre parce qu'il n'a nulle consolation à attendre —, le fanfaron — qui ment et joue les esprits forts —, le sceptique — qui ne conclut pas.

Le scepticisme ne consiste pas à hésiter entre deux picotins comme l'âne de Buridan. Il garantit du dogmatisme, des excès et du fanatisme. Puisque ce qui n'a jamais été mis en question n'a jamais été prouvé, « le scepticisme est le premier pas vers la vérité ». Cette vérité, Diderot la détient-il ? Il se garde de le prétendre. Mais s'il se trompe, c'est de bonne foi et pourquoi Dieu l'en punirait-il ? « On doit exiger de moi que je cherche la vérité, mais non que je la trouve. »

Suit la dénonciation, après Shaftesbury, Bayle, Fontenelle et les libertins du siècle précédent, des maux causés par le fanatisme et la superstition. Passé, le temps des ignorants et des crédules qui croyaient voir partout des miracles. Diderot songe à ceux qui, en 1727, aux obsèques du janséniste Pâris, diacre de la paroisse de Saint-Médard renommé pour sa piété, se démenaient en convulsions hystériques et écumaient de fureur.

Et les Écritures, qui me garantira leur authenticité et surtout leur divinité ? Pourquoi a-t-on préféré tel évangile à tel autre ? Qui peut soutenir qu'elles n'ont pas été altérées par des copistes ou des hérétiques ? Certes, la pensée LVIII fait profession de foi en « l'Église catholique, apostolique et romaine », mais y a-t-il là autre chose qu'une concession à la prudence, d'autant plus que la dernière « pensée » prône tout bonnement le « naturalisme », c'est-à-dire la religion naturelle, suffisante et seule universelle.

Les manuscrits clandestins étaient érudits, longs, confus. Ici, les idées tiennent en brefs paragraphes, en formules frappantes, en dialogues. Ce fragmentaire incite à réfléchir, ce discontinu dissimule une profonde unité organique. Surtout, le philosophe adopte une démarche de recherche, non de révélation de la vérité, chemine à travers hypothèses et paradoxes, sans s'interdire détours et retours, voire contradictions, pensée vivante, qui tâtonne dans un perpétuel débat intérieur[2].

Les *Pensées philosophiques* consacrent-elles vraiment la victoire du déiste sur le scepticisme et l'athéisme ? Le personnage semble avoir ses suffrages. Le déiste est ennemi du fanatisme et des mystères, défiant à l'égard de la métaphysique, proche de la religion naturelle, il ne s'incline pas devant l'argument d'autorité. Mais ce déiste fait aussi un pas vers l'incroyance en doutant de l'authenticité des Écritures, en épinglant les « absurdités » du christianisme dont il dénonce les conséquences sociales néfastes. Les points de vue se multiplient sans que l'auteur impose un choix : si le déiste discourt avec chaleur, l'athée est-il vraiment réduit à quia ? Le 7 juillet 1746, le Parlement condamna l'ouvrage à « être lacéré et brûlé [...] comme scandaleux, contraire à la religion et aux bonnes mœurs ».

Diderot reviendra en 1762 à ses *Pensées philosophiques* pour une *Addition* beaucoup plus radicale, jeu de massacre où il s'en prend à Pascal, à la grâce, aux peines éternelles, aux miracles, au baptême et à la circoncision, au péché originel et à l'incarnation. C'est là qu'on lit : « Le Dieu des chrétiens est un père qui fait grand cas de ses pommes, et fort peu de ses enfants. » Ou : « Égaré dans une forêt immense pendant la nuit, je n'ai qu'une petite lumière pour me conduire. Survient un inconnu qui me dit : Mon ami, souffle ta bougie pour mieux trouver ton chemin. Cet inconnu est un théologien. » Ou encore : « À entendre un théologien exagérer l'action d'un homme que Dieu fit amoureux, et qui a couché avec sa voisine que Dieu fit complaisante et jolie, ne dirait-on pas que le feu ait été mis aux quatre coins de l'univers ? Eh, mon ami, écoute Marc-Aurèle, et tu verras que tu courrouces ton Dieu pour le frottement illicite et voluptueux de deux intestins. »

Diderot a encore prolongé la réflexion des *Pensées* dans un autre opuscule qui ne verra le jour qu'en 1770, *De la suffisance de la religion naturelle*, commentaires sur cette religion d'origine divine et antérieure à toutes les Églises, universelle, immuable, tolérante et supérieure aux religions révélées dont elle ignore le fanatisme. Quant à la Révélation, elle tient en « cinq ou six propositions qui ne sont pas plus intelligibles pour moi que si elles étaient exprimées en ancien carthaginois ». Le plus sage — Voltaire le dit aussi dans le fameux souper de *Zadig* — est de s'en tenir là et de considérer que le « naturalisme » est suffisant et constitue le dénominateur commun.

Diderot a passé la trentaine lorsqu'il se lance dans l'écriture, mais s'avance imprudemment sur un terrain miné. N'est-il pas déjà l'auteur d'un livre condamné, lacéré et brûlé ? N'importe. Il n'est pas le raisonnable Fontenelle qui jugeait plus sage de garder la vérité sous le boisseau. Une nouvelle œuvre, la *Promenade du sceptique*, en témoigne. Mais quoi : « Imposez-moi silence sur la religion et le gouvernement, et je n'aurai plus rien à dire. »

Il s'agit cette fois d'une allégorie où il évoque successivement trois allées. Celle des épines traverse le domaine d'un prince — Dieu — que nul n'a jamais vu, auteur de deux livres (l'Ancien et le Nouveau Testament) qui contiennent ses commandements, servi par une armée de soldats (les fidèles) guidés par des maîtres (le clergé) soumis à un vice-roi (le pape), lui-même entouré d'officiers (cardinaux et évêques). Suit la critique des absurdités et des contradictions des Écritures, les deux Testaments prenant l'allure de contes à dormir debout. La Trinité, la Transsubstantiation ou la communion en sortent assez mal en point : « Leur maître avait le secret de s'envelopper sous une mie de pain, et de se faire avaler tout entier, dans un même instant, par un million de ses amis, sans causer à aucun d'eux la moindre indigestion, quoiqu'il eût réellement cinq pieds six pouces de hauteur. » Ses enseignements ont été répandus par « un vendeur de marée » (Pierre) et « un cordonnier ex-gentilhomme » (Paul).

L'allée des marronniers est le rendez-vous des philosophes, « séjour tranquille » en apparence, en réalité déchiré par les interminables disputes des écoles : pyrrhoniens, athées, déistes, spinozistes et autres se chamaillent, chacun prétendant détenir la vérité. Le dévot se heurte à l'athée, on ergote à perte de vue sur l'âme et le mouvement, l'intelligence créatrice et l'organisation de la matière.

L'allée des fleurs enfin, est l'allégorie de l'existence mondaine et des plaisirs sensuels, où l'on n'est « occupé qu'à jouir » — sauf à faire un saut dans l'allée des épines, le temps d'un éphémère repentir —, et où le plaisir se montre partout, quoique l'ennui y soit partout tapi.

L'ouvrage pose plus de questions qu'il n'en résout. Diderot soumet thèses et systèmes à l'épreuve et se garde d'épouser sans réserves un point de vue, même s'il semble pour le moment témoigner quelque sympathie pour le spinoziste qui soutient que matière et intelligence, substances éternelles, composent l'univers et que l'univers est Dieu — sorte de moyen terme entre l'univers finaliste du déiste et le monde mécanique, étranger à tout « dessein », de l'athée. La pensée de Diderot demeure ondoyante, flexible, jamais enfermée dans un système clos. Les *Pensées* déjà s'affirmaient déistes, mais en faisant tout de même la part belle aux discours de l'athée, les contemporains n'ont pas manqué de l'observer.

La *Promenade du sceptique* ne verra le jour qu'en 1830, l'auteur prétendant en avoir brûlé le manuscrit et ne se souciant pas de le livrer au public, même sous l'anonymat. Ce n'était d'ailleurs pas un chef-d'œuvre, Diderot se trouvant peu à l'aise dans l'allégorie, qu'il dénoncera, dans *Jacques le Fataliste*, comme la « ressource ordinaire des esprits stériles ».

Ces années-là, l'amitié entre Diderot et Rousseau est chaleureuse, nourrie de leurs lectures et de leurs projets communs. À la fin de 1747, ils ont imaginé de lancer un périodique qu'ils rédigeraient à tour de rôle et qui s'intitulerait *Le Persifleur*, où l'on rendrait compte, sans indulgence comme sans parti pris, des ouvrages nouveaux. Diderot en parla à un ami à qui il présenta Jean-Jacques. Si Rousseau n'est rien encore et Diderot peu de chose, il n'en allait pas de même de Jean Le Rond d'Alembert. Né en 1717, il était le fils naturel de Mme de Tencin, ex-chanoinesse, et du chevalier Destouches-Canon et avait été déposé sur les marches de l'église Jean-le-Rond, qui lui fournit son nom de baptême. Son père ne prit pas la peine de le reconnaître, mais le confia aux soins de l'épouse d'un vitrier, chez qui il vécut jusqu'à l'âge de quarante-sept ans. À la différence de Diderot et de Rousseau, d'Alembert était un génie précoce, membre correspondant de l'Académie des sciences à vingt-cinq ans, et passait à vingt-huit pour l'un des plus grands mathématiciens et physiciens de tous les temps, capable de résoudre des problèmes qui avaient découragé Newton. Il n'était pas homme à s'emballer pour un *Persifleur*, d'autant plus qu'il venait de se lancer, aux côtés de Diderot, dans une entreprise d'une autre importance.

Les débuts en avaient été modestes. En 1744, le libraire Le Breton s'était vu proposer par un Allemand nommé Gottried Sellius, une traduction du théologien Johann Christoph Wolff, projet qui n'aboutit pas. Sellius revint à la charge l'année suivante avec une idée commercialement plus séduisante, une traduction de la *Cyclopaedia* de Chambers, que financerait un mécène anglais, John Mills, celui-ci et Sellius se chargeant en outre de la traduction. Affaire conclue : le 17 février, on signe un contrat pour cinq volumes in-folio ornés de cent-vingt planches. Le projet était prometteur. Ephraïm Chambers était l'auteur d'une *Cyclopaedia or an Universal Dictionary of Arts and Sciences* parue en 1728 qui avait eu les honneurs de plusieurs éditions et traductions. Pourquoi pas une version française ? Un prospectus fait donc appel aux souscripteurs.

Malheureusement, des querelles d'argent ne tardent pas à éclater entre les entrepreneurs et la situation s'aggrave quand il se découvre que Mills le mécène est en réalité un simple employé dans la succursale parisienne d'une banque anglaise et que, loin d'être cousu d'or, il fait de son mieux pour extorquer de l'argent à Le Breton. Le projet tombe à l'eau.

Que faire ? Le prospectus avait été bien accueilli et Le Breton décide de relancer l'affaire en s'associant à trois autres libraires, Briasson, Durand et David, pour publier tout de même une *Encyclopédie ou Dictionnaire universel des arts et des sciences, traduit des dictionnaires anglais de Chambers et de Harris, avec des additions.* Le directeur sera l'abbé Gua de Malves, savant renommé et professeur de philosophie au Collège de France. Ce grand esprit était aussi, hélas, un caractère difficile, peu fait pour gérer une telle entreprise et, de surcroît, un lunaire qui devait se ruiner à chercher des paillettes d'or dans les ruisseaux des Cévennes et à inventer des martingales infaillibles pour gagner à la loterie. Voyez-vous, dira Diderot dans son *Salon* de 1767, « ce vieil abbé [...] vêtu de noir, tête hérissée de cheveux blancs, l'œil hagard, la main appuyée sur une petite canne, rêvant, allant, clopinant, c'est l'abbé Gua de Malves ».

La nouvelle direction s'effondra donc comme la première et c'est pourquoi, le 16 octobre 1747, d'Alembert et Diderot vinrent remplacer l'impossible abbé, le premier se chargeant surtout de la partie mathématique de l'ouvrage. Diderot devenant l'appointé d'un libraire — son contrat lui garantissait un forfait de 7 200 livres, payables à raison de 1 200 livres à la sortie de presse du premier volume, le reste par mensualités de 144 livres. C'était, sinon un pactole, du moins la sécurité, et Nanette dut s'en réjouir. Elle ne savait pas sur quelle galère embarquait son mari. Au départ, on prévoit dix volumes de texte, quatre de planches. À l'arrivée, après mille traverses, l'*Encyclopédie* comptera dix-sept volumes de texte et onze de planches et Diderot lui aura voué vingt-cinq années d'un travail de titan.

Car le modeste projet initial — traduire Chambers — a pris, sous son impulsion, une tout autre dimension. Si un homme pouvait en venir à bout, c'était bien Diderot, tête universelle, capable de s'intéresser non seulement aux lettres, à la philosophie, aux arts, mais aussi à la médecine, à la botanique, à la zoologie, à l'économie politique, au droit, à la théologie. Pour assurer le succès, on a désormais ce qu'il faut : un public intéressé, une infrastructure éditoriale et financière et surtout cet infatigable Diderot, bien résolu à utiliser l'*Encyclopédie* pour « changer la façon commune de penser ».

Quant aux collaborateurs, ils ne sont pas, du moins au début, des personnages en vue. On a fait appel aux amis, comme Rousseau, chargé des articles de musique, mais aussi à Toussaint, à Landois, à Eidous, astres de faible magnitude. Des abbés — Yvon, de Prades, Mallet — s'occuperont de la métaphysique, de la morale et de la logique, de l'histoire ecclésiastique et de la théologie. On aura des médecins pour la chirurgie, la médecine et la chimie, des physiciens pour traiter de l'électricité et du magnétisme, des spécialistes pour l'histoire naturelle, d'autres pour le théâtre, la chorégraphie, l'architecture ou l'art militaire, d'autres encore pour l'horlogerie ou l'astronomie. Grande nouveauté, on sollicite des artisans pour décrire leurs outils et expliquer leur usage, Diderot visitant les ateliers avec un dessinateur pour lever les croquis. Au sommet de la pyramide, Diderot encore pour relire les manuscrits, éviter les redites, coordonner l'ensemble, corriger les erreurs, rédiger les textes des auteurs défaillants : pour la seule lettre A, il est responsable de plus de deux cents articles.

Comme s'il n'avait pas eu assez de travail, Diderot se fit romancier. Il y avait sans doute été incité par son exigeante maîtresse, toujours avide d'argent. Selon sa fille, Mme de Puisieux l'aurait mis au défi de faire en quinze jours un roman à la manière de Crébillon, dont *Les Égarements du cœur et de l'esprit*, *Le Sopha* ou *Tanzaï et Néadarné* avaient mis à la mode les récits libertins dans le goût oriental. Denis tint le pari et, en janvier 1748, publia *Les Bijoux indiscrets*, qui devait lui faire, tout au long du XIXe siècle, une réputation d'auteur obscène et salace.

Dans un Congo de fantaisie, le sultan Mangogul s'ennuie à périr. Le génie Cucufa lui fait présent d'un anneau magique qui rend invisible et possède la vertu de faire parler le « bijou » des dames. On imagine comment ce redoutable cadeau jette partout la confusion et les compromettants aveux qu'il provoque. Toutes y passent, de la dévote à la libertine, de la courtisane à la religieuse, de l'innocente à la tribade. L'auteur retrouvait le ton des contes de fées et des *Mille et Une Nuits* pour camper un décor qui n'avait d'exotique que l'apparence : le Congo, c'était la France ; sa capitale, Banza, Paris ; Louis XV se reconnaissait en Mangogul et Mme de Pompadour dans la favorite Mirzoza. Diderot s'amusait à pasticher les contes orientaux sans souci de la vraisemblance, campait des personnages convenus — sultan, eunuques et janissaires — et bafouait allégrement la vraisemblance. Il n'avait pas même inventé le sujet, puisque l'idée des « bijoux » parlants remontait à un fabliau du XIIIe siècle récemment adapté par le comte de Caylus sous le titre de *Nocrion*, anagramme qu'il laissait au public le plaisir de déchiffrer. Obscène ? Seul un chapitre prudemment rédigé en latin, en anglais, en italien et en espagnol bravait vraiment l'honnêteté. Pour le reste, l'érotisme demeurait suggestif et le vocabulaire décemment « gazé ».

Diderot était Diderot et sous sa plume le grivois n'exclut pas le sérieux : les *Bijoux* contiennent des idées qui se retrouveront sous un drapé plus digne dans la *Lettre sur les aveugles* ou la *Lettre sur les sourds et muets*.

La critique du régime était loin d'être féroce. Le portrait de la Pompadour est sympathique et celui de Louis XV prudent, malgré le coup de patte à un souverain égoïste soucieux de son seul bon plaisir. En revanche, le conteur est plus acide à l'égard du grand-père de Mangogul, Kanoglou *alias* Louis XIV manipulé par une « vieille fée décrépite » *alias* Mme de Maintenon, et responsable de la révocation de l'édit de Nantes. La gloire du XVIIe siècle y laisse des plumes. Qu'est-ce après tout que ce siècle tant vanté, sinon une ère de guerres de prestige et de persécutions ? Allons, « le présent, à tout prendre, vaut mieux que le passé ».

Le lecteur trouvait à se divertir aux querelles scientifiques, lorsqu'à l'Académie de Banza les « vorticoses », partisans des tourbillons cartésiens, affrontent les « attractionnaires » de Circino-Newton, ou à celle des disputes musicales entre enthousiastes d'Utmiutsol et fanatiques de Utremifasollasitutut — rappel burlesque des polémiques entre lullistes et ramistes. Rappel encore de l'interminable querelle des Anciens et des Modernes dans le personnage grotesque de Ricaric qui ne jure que par Miroufla — Homère — et compose des tragédies « mauvaises dans toutes les règles ». Sans parler des critiques littéraires et des compilateurs de morceaux choisis plaisamment mis à mal. Même le théâtre français, solennel et guindé, n'est pas épargné : « A-t-on jamais parlé comme nous déclamons ? Les princesses poussent-elles, en parlant, des sifflements aigus ? Les princes et les rois ont-ils jamais gesticulé comme des possédés ou des furieux ? » Mirzoza réclame au contraire, au nom de Diderot, « action simple, dialogue simple et naturel, pas de dénouements forcés », nature et vérité comme dans le *Philoctète* de Sophocle. Autant de propositions théoriques qu'il développera dix ans plus tard dans ses écrits sur le théâtre.

Conteur galant, Diderot n'a pas cessé pourtant d'être philosophe et les « bijoux » parlants ne sont pas simple gaillardise. Et s'ils étaient l'expression d'un matérialisme dans la recherche de l'être vrai ? Le bijou parlant, c'est la voix d'une nature affranchie de l'hypocrisie des conventions et surtout des tabous sexuels, qui se fait entendre sans le déguisement du langage social, artificiel et truqué[3]. Même primauté du physiologique lorsqu'il est question du siège de l'âme. Se loge-t-elle dans la tête, comme le veut Descartes ? Eh non, explique Mirzoza : l'âme est partout dans le corps et n'en est pas distincte. Elle se niche dans la partie du corps où l'activité est la plus vive, dans les pieds et les jambes chez les enfants, dans la langue chez une écervelée, dans le bijou chez la voluptueuse et rares sont ceux, ironise-t-elle, chez qui elle finit par s'installer dans le cerveau. Ce matérialisme explique aussi pourquoi, ramenant passions et émotions à l'organisation physiologique, un personnage fait litière de l'amour platonique : « Non, madame, non, dit Sélim, j'ai des preuves complètes que, sans un corps bien organisé, point d'amour. » L'amour est avant tout une réalité physique.

Ces propos exposent ce que Diderot appelle ses essais de « métaphysique expérimentale », et l'expérience elle-même, opposée à la seule connaissance rationnelle, trouve son apologie dans le chapitre intitulé « Rêve de Mangogul, ou voyage dans la région des hypothèses ». Plongé dans un profond sommeil, le sultan découvre le pays des

« systématiques », vieillards maigres, presque tous contrefaits ou mutilés, et quasi nus, car il ne leur reste qu'un lambeau d'étoffe — tout ce qui subsiste de la robe de Socrate, le grand maître. Suspendu dans les airs, le palais des hypothèses ne repose sur rien. Et voici que paraît un enfant dont la taille croît à mesure qu'il s'approche, jusqu'à devenir « un énorme colosse » qui disperse comme une volée de moineaux les débiles manieurs d'hypothèses et brandit le flambeau symbolique des Lumières. Cet enfant, qui ne cessera de grandir, c'est l'Expérience, qui fait s'effondrer le portique des hypothèses, dissipant les illusions dogmatiques et annonçant la promotion du technique, du pratique, de l'expérimental enfin, au nom d'une science divorcée de la métaphysique[4].

Les Bijoux indiscrets étaient donc bien autre chose qu'une bagatelle grivoise, mais Diderot lui-même devait se repentir d'avoir bravé l'honnêteté et battre sa coulpe, en 1761, devant des visiteurs allemands : « J'ai écrit un livre abominable : *Les Bijoux indiscrets*. Je pourrais en partie m'en excuser. J'avais une maîtresse. Elle me demande cinquante louis d'or, et je n'avais pas un sou. Elle menaça de me quitter si je ne pouvais pas lui donner cette somme au bout de la quinzaine. Je rédigeai alors le livre conformément au goût du plus grand nombre de nos lecteurs. Je l'apportai chez le libraire, il me compta les cinquante louis d'or, et je les jetai dans la jupe de ma belle[5]. » C'est ce qu'il a aussi donné à entendre à sa fille, et même à son disciple Naigeon, mais s'est-il vraiment tant repenti de les avoir écrits, car enfin, qui le forçait, bien après 1748, à leur ajouter trois chapitres, dont deux au moins comptent parmi les moins innocents ? L'âge et la respectabilité venus, le directeur de l'*Encyclopédie*, l'auteur d'un théâtre édifiant, préférait jeter un voile sur ses péchés de jeunesse.

On ne tarda pas à savoir dans Paris — un mouchard en informe la police dès le 28 janvier 1748 — que *Les Bijoux indiscrets* étaient de la plume déjà responsable des *Pensées philosophiques*, qui joignait ainsi l'obscénité à l'impiété. La sagesse commandait de se tenir tranquille, mais Diderot récidiva avec *L'Oiseau blanc, conte bleu* — c'est-à-dire à dormir debout — qui sera inséré d'octobre 1777 à février 1778 dans la *Correspondance littéraire* de Grimm et publié pour la première fois par Naigeon, vingt ans plus tard.

Diderot y revenait au conte de fées dans une intrigue évidemment parodique. Souffrant d'insomnie, une sultane se fait soigner en recourant à des contes soporifiques. En sept soirées, quatre conteurs se relaient pour narrer la même histoire, chaque conteur reprenant où s'est arrêté le précédent, tandis qu'une chatouilleuse patentée caresse la plante des pieds de la favorite, le toucher et la voix s'alliant pour obtenir l'effet souhaité. En somme, *Les Mille et Une Nuits* à l'envers : au lieu de tenir éveillé, le conte doit être somnifère et l'on retrouve, non seulement Mirzoza et Mangogul, mais la cour, les concerts, les festins, les courtisans, l'arrière-plan pseudo-oriental des *Bijoux* et leur tonalité libertine. La critique de la vénalité des charges, de l'arrivisme des gens de cour et des privilèges de l'aristocratie ne va pas très loin. Moins anodines cependant, les allusions à la religion, aux oracles, aux dispenses achetées à prix d'or et surtout à l'oiseau, à la fois représentation du libertin et du Saint-Esprit. Emprisonné à Vincennes, Diderot niera obstinément la paternité de ce conte, l'attribuant à « une dame que je pourrais nommer, puisqu'elle ne s'en cache pas » — Mme de Puisieux — et dont il se serait borné « à corriger l'orthographe ».

Les Bijoux indiscrets et *L'Oiseau blanc*, étaient-ce là des recommandations bien sérieuses pour le directeur d'une encyclopédie ? Passionné depuis toujours par les mathématiques, Diderot, sans être un Euler ou un Lagrange, était de taille à maîtriser les calculs de Newton et de Leibniz. Il s'offrit donc, en été 1748, une caution de sérieux avec des *Mémoires sur différents sujets de mathématiques*. L'un exposait le projet d'un nouvel orgue, les quatre autres étaient consacrés à l'acoustique, à l'éternelle question de la quadrature du cercle, au problème mécanique de la tension des cordes et à la résistance de l'air au mouvement des pendules. Diderot disait dans l'Avertissement : « J'abandonne la marotte et les grelots pour ne les reprendre jamais, et je reviens à Socrate. » Un an plus tard, il dira sans détour au lieutenant de police : « Mon but dans cet ouvrage [...] était de prouver au public que je n'étais pas tout à fait indigne du choix des libraires associés. »

Il le prouva encore en se mêlant d'un très ancien débat dans une *Première lettre d'un citoyen zélé, qui n'est ni chirurgien, ni médecin, à M. D. M..., maître en chirurgie, ancien professeur à Saint-Côme, de l'Académie royale des sciences, et de l'Académie de chirurgie, où l'on propose un moyen d'apaiser les troubles qui divisent depuis si longtemps la médecine et la chirurgie*. Datée du 16 décembre 1748, elle prenait position dans l'interminable querelle des médecins et des chirurgiens, ceux-ci souvent traités comme de simples barbiers malgré la fondation, en 1731, de l'Académie de chirurgie. Sotte querelle de préséance, dont les malades font les frais, s'indigne Diderot : « Eh quoi ! n'est-ce donc pas assez d'être malade ? Faut-il encore avoir autour de soi des gens acharnés à ne se point entendre et à se contredire ? » Diderot requiert donc l'unification des deux professions en se référant à l'unité de la médecine ancienne. Qui dirait encore que Diderot n'était pas un homme sérieux ?

En prison

Sérieux et philosophe, mais imprudent. Pourtant, en cette année 1748, tout semblait aller le mieux du monde. Le contrat avec les libraires a débarrassé Diderot du souci de gagner son pain au jour le jour, il est au seuil d'une entreprise passionnante, il a des amis fidèles et une maîtresse, moins fidèle peut-être, mais bel esprit. La famille s'est installée dans un appartement au deuxième étage d'une maison de la rue de la Vieille-Estrapade. C'était peut-être le moment de gérer tout cela avec sagesse. Mais au début de juin 1749 paraît, anonyme tout de même, une *Lettre sur les aveugles à l'usage de ceux qui voient*, dont le profit devait aller à l'insatiable Mme de Puisieux. Cette fois, il allait s'exposer à de sérieux ennuis.

Le prétexte de ce livre était un événement en soi bénin. Sous la direction du savant Réaumur, on devait extraire la cataracte d'une jeune aveugle de naissance, et Diderot avait demandé la faveur, qui lui fut refusée, d'être présent lorsqu'on ôterait les pansements. La question l'intéressait : que verrait et comment verrait la jeune fille lorsqu'elle ouvrirait les yeux à la lumière ?

Faute de pouvoir observer, Diderot se résigna à « philosopher » et s'en fut interroger l'aveugle-né de Puiseaux, un homme intelligent auprès duquel il apprit bien des choses sur le comportement de ceux qui ne voient pas. L'aveugle ne fait pas la différence entre la nuit et le jour, range avec soin ses affaires parce qu'il a du mal à retrouver ce qu'il égare, la beauté est pour lui vide de sens si elle n'est jointe à l'utilité. Adroit de ses mains, il sait enfiler des aiguilles, monter ou démonter des machines, faire de la musique, possède la mémoire des sons et des voix.

Qui ne sait tout cela ? Mais Diderot élève bientôt le débat. Si l'on convient que notre état physique influence nos perceptions et que même « nos idées les plus purement intellectuelles » dépendent de l'état de notre corps, que peut bien savoir un aveugle « sur les vices et les vertus » ? Rien d'étonnant si le vol lui paraît un crime majeur, contre lequel il est sans défense, mais — c'est plus surprenant — il se soucie fort peu de la pudeur et passe souvent pour inhumain parce qu'il ne peut être touché que par la plainte, non par la vue d'une souffrance : « Ah ! madame, que la morale des aveugles est différente de la nôtre ? Que celle d'un sourd différerait encore de celle d'un aveugle ? et qu'un être qui aurait un sens de plus que nous, trouverait notre morale imparfaite[1] ! » Voilà qui est bien matérialiste, et c'est pis encore si l'on passe de la morale à la métaphysique.

Comme le monde est beau, s'égosille le déiste, comme il est harmonieux ! Oui-da, répond l'homme de Puiseaux, c'est vous qui le dites. Chez un aveugle, où se nichera l'âme, sinon au bout de ses doigts, puisque c'est par là qu'il prend contact avec le monde ? Locke l'avait dit aussi, mais Locke s'en tenait à l'acquisition des connaissances.

Voilà le moment de mettre en scène un personnage authentique dans un dialogue imaginaire. Nicolas Saunderson, disparu dix ans auparavant, avait perdu la vue quand il avait un an à peine, ce qui ne l'avait pas empêché de devenir un spécialiste des problèmes d'optique et des théories newtoniennes, ni d'occuper une chaire à Cambridge, où il avait enseigné les mathématiques. Cet aveugle peu commun était membre de la Royal Society, auteur d'un important traité d'algèbre, inventeur d'une « arithmétique palpable » qui lui permettait de faire des calculs et de traiter les problèmes de géométrie. Diderot le montre sur son lit de mort, assisté par le pasteur Holmes, et le fait raisonner, non sur les mathématiques, mais sur Dieu.

En pasteur conscient de ses devoirs, Holmes a tout célébré des merveilles de la nature. Mais Saunderson a rechigné : « Si vous voulez que je croie en Dieu, il faut que vous me le fassiez toucher. » Même si la machine du monde est aussi impeccable que vous le prétendez, en quoi son existence prouve-t-elle une intelligence supérieure ? Car enfin, s'il nous arrive de rencontrer un phénomène inexplicable, aussitôt nous invoquons un

Dieu, c'est-à-dire une solution invérifiable. Un peu facile, non ?

Vous prétendez, monsieur Holmes, que l'ordre de l'univers est parfait. Ce doit être vrai, puisque vous me l'assurez ; mais qu'est-ce qui vous permet de penser qu'il en a toujours été de même ?

> Si nous remontions à la naissance des choses et des temps, et que nous sentissions la matière se mouvoir et le chaos se débrouiller, nous rencontrerions une multitude d'êtres informes, pour quelques êtres bien organisés. [...] Qui vous a dit à vous, à Leibniz, à Clarke et à Newton, que dans les premiers instants de la formation des animaux, les uns n'étaient pas sans tête et les autres sans pieds ? [...] que ceux-ci n'avaient point d'estomac, et ceux-là, point d'intestins ; que tels à qui un estomac, un palais et des dents semblaient promettre de la durée, ont cessé par quelque vice du cœur ou des poumons ; que les monstres se sont anéantis successivement ; que toutes les combinaisons vicieuses de la matière ont disparu, et qu'il n'est resté que celles où le mécanisme n'impliquait aucune contradiction importante et qui pouvaient subsister par elles-mêmes et se perpétuer[2].

L'homme est là, oui, mais il n'était pas nécessaire. Imaginez-le un instant incomplet ou inapte à la reproduction : sa réussite, ni plus ni moins que celle des autres espèces est le produit du hasard, non d'une volonté supérieure et l'ordre, c'est évident, n'est pas parfait : pourquoi, monsieur Holmes, suis-je aveugle et vous voyant ? Après cela, allez parler d'un dessein global, d'un plan concerté. Car qu'est-ce que l'aveugle de naissance, sinon un monstre, et Saunderson la preuve qu'il en naît encore dans un univers qui résulte d'une série infinie de combinaisons. Et pourquoi ce qui est vrai des animaux ne le serait-il pas de l'univers ? « Combien de mondes manqués, estropiés, se sont dissipés, se reforment et se dissipent peut-être à chaque instant, dans des espaces éloignés où je ne touche point et où vous ne voyez pas[3] ?... » Tout naît, se transforme, se détruit et tout recommence sans fin. Je vois bien la matière et ses perpétuelles mutations, mais où est Dieu ? Bref : pourquoi une cosmologie matérialiste athée serait-elle moins concevable qu'une cosmologie théologique[4] ?

Avec la *Lettre sur les aveugles*, Diderot a achevé son cheminement vers un matérialisme à fondement scientifique. Sa vision de la genèse du monde et d'une nature où s'éliminent les combinaisons manquées ne fait pourtant pas de lui un précurseur du transformisme ou du darwinisme fondé sur la sélection naturelle des plus forts. Dans sa perspective, les « monstres » inviables disparaissent, là où subsistent les coups réussis, non moins dépendants du hasard des combinaisons de la matière[5]. L'aveugle Saunderson est à la fois un scandale et un désordre, qui contredisent autant l'infinie bonté que la toute-puissance divines.

La critique — rien de surprenant — clama son indignation. On accusa l'auteur de spinozisme, d'épicurisme, de matérialisme grossier[6].

Voltaire remercia Diderot de l'envoi de ce « livre ingénieux et profond » et l'assura de son estime, mais sans dissimuler son opinion : « Mais je vous avoue que je ne suis point du tout de l'avis de Saunderson, qui nie un Dieu, parce qu'il est né aveugle. [...] Il est fort impertinent de prétendre deviner ce qu'il est, et pourquoi il a fait tout ce qui existe, mais il me paraît bien hardi de nier qu'il est. »

Une lettre de Voltaire ! Dans sa réponse, Diderot salua très bas « cet homme inconcevable », se compara à un atome en face d'un « globe immense ». Il répondait tout de même de son mieux, reprenant certains arguments du spinoziste de sa *Promenade du sceptique* et donnant à entendre que l'avis de Saunderson n'était pas nécessairement le sien, peut-être, ajoutait-il, parce que je vois. Et puis, n'est-il pas vrai qu'il y a des athées honnêtes gens ? Sa profession de foi n'était donc pas très convaincante : « Je crois en Dieu, quoique je vive très bien avec les athées. [...] Il est donc très important de ne pas prendre de la ciguë pour du persil, mais nullement de croire ou de ne pas croire en Dieu. »

La *Lettre sur les aveugles* a confirmé les aptitudes de Diderot à la philosophie, mais elle est aussi d'une audace qui ne tardera pas à coûter cher à son auteur.

À sept heures et demie du matin, le 24 juillet 1749, Joseph d'Hémery, inspecteur de la librairie, accompagné d'un commissaire au Châtelet, grimpe les étages de la maison de la rue de la Vieille-Estrapade. Rondement menée, la perquisition leur fait mettre la main sur trois exemplaires de la *Lettre sur les aveugles*. Eh bien, monsieur ? Diderot était fait. Pour ne pas affoler Nanette, Denis lui explique que quelques affaires relatives à l'*Encyclopédie* l'appellent à l'extérieur et qu'il ne rentrera pas dîner. En jetant un coup d'œil par la fenêtre, elle le vit embarqué dans un fiacre en compagnie des policiers. Une arrestation sur lettre de cachet n'était pas une mince affaire. Nanette courut chez Berryer, lieutenant de police. Allons, madame, lui dit-il, si vous voulez être utile à votre mari, dites-moi où il cache ses papiers et « où est *Le Pigeon blanc* ». « Ma mère, rapporte Mme de Vandeul, répondit à M. Berryer que jamais elle n'avait ni rien vu, ni rien lu des ouvrages de son mari ; que, livrée entièrement à son ménage, elle ne s'était jamais mêlée des sciences dont il aimait à s'occuper ; qu'elle ne connaissait ni pigeon blanc, ni pigeon noir[7]. » Berryer hocha la tête, la crut et la renvoya avec quelques propos apaisants. Diderot, lui, avait été écroué au donjon du château de Vincennes.

Le coup de filet où avait été pris Diderot était la conséquence d'un climat tendu. Quelques mois plus tôt, la paix d'Aix-la-Chapelle, en octobre 1748, a mis fin sans gloire à la guerre de Succession d'Autriche. On grogne dans les cafés et sur les marchés contre les nouveaux impôts levés pour la guerre, et le peuple s'irrite de l'indifférence du roi, des prodigalités de la Pompadour, du luxe de la cour. Satires, libelles, épigrammes et chansons courent les rues. C'était le moment de coffrer les turbulents, et quelques contestataires font les frais de la répression, le ministre d'Argenson s'en prenant surtout aux intellectuels remuants. Diderot a fait partie du lot.

Diderot l'avait bien un peu cherché en narguant une fois de plus les autorités, d'autant plus qu'il ne pouvait ignorer que la police avait des mouchards partout et qu'on le tenait à l'œil. Dès le 20 juin 1747, un indicateur a dénoncé à Berryer certain gaillard menant une vie désordonnée, auteur de *Pensées philosophiques* condamnées et d'un autre ouvrage — sans doute la *Promenade du sceptique* — plus condamnable encore : « Un homme très dangereux et qui parle des saints mystères de notre religion avec mépris. » Il tenait ses informations du curé de Saint-Médard, la paroisse de Diderot, qui les tenait d'un locataire de l'immeuble où logeait le philosophe, et qui s'est fait un devoir de confirmer le 22 juin que le Diderot « est déiste pour le moins », qu'« il débite contre Jésus-Christ et contre la Sainte-Vierge des blasphèmes » que le saint homme n'ose mettre par écrit[8].

Comme le chat guettant la souris, Berryer s'est tenu tranquille et a attendu des preuves tout en constituant un dossier à charge. Le 29 janvier 1748, un libraire dénonce Diderot comme auteur des *Bijoux indiscrets* et d'un ouvrage en cours qui sera pire encore. Sa fiche de police, commencée le 1er janvier 1748, fait du personnage un portrait édifiant : « C'est un garçon plein d'esprit, mais extrêmement dangereux. Auteur de livres contre la religion et les bonnes mœurs. [...] Fait le bel esprit et se fait trophée d'impiété. Parlant des saints mystères avec mépris[9]. » Diderot était dans de mauvais draps.

Dès le 29 juillet, il a sollicité la faveur de pouvoir se promener et d'avoir l'usage d'une pièce contiguë : refusé. Le 31, accusé d'être l'auteur des *Pensées philosophiques*, de la *Lettre sur les aveugles*, des *Bijoux indiscrets* et de *L'Oiseau blanc*, il nie tout, sauf la *Promenade du sceptique*, qu'il prétend avoir brûlée. Vraiment ? Berryer laisse dire : le 1er août, le libraire Durand a reconnu avoir imprimé les *Pensées*, les *Bijoux* et les *Aveugles*. Pour obtenir des aveux, il suffira de patienter.

Il n'a pas tort. Le 10 août, le prisonnier demande à Berryer des plumes, de l'encre, du papier, la permission de se dégourdir les jambes dans la pièce voisine. Puis il tente de l'apitoyer. Que vont devenir sa femme et son enfant au berceau que sa famille ne saurait soutenir puisque son père ignore son mariage ? Il le sait, il ne supportera pas longtemps son horrible situation : « On peut me condamner à rester dans ma prison, mais non pas à y vivre : cela ne dépend ni des autres ni de moi. Je sens que le désespoir achèvera bientôt ce que mes infirmités corporelles ont fort avancé. »

Et puis, qu'a-t-il donc fait de si blâmable ? Il a étudié les belles-lettres et les mathématiques, traduit des auteurs anglais et s'échine depuis trois ans pour l'*Encyclopédie*. Admettons, s'il le faut, quelque « intempérance d'esprit » : est-ce un crime ? Quant à ses mœurs, sa morale, il est irréprochable, qu'on se renseigne auprès de Mme du Deffand, d'Helvétius, de la marquise du Châtelet, de Buffon, de Voltaire, de Fontenelle, de d'Alembert « et d'autres ». Même chanson dans une lettre à d'Argenson, avec une flatterie appropriée : au moment où on l'a arrêté, il se préparait à solliciter du ministre l'autorisation de lui dédier l'*Encyclopédie*. Silence.

C'était clair : suppliques et dénégations ne le mèneraient nulle part. Le 13 août, il s'effondre : « Monsieur, mes peines sont poussées aussi loin qu'elles peuvent l'être ; le corps est épuisé, l'esprit abattu et l'âme pénétrée de douleurs. » Il se met donc à table et, une fois lancé, ne s'arrête plus. Non seulement il avoue les *Pensées*, les *Bijoux*, les *Aveugles*, mais offre même de livrer les noms des libraires et des imprimeurs « afin qu'ils soient à l'avenir aussi sages que j'ai résolu de l'être ». Quant à *L'Oiseau blanc*, non, il n'était pas de lui, mais d'une dame de sa connaissance dont il avait seulement corrigé l'orthographe défaillante.

Cette défaite n'annonçait pas un caractère héroïque. Il a eu peur, non sans raison. Mme de Vandeul rapporte une scène qui a glacé son père : « Le geôlier lui apportait chaque jour deux chandelles, mais comme il se couchait et se levait avec le soleil, il en faisait peu d'usage, et au bout d'une quinzaine il voulut remettre sa provision à son gardien. "Gardez, gardez, Monsieur ; vous en avez trop cet été, mais elle vous sera fort utile en hiver". » Extraverti, Diderot ne supporte pas la réclusion, le silence, la solitude, il a besoin de contacts, des conversations avec ses amis. Est héros qui peut. Lorsque Rousseau viendra le voir, à la fin du mois d'août, il le jugera marqué par la captivité. Vous voyez que ce n'était pas si difficile, lui dit Berryer. Le 21 août, le philosophe signa une promesse par laquelle il s'engageait, sous peine d'un emprisonnement définitif, à ne pas sortir du château ni de l'enceinte du jardin.

Sachant sa femme sans ressources, les libraires ayant suspendu ses mensualités, Diderot avait bien dû, par deux fois, écrire à son père, qui lui répondit le 3 septembre. La réponse du coutelier, respectueux de l'ordre établi, lui rappelait le devoir d'obéissance : « Tout ce qui vient de la part du souverain est bien respectable, et il faut y obéir dans tous les cas. [...] Mais comme rien n'arrive sans la permission de Dieu, je ne sais ce qui pouvait mieux convenir à votre sanctification. » Était-ce là l'usage que son fils faisait de l'instruction qu'il avait reçue ? Il avait aussi appris son mariage, mais il pardonnait, puisque cette union était légitime. Comme Diderot avait aussi demandé un peu d'argent, le vieux Langrois lui répondait, sarcastique : « Quoi ! un homme comme vous, qui travaillez à des ouvrages immenses, comme vous faites, peut-il en avoir besoin ? Voilà 28 jours écoulés dans un endroit où il ne vous en a rien coûté ; d'ailleurs je sais que Sa Majesté, par un effet de sa bonté, fait donner une subsistance honorable à ceux qui, en exécution de ses ordres, sont traduits là où vous êtes. Vous m'avez mandé avoir du papier, de l'encre et des plumes. Je vous invite à en faire un meilleur usage que du passé. » Mais il promettait tout de même un billet de cent cinquante livres[10].

Diderot était désormais autorisé à recevoir des visites. Le 22 août, les libraires sont venus le voir et ont conduit sa femme auprès de lui. Trois ou quatre jours plus tard, c'est au tour de Rousseau. Le 25 août, il courut à Vincennes et se jeta dans les bras du prisonnier : « Je collai mon visage sur le sien, je le serrai étroitement sans lui parler autrement que par mes pleurs et par mes sanglots ; j'étouffais de tendresse et de joie. »

Diderot attendait maintenant son élargissement. Il avait dans sa poche, racontera-t-il plus tard, « un petit Platon » dont il aurait rempli de son écriture les marges et les interlignes, d'un curedent se faisant une plume, d'un gobelet cassé un encrier et de l'encre avec de la poussière d'ardoise délayée dans du vin. Il se mit alors, sans grammaire ni dictionnaire, à une traduction de l'*Apologie de Socrate* et du *Criton*. N'était-il pas luimême un Socrate moderne, martyr de la vérité ? C'était peut-être aussi une manière de se déculpabiliser en se projetant dans le personnage d'un philosophe que la menace même de la mort n'avait pu briser.

Sa captivité assouplie lui offrait des accommodements. Il reçoit les libraires, classe les papiers de l'*Encyclopédie*. Il a reçu aussi la visite de Mme de Puisieux. Diderot la soupçonnait d'infidélité et enrageait de jalousie. Un jour, elle lui dit qu'elle se rendait à une fête. Mon père, dit Mme de Vandeul, sauta le mur d'enceinte, courut à Champigny où il vit sa maîtresse en galante compagnie, revint à Vincennes et coucha dans le parc. Le lendemain, il confessa son équipée au gouverneur de Vincennes. Douteux. Après sa promesse formelle, Diderot aurait-il pris le risque de retrouver sa cellule du donjon ?

Les libraires n'auraient pas davantage apprécié ce coup de tête. Dès le jour de son arrestation, ils avaient adressé une supplique au comte d'Argenson pour obtenir sa libération : « La détention de M. Diderot, le seul homme de lettres que nous connaissions capable d'une aussi vaste entreprise — l'*Encyclopédie* — et qui possède seul la clé de toute cette opération, peut entraîner notre ruine. » Le 28 juillet, ils récidivent auprès de Berryer. Après le 21 août, lorsque le régime de la détention a été assoupli, ils insistent encore auprès du comte d'Argenson, expliquant que, même dans ces conditions, la gestion de l'*Encyclopédie* à partir de Vincennes « est une chose absolument impossible[11] ».

Depuis la fin d'août, tous les deux jours, seul ou accompagnant Nanette, Rousseau venait voir le prisonnier, le réconforter de son amitié. L'été, cette année-là, avait été caniculaire et octobre était venu sans faire descendre le thermomètre. Trop démuni pour prendre un fiacre, Jean-Jacques fait le chemin à pied sur la route sans ombre. Pour modérer son pas, il a emporté le dernier numéro du *Mercure de France* et le feuillette en marchant. C'est là qu'il découvre la question mise au concours par l'Académie de Dijon pour l'an 1750 : *Si le rétablissement des sciences et des arts a contri-*

bué à épurer les mœurs. C'est soudain ce qu'on appellera l'illumination de Vincennes, qu'il racontera un jour dans ses *Confessions.* Lui qui depuis tant d'années cherche sa voie, en un éclair il entrevoit un autre univers et devient un autre homme.

Foudroyé, il s'est assis sous un chêne. Quand il retrouve un peu de calme, il cherche du papier et un crayon. Consigner tout ce qu'il vient de concevoir ? Impossible. Mais une vision lui reste, celle de Fabricius, un vieux Romain du temps de la République, autrefois rencontré dans Plutarque. Dans son rêve, cette grande ombre vertueuse revient d'entre les morts et apostrophe ses compatriotes efféminés, corrompus par le luxe et les arts frivoles. « Insensés, leur criait Fabricius, qu'avez-vous fait ? » Illumination ? Prise de conscience plutôt. Dès sa jeunesse il se demandait pourquoi tous les hommes n'étaient pas bons et sages, pourquoi le monde n'était pas heureux et pourquoi l'individu et la société vivaient dans un perpétuel affrontement. La question de l'Académie de Dijon, il se la posait depuis toujours : progrès de l'esprit, du savoir, oui, mais progrès moral ?

Il parvint à Vincennes dans un état de surexcitation incroyable. Jean-Jacques raconte, lit la prosopopée de Fabricius. Diderot écoute, s'anime lui-même à entendre son ami fulminer contre les sciences et les arts. Enthousiasme paradoxal pour l'homme qui prépare l'*Encyclopédie.* Mais comme d'habitude il s'emballe. Diderot, la « tête universelle », faisant l'éloge de l'ignorance ! Mais Socrate, le plus savant des Athéniens, ne l'avait-il pas fait ? Donc, dit Rousseau, il m'exhorta à donner l'essor à mes idées et à concourir au prix. Et c'est Diderot qui lui montre un passage de l'*Apologie de Socrate*, qu'il vient de traduire et que Jean-Jacques insérera dans son *Discours sur les sciences et les arts*.

Scène sans témoin, qui a donné naissance à une légende, colportée plus tard par des amis de Diderot, longtemps après la brouille des deux inséparables. À en croire Marmontel, par exemple, Rousseau s'apprêtait à faire l'éloge du progrès, quand Diderot l'aurait arrêté : soyez original, que diable ! Et voilà, conclut Marmontel : dès ce moment, « son masque et son rôle furent décidés ». Même discours chez l'abbé Morellet. Vraie ou fausse, l'histoire fait fortune. Mme de Vandeul confirme : « Mon père a donné à Rousseau l'idée de son *Discours sur les arts*, qu'il a revu et peut-être corrigé[12]. » Bref, Diderot aurait tout fait, ou du moins tout pensé.

Qu'est-ce que Diderot a bien pu dire à Marmontel, Morellet et consorts ? Emporté par le ressentiment, craignant aussi les éventuelles calomnies des *Confessions*, a-t-il donné l'impression qu'il avait soufflé la grande idée ? Lui-même, par deux fois, a fait allusion à ce fameux après-midi. La première en 1773, dans sa *Réfutation d'Helvétius*. Au philosophe qui se demandait comment Rousseau était entré dans la carrière, Diderot répond : « J'étais alors au château de Vincennes. Rousseau vint m'y voir, et par occasion me consulter sur le parti qu'il prendrait dans cette question. Il n'y a pas à balancer, lui dis-je, vous prendrez le parti que personne ne prendra. — Vous avez raison, me répondit-il, et il travailla en conséquence[13]. » Quelques années plus tard, dans l'*Essai sur les règnes de Claude et de Néron,* même version : « Le parti que vous prendrez, lui dis-je, c'est celui que personne ne prendra. — Vous avez raison, me répliqua-t-il[14]. » C'était le moment ou jamais de réclamer sa part, mais Diderot ne revendique rien. La phrase sur laquelle on a tant débattu — *Vous prendrez le parti que personne ne prendra* —, ce n'est pas un conseil, c'est une affirmation : jamais Diderot n'a cru Jean-Jacques capable de choisir le conformisme. Diderot n'a rien soufflé, mais sûrement il a encouragé un ami qui doutait encore de ses capacités, lui a ouvert les yeux sur son vrai talent.

Vers le 15 septembre, Diderot a sollicité sa mise en liberté. Il promettait de ne plus faire parler de lui en publiant quoi que ce fût qui portât atteinte à la religion ou aux bonnes mœurs. Quant aux libraires, ils ne cessaient d'assiéger le ministre d'Argenson en se lamentant sur la ruine inéluctable de leurs affaires si M. Diderot ne pouvait se remettre au travail.

Le pouvoir ne se pressa pas : ce Diderot méritait une leçon. Les choses s'arrangèrent quand on jugea qu'elle avait porté ses fruits. Une lettre de cachet ordonnant son élargissement fut signée le 21 octobre et, le 3 novembre, le philosophe retrouva la liberté après trois mois et onze jours passés à Vincennes. S'il n'avait pas de quoi se montrer trop fier de son comportement, il saura en d'autres circonstances, pour défendre l'*Encyclopédie*, montrer plus de courage, mais Vincennes lui a tout de même laissé un souvenir pénible. Jamais il n'oubliera cette expérience et il conservera désormais dans ses tiroirs ses écrits compromettants. Jamais plus il ne prendrait le risque de se perdre, et de perdre l'*Encyclopédie* avec lui.

Rentré au logis, talonné par les libraires, Diderot se retrouva devant des monceaux de manuscrits et se mit à la tâche. Après trois mois d'absence, il fallait corriger des articles ou demander des compléments, rédiger des notices en quête d'auteur, songer au *Prospectus* publicitaire, relancer les traînards. Il faut aussi interroger les gens de métier dans leurs ateliers et ce n'est pas simple, car les manuels techniques font défaut et les secrets de fabrication sont jalousement gardés.

Pendant qu'il séchait d'impatience à Vincennes, Rousseau s'était lié avec un Allemand attaché au prince de Saxe-Gotha. Il se nommait Frédéric-Melchior Grimm. Fils d'un pasteur de Ratisbonne et de dix ans le cadet de Diderot, il avait étudié le droit à Leipzig, composé une tragédie en allemand, puis était venu à Paris, en janvier 1749, comme précepteur du fils du comte de Schomberg. Simple lecteur du prince de Saxe-Gotha, il rêvait de réussite. Intelligent, familier des salons, il assumera, succédant à l'abbé Raynal en 1753, la rédaction d'une importante *Correspondance littéraire* manuscrite et secrète, adressée à une poignée de privilégiés, parmi lesquels Catherine II, Gustave III de Suède ou Henri de Prusse, et pour laquelle il saura user et abuser de Diderot. Sous des dehors aimables, il était calculateur et arriviste. Rousseau s'est entiché de lui, ils ont parlé musique et littérature et, Grimm ayant trouvé un emploi auprès du comte de Friesen, bientôt ils ne se quittent plus, chantent ensemble des airs italiens et vont au spectacle.

Avec Grimm, Diderot et Rousseau forment vite un trio d'inséparables et Diderot ne tarde pas à être séduit au point d'éveiller le dépit et la jalousie de Jean-Jacques. Curieux, d'ailleurs. Grimm, circonspect, maître de lui, ne s'abandonne jamais. Diderot en prend parfois conscience, lorsqu'il parle de sa réserve, de « ce cœur qui est toujours d'accord avec cette tête, comme une aiguille d'horloge qui reçoit tout son mouvement d'un balancier qui bat toujours en même temps[1] ». Mais ils ont en commun leur passion pour les idées, la musique, l'opéra, le théâtre — et Grimm est adroit. Il prendra sur Denis un singulier ascendant et saura l'utiliser, le mener, le dominer même. Trente années durant, le philosophe lui vouera une amitié passionnée et l'étonnant est qu'il se mette volontiers au-dessous de lui. En 1759, il lui écrira : « Vous êtes le seul ami que j'aie et que je veuille avoir. Et qui est-ce qui serait digne de vous remplacer ? » Et au sculpteur Falconet : « Ce que la plupart des hommes sont pour moi : des enfants, je le deviens pour lui. » Les absences de Grimm le désolent, leurs retrouvailles ressemblent à celles de deux amants séparés. Lorsqu'en 1762, Grimm est menacé de perdre la vue, Diderot, bouleversé, écrit à Sophie Volland, sa maîtresse : « Je les ai baisés, n'en soyez point jalouse. Oui, comme si c'eût été les vôtres, je les ai baisés cent fois, ces yeux si beaux où je voyais jadis la sérénité du ciel et qui s'éteignent[2]. » Jamais Diderot ne tolérera la moindre critique à l'égard de cet être unique et jamais il ne lui marchandera sa confiance — ce qui rendra plus amère sa déception lorsqu'il comprendra, trente ans plus tard, à quel point il s'était trompé sur l'homme.

L'année 1750 ne fut pas sans nuages. Diderot avait perdu une petite fille et un petit garçon, emporté par une mauvaise fièvre. Nanette était alors enceinte d'un troisième enfant. Denis-Laurent naquit le 30 octobre et ne vécut pas. Diderot avait au moins son travail, ses soucis, ses amis pour le distraire de son chagrin, mais Nanette, toujours seule, n'avait guère que ses larmes.

En novembre 1750 parut le *Prospectus* de l'*Encyclopédie*. L'ouvrage compterait huit volumes de textes, six cents planches en deux volumes et il remplacerait avantageusement Chambers. Du reste, son plan était d'une autre envergure.

Comme le chancelier Francis Bacon, on a ici, expliquait Diderot, présenté un arbre généalogique des sciences et des arts. Le *Système figuré des connaissances humaines*, classées sous les trois catégories fondamentales de la mémoire, de la raison et de l'imagination, fera voir clairement l'origine de chaque branche de notre savoir. Il insistait sur l'une des nouveautés du projet : faire connaître les « arts mécaniques » — les techniques — depuis toujours dédaignées au profit des arts libéraux, et il y reviendra dans l'article « Art » : « C'est aux *arts libéraux* à tirer les *arts mécaniques* de l'avilissement où le préjugé les a tenus si longtemps. [...] Les artisans se sont crus méprisables parce qu'on les a méprisés ; apprenons-leur à mieux penser d'eux-mêmes. »

Diderot tirait de l'entreprise, la première du genre, insiste-t-il, une fierté qui témoignait de sa foi dans le savoir et le progrès : « Nous osons dire que si les Anciens eussent exécuté une encyclopédie, comme ils ont exécuté tant de grandes choses, et que ce manuscrit se fût échappé seul de la fameuse Bibliothèque d'Alexandrie, il eût été capable de nous consoler de la perte des autres. » La souscription prendrait fin le 1er mai 1751 et garantissait aux amateurs une parution régulière, qui s'achèverait en décembre 1754. Un programme qui sera largement dépassé, puisque l'ouvrage comptera finalement dix-sept volumes de textes, onze de planches — soit deux mille huit cent quatre-vingt-cinq illustrations —, cinq volumes de supplément et deux d'index. Qui parlerait encore des deux malheureux volumes de Chambers !

Le *Mercure de France*, en décembre, salue le grand départ et, en mars 1751, admire l'article « Art ». Son ami l'abbé Raynal l'avait claironné dès le 16 novembre : « Ce sera un chef-d'œuvre[3]. »

Les jésuites, peu disposés à encenser les « philosophes » et à tolérer la concurrence avec leur propre *Dictionnaire de Trévoux*, ne partageaient pas cet enthousiasme, surtout. Le père Berthier critique le *Prospectus* en janvier 1751 dans le *Journal de Trévoux*. Vous prétendez à l'originalité, disait-il aux directeurs, mais vous faites beaucoup de bruit pour rien, car Bacon disait déjà « absolument les mêmes choses ». Un peu de modestie, s'il vous plaît.

Diderot répliqua aussitôt avec ironie. Sans doute, mon père, avez-vous lu hâtivement notre brochure... Sinon vous auriez vu que nous y reconnaissons notre dette envers le grand humaniste, tout en montrant ce que nous lui ajoutons, en particulier à propos de la philosophie. Il joignait à sa lettre son article « Art », où il montrait le rôle crucial des arts dits *mécaniques* et abolissait la hiérarchie qui opposait traditionnellement le beau à l'utile. Il saluait le révérend père en lui promettant de parler des jésuites et même du père Berthier, à l'article « Journal ».

Berthier riposta en février. Grand merci, monsieur Diderot, de nous réserver une place dans votre dictionnaire. Soyez assuré que vous en aurez une aussi dans nos feuilles. Ceci dit, votre *Encyclopédie*, même pour la branche philosophique, c'est du Bacon. Perçait tout de même comme une menace dans une allusion voilée aux *Pensées philosophiques* et aux *Bijoux indiscrets* : « M. Diderot est homme d'esprit, et il y a plaisir à recevoir de ses lettres, quand elles roulent simplement sur la littérature. D'autres matières sont trop dangereuses ; et il le sait bien. » Diderot reprit la plume le 2 février, sur le même ton. Berthier n'insista pas, mais en mars parut encore dans le *Journal de Trévoux* un *Parallèle de la branche philosophique du système de l'Encyclopédie, avec la partie philosophique du livre « De la dignité et de l'accroissement des sciences », ouvrage du chancelier Bacon.*

N'eût-il pas mieux valu ne pas attirer l'attention par ces escarmouches avec de puissants adversaires ? Peut-être, mais la dispute avait l'utilité d'exciter la curiosité d'un public curieux de découvrir un ouvrage qui faisait tant de bruit avant même d'avoir paru : en avril, on en était à mille deux cents souscriptions, à quatre cents de plus trois mois plus tard, car il avait fallu prolonger le délai. Les libraires pouvaient se frotter les mains : l'affaire s'annonçait juteuse.

Les philosophes font alors beaucoup parler d'eux. Rousseau, sans trop y croire, avait envoyé au concours de l'Académie de Dijon son *Discours sur les sciences et les arts*. Il n'y pensait plus quand, le 10 juillet 1750, il apprit que les académiciens, décidément peu conformistes, avaient couronné un *Discours* où il expliquait combien les académies étaient inutiles.

Comme il était souffrant, Diderot s'était chargé d'en surveiller l'impression et, dans les premiers jours de 1751, le livre sort des presses du libraire Pissot, à Paris. Rousseau se plaindra de n'avoir pas touché un liard pour son *Discours*, mais il a tort, car il lui apporte bien plus qu'une pincée de louis : la célébrité immédiate. Toujours malade, il est au lit quand il reçoit de Diderot un billet enthousiaste : « Il prend tout par-dessus les nues ; il n'y a pas d'exemple d'un succès pareil. » Il n'y en avait pas, en effet. Du jour au lendemain, on ne parle plus que de Jean-Jacques.

Diderot aussi avait écrit pour son compte. Après le travail écrasant exigé par le premier volume de l'*Encyclopédie*, il s'est accordé un répit. Le 18 février 1751, la *Lettre sur les sourds et muets*, anonyme, était en vente. Elle reparut en mai, complétée par des *Additions pour servir d'éclaircissement* et une réponse érudite au journaliste de Trévoux qui avait critiqué l'interprétation donnée par Diderot de la prière d'Ajax dans l'*Iliade*.

C'était une œuvre assez déroutante, où l'auteur revendiquait une complète liberté d'expression : « Ce n'est point un défaut dans une lettre. » Cette désinvolture affichée autorisait l'impromptu et le ton de la conversation. Diderot choisissait la forme la plus propre à traduire le mouvement d'une réflexion affranchie d'une rhétorique de convention.

Il argumentait contre l'abbé Charles Batteux, l'auteur d'un *Traité des beaux-arts réduits à un seul principe*, publié en 1746, et de *Lettres sur la phrase française comparée avec la phrase latine* insérées en 1748 dans son *Cours de belles-lettres*. Batteux avait traité d'une vieille question de rhétorique, l'inversion grammaticale. Dans une démarche qu'il admet labyrinthique, Diderot, à partir du problème de l'inversion et de l'origine des langues, aborde des questions d'esthétique. Il rappelle la simultanéité des impressions sensibles, que la parole est impuissante à traduire, sinon dans un ordre successif, ce qui l'amène à réfléchir sur ce qui distingue entre eux les arts — pas simplement unis, comme le pensait Batteux, par l'imitation de la « belle nature », mais différenciés par leur mode d'expression. Le peintre est condamné à la représentation de l'instantané, alors que le poète dispose de la possibilité de développer son propos. Il peut aussi dépasser le langage conçu comme moyen de communication pour jouer sur les correspondances et les synesthésies, tandis que le jeu des inversions sert à mettre en évidence un mot particulièrement évocateur, dégageant une aura de significations simultanées. À partir d'analyses d'Homère et de Virgile, Diderot montre comment le poète authentique se sert de l'ordre des mots, des sonorités et de la scansion : la vraie poésie est « hiéroglyphique », c'est-à-dire métaphorique ou symbolique, l'hiéroglyphe poétique rassemblant ce qui était uni dans l'esprit et que le discours ne peut transmettre qu'en éléments distincts et sucesssifs.

Desservie par son décousu et la multiplicité des sujets abordés, la *Lettre sur les sourds* ne fit guère de bruit. Dans ses *Cinq années littéraires*, Pierre Clément jugea tout cela abscons. Raynal y trouva « mille choses bien vues placées sans ordre » et, lecture faite, quelques mois plus tard, des *Additions*, fit à l'auteur un reproche qui lui sera souvent et longtemps adressé : « Tout ce qui sort de la plume de M. Diderot est plein de vues et d'assez bonne métaphysique ; mais ses ouvrages ne sont jamais faits ; ce sont des esquisses ; je doute si sa vivacité et sa précipitation lui permettent jamais de rien finir[4]. » Curieusement, le père Berthier, feignant de ne pas en connaître l'auteur, concéda que l'ouvrage s'élevait « jusqu'à la plus subtile métaphysique, jusqu'à la naissance même de nos idées ».

Diderot n'eut guère le loisir de se soucier de l'accueil fait à sa *Lettre*. Une heureuse surprise attendait les deux directeurs de l'*Encyclopédie*. Le 4 mars 1751, Diderot et d'Alembert apprirent qu'ils étaient élus membres de l'Académie royale des sciences et belles-lettres de Berlin. Cette distinction importait moins pour d'Alembert, déjà couvert d'honneurs, mais elle comptait pour Diderot, qui ne pouvait se prévaloir de pareils titres, et valorisait l'*Encyclopédie, ou Dictionnaire raisonné des arts et des métiers, par une société de gens de lettres*, dont le volume inaugural sortit de presse le 28 juin 1751.

L'ouvrage s'ouvrait sur un *Discours préliminaire* signé par d'Alembert, qui renvoyait à son tour au système de classement baconien, où les connaissances s'ordonnent selon mémoire, raison et imagination, elles-mêmes divisées en sous-sections. Il concédait, en philosophie, la référence au sensualisme lockien, rappelant que « c'est à nos sensations que nous devons toutes nos idées » et, dans la seconde partie, retraçait l'histoire des connaissances à partir de la Renaissance. Coup de chapeau à Voltaire, « génie rare », et à Montesquieu, auteur de l'*Esprit des lois*, « un ouvrage qui sera un monument immortel ». La dernière partie reprenait l'essentiel du *Prospectus* rédigé par Diderot. Tout proclamait que le temps était venu de faire au savoir et à l'idéal du progrès la place qui leur revenait dans l'histoire de l'humanité. Quatre ans plus tard, dans le tome V, l'important article « Encyclopédie » de Diderot viendra compléter le *Prospectus* et le *Discours préliminaire* en assurant fièrement que désormais « la philosophie s'avance à grands pas » et que l'*Encyclopédie* ouvrait toutes grandes les portes du savoir.

Mais le savoir n'est-il pas à la portée de tous ? Diderot l'admet à la suite de Bacon. Mais si l'individu a des limites, il n'y en a pas pour la série indéfinie de ceux qui, de siècle en siècle, poursuivent l'effort de leurs prédécesseurs. Plus de savoir réservé, mais il va de soi que son acquisition dépendra toujours du degré d'intelligence de chacun. Du moins, dans le nouvel humanisme, Dieu ne serait-il plus le centre de tout et la fin suprême :

> Si l'on bannit l'homme ou l'être pensant et contemplateur de dessus la surface de la terre, ce spectacle pathétique et sublime de la nature n'est plus qu'une scène triste et muette. L'univers se tait ; le silence et la nuit s'en emparent. [...] C'est la présence de l'homme qui rend l'existence des êtres intéressante. [...] L'homme est le terme unique d'où il faut partir, et auquel il faut tout ramener.

Imparfaite, l'*Encyclopédie* ? Peut-être, concède Diderot, mais telle quelle, elle allait s'édifier comme le monument des temps nouveaux, où chaque ouvrier a fait sa part. Celle de d'Alembert n'est pas négligeable : il a rédigé le *Discours préliminaire*, l'*Avertissement* du tome III, plusieurs éloges, dont celui de Montesquieu, sans compter environ mille six cents articles relevant de ses spécialités, et aussi quelques-uns traitant de philosophie. Mais deux hommes surtout devaient apporter à Diderot un inappréciable concours.

C'est sans doute en 1749 que Diderot fit la connaissance de Paul Thiry, futur baron d'Holbach, né à Edesheim, dans le Palatinat, où un oncle enrichi dans les spéculations de Law, sous la Régence, et anobli à Vienne, avait pris soin de lui. Il avait étudié le droit à Leyde, s'était installé à Paris en 1749, à vingt-six ans, et s'y était marié l'année suivante. Il donnait, le jeudi et le dimanche, des dîners où, à l'abri des oreilles indiscrètes, on tenait les propos les plus audacieux. On rencontrait chez lui Grimm et Diderot, mais aussi quelques figures marquantes des Lumières, Marmontel, Saint-Lambert, l'abbé Morellet, Chastellux, Galiani, Raynal, Suard, Turgot, d'Alembert, Duclos, Du Marsais et même Jean-Jacques, au début réticent, puis apprivoisé à force de cajoleries et d'attentions.

Les deux hommes aimaient la philosophie, la musique et la peinture, les plaisirs de la vie et de la table, tous deux étaient utilitaristes et matérialistes. On verra souvent Diderot à la « synagogue » de la rue Saint-Roch et il fera de longs séjours au Grandval, propriété de Mme d'Aine, belle-mère du baron. Mais l'homme était d'une humeur imprévisible, et il arrive à Diderot de se plaindre de ne pas trouver avec lui une vraie intimité. L'un et l'autre resteront pourtant fidèles à une amitié difficile, parfois agitée, mais sincère et cimentée par des convictions communes.

Car d'Holbach était un savant, qui fournira à l'*Encyclopédie* plus de quatre cents articles, surtout en chimie, métallurgie et minéralogie, mais aussi quelques textes parmi les plus hardis sur la politique et la religion. C'était un athée, dont les œuvres compteront parmi les plus radicales du mouvement philosophique. *Le Christianisme dévoilé*, la *Théologie portative*, *La Contagion sacrée* et surtout le *Système de la nature*, véritable bible du matérialisme athée font de lui l'un des penseurs les plus virulents du siècle.

Le chevalier Louis de Jaucourt, né, lui, en 1704, prit contact avec Diderot en septembre 1751 pour proposer quelques articles. Il s'était formé à Genève, à Cambridge et à Leyde, avait fait des études de médecine. Si Diderot cherchait un homme à tout faire, il ne pouvait trouver mieux : Jaucourt était le travail en personne. Pas au début : huit articles seulement dans le tome II. Mais les volumes VIII à XV lui devront d'un quart à la moitié des articles et les deux derniers plus de la moitié, soit au total plus de dix-sept mille entrées sur les quelque soixante mille de l'ensemble ! Jaucourt trimait treize ou quatorze heures par jour, rétribuait de ses deniers quatre ou cinq secrétaires et poussa le dévouement à la cause jusqu'à vendre l'une de ses maisons pour payer ses scribes. Diderot avait trouvé plus passionné et plus infatigable que lui. Il disait à Sophie Volland, non sans condescendance : « Ne croyez pas qu'il s'ennuie de moudre des articles. Dieu le fit pour cela[5]. »

Mais la part du lion — à part l'inusable Jaucourt — revient à Diderot. On évalue sa contribution à quelque cinq mille entrées, très inégalement réparties selon les volumes. Les deux premiers en contiennent plus de trois mille, parce qu'il a pris en charge les notices de géographie, parfois de quelques lignes seulement, et sa participation diminue à partir du moment où il peut compter sur Jaucourt et consacrer son attention aux volumes de planches.

Diderot est partout. La philosophie lui revient après le départ des abbés Yvon, de Prades et Pestré et la mort de l'abbé Mallet en 1755. Il puise alors à pleines mains dans le grand *Dictionnaire* de Bayle, l'*Histoire critique de la philosophie* de Boureau-Deslandes, l'*Historia philosophiae* de l'Allemand Brucker ou l'*Historia philosophiae* de Stanley. Si tout n'est pas de lui, il sait marquer tout de sa griffe. C'est lui aussi qu'on retrouve dans des notices techniques, dans celles concernant l'histoire de la religion, des hérésies, des croyances populaires, de la mythologie, lui encore pour l'histoire naturelle et la physiologie, la médecine et la chirurgie, les jeux de hasard ou les beaux-arts et lui toujours, ici et là, pour la cuisine, la chimie, l'herboristerie ou les synonymes[6].

Quant à la composition de l'équipe, elle devait évidemment se modifier au fil du temps, car l'*Encyclopédie* est l'œuvre de près de deux cents collaborateurs[7]. D'où les différences de ton, la bigarrure, la diversité des styles. L'ouverture intellectuelle est complète : des catholiques, des déistes, des athées, des monarchistes et des démocrates, unis au moins sur le principe de la tolérance, épris de progrès et confiants dans le sensualisme et le newtonisme. Aux ouvriers de la première heure viendront s'en ajouter bien d'autres encore : fonctionnaires, ingénieurs des Ponts et Chaussées, manufacturiers, maîtres de forges, soyeux, médecins renommés comme Bordeu ou Tronchin, juristes, artisans…

Mais Voltaire ? Lorsque paraît le *Prospectus*, en novembre 1750, il est déjà à Potsdam, et jamais il ne se dévouera pleinement à la cause. Il a été contacté dès l'annonce du projet, mais n'a pas donné suite. Il participera pourtant après le troisième volume en offrant à d'Alembert, qu'il tient d'ailleurs pour le maître d'œuvre, « quelques cailloux pour les fourrer dans quelque coin de mur », mais il ne fournira au dictionnaire qu'une cinquantaine d'articles surtout orientés vers les belles-lettres, voire la grammaire. Ici et là, il félicite, mais regrette la timidité des articles de métaphysique et de théologie, et aussi que certains collaborateurs ne soient pas « de vrais savants ». À partir de juin 1758, il prendra prétexte d'un voyage pour avertir Diderot qu'il ne donnera plus d'articles à l'*Encyclopédie*.

C'est aussi que Voltaire ne croit pas aux gros livres pour propager les idées nouvelles, mais bien à l'efficacité des textes courts et incisifs, comme ceux de son propre *Dictionnaire philosophique*. Question de tactique, il l'explique à d'Alembert le 5 avril 1766 : « Jamais vingt volumes in-folio ne feront de révolution ; ce sont les petits livres portatifs à trente sous qui sont à craindre. Si l'évangile avait coûté douze cents sesterces, jamais la religion chrétienne ne se serait établie. »

En outre, les rapports avec Diderot ne seront jamais chaleureux et leurs lettres seront rares. Riche, Voltaire comprend mal comment on peut être « esclave des libraires ». Et puis, des articles et encore des articles de dictionnaire, au lieu des grands genres — la tragédie, l'épopée — où se déploie le génie. Pour le caractère, les deux hommes s'opposent, et souvent Voltaire s'irritera de la désinvolture de Diderot et de ses inqualifiables retards à lui répondre. Enfin, il ne partage pas les options philosophiques de Diderot et du salon d'Holbach. D'accord pour la lutte contre l'Infâme — l'Église, la superstition, l'intolérance —, mais il n'y en a pas moins un désaccord profond : jamais Voltaire, résolument déiste, n'admettra le hasard, la vie surgissant de la matière brute, le mouvement essentiel à la matière.

Diderot, lui, respecte certes l'homme de lettres, surtout le tragique, tout en le considérant un peu comme l'homme du passé. Il admire *La Henriade*, où Voltaire a stigmatisé les guerres de religion, *Mahomet* ou *Zaïre* qui ont condamné le fanatisme et l'intolérance, mais s'irrite parfois de certaines petitesses indignes d'un si grand homme. Celui auquel il ne marchandera jamais son admiration, c'est le Voltaire champion de la tolérance, ennemi de la tyrannie, le défenseur de Calas, dont l'action, dans cette terrible affaire, fut au-dessus de tout éloge : « Quand il y aurait un Christ, je vous assure que Voltaire serait sauvé[8]. »

Voltaire a beau la juger pusillanime, si l'*Encyclopédie* n'avait été qu'un dictionnaire comme les autres, elle n'eût pas soulevé contre elle tant d'oppositions irréductibles. Inventaire des connaissances, oui, mais qui prétendait « changer la façon commune de penser » et manifestait un rapport inédit avec la nature, Dieu et les hommes. Profondément réformiste, elle devait inquiéter. Évidemment, il n'était pas question, vers 1750, de s'avancer sans déguisement ni précautions. De là le fameux systèmes des « renvois », que Diderot expose avec une stupéfiante hardiesse dans l'article « Encyclopédie ».

Les uns sont à la fois nécessaires et innocents, puisqu'il fallait bien qu'un mot pût renvoyer à un autre afin de lier entre elles des notions que l'ordre alphabétique avait dispersées. « Mais, ajoutait impudemment Diderot, quand il le faudra, ils produiront aussi un effet tout contraire ; ils opposeront les notions ; ils feront contraster les principes ; ils attaqueront, ébranleront, renverseront secrètement quelques opinions ridicules qu'on n'oserait insulter ouvertement. » Ces renvois-là ont « une utilité secrète, dont les effets sourds [seront] nécessairement sensibles avec le temps ». C'est sur eux qu'il faut compter pour saper insidieusement les préjugés sans s'exposer à la répression.

Le jeu consiste, par exemple, à insérer dans un article orthodoxe un complément qui l'est moins. Rien à dire de « Âme », par l'abbé Yvon, mais Diderot y ajoute quelques propos sur la question du siège de l'âme, sur le lien entre l'esprit et l'organisation du corps, qui sont bien un peu matérialistes. « Anthropophages » qui pourrait se contenter d'être exotique, mais suggère irrespectueusement : « *Voyez* Eucharistie, Communion, Autel, *etc.* » On pouvait aussi feindre d'abonder dans le sens de l'orthodoxie, comme dans l'article « Damnation » à propos de l'éternité des peines, pour en faire voir l'absurdité. Comme dans tous les régimes autoritaires, le lecteur saura lire entre les lignes, entendre à demi-mot et trouver la critique des religions là où on ne l'aurait pas cherchée. « Aius locutius » est une divinité romaine qui a rendu ses oracles au temps où on ne la reconnaissait pas, et qui s'est tue lorsque son culte est devenu officiel, « Agnus Scythicus » — plante mythique que nul n'a jamais vue — met en garde contre les faits incroyables rapportés par la tradition, le Saint-Esprit devient dans « Aigle » — l'oiseau de Jupiter — un oiseau déifié par la superstition, analyse qui s'assortit d'une réflexion ironique : « Ces visions sont ensuite consacrées par le temps et la crédulité des peuples ; et malheur à celui qui sans être appelé par Dieu au grand et périlleux état de missionnaire, aimera assez peu son repos et connaîtra assez peu les hommes, pour se charger de les instruire. Si vous introduisez un rayon de lumière dans un nid de hiboux, vous ne ferez que blesser leurs yeux et exciter leurs cris. Heureux cent fois le peuple à qui la religion ne propose à croire que des choses vraies, sublimes et saintes, et à n'imiter que des actions vertueuses ; telle est la nôtre, où le philosophe n'a qu'à suivre sa raison pour arriver aux pieds de nos autels. » Il n'était pas non plus très difficile de s'en prendre au clergé catholique dans « Brahmanes » ou « Bramines ».

On prend soin d'aiguiser l'esprit critique. Vraisemblable, l'« Arche de Noé » ? N'est-il pas surprenant que, dans la Genèse, Dieu crée la lumière le premier jour, le soleil ensuite ? La vérité ainsi s'avance, masquée, mais elle avance. Et, dans « Néant » : « Qu'est-ce qui a précédé la création du monde ? qu'est-ce qui en tenait la place ? *Rien*. Mais le moyen de se représenter ce *rien ?* Il est plus aisé de se représenter une matière éternelle. » Ou encore, dans « Naître » : « À proprement parler, on ne *naît* point, on ne meurt point ; on était dès le commencement des choses, et on sera jusqu'à leur consommation. [...] Les termes de vie et de mort n'ont rien d'absolu ; ils ne désignent que les états successifs d'un même être. »

La réserve s'imposait aussi en politique. Il y aura bien quelques déclarations un peu fortes dans « Droit naturel » de Diderot ou « Économie politique » de Rousseau, où pointe pour la première fois la redoutable notion de volonté générale, mais dans ce domaine l'*Encyclopédie* ne fait pas preuve d'un esprit particulièrement novateur[9]. Tout de même, dans « Autorité politique », Diderot condamne « la puissance qui s'acquiert par la violence » qui « n'est qu'une usurpation », parle d'un contrat entre le gouvernement et le peuple, seul dépositaire légitime du pouvoir, comme le disait aussi Jean-Jacques. Prudence étant mère de la sûreté, il n'allait pas jusqu'au droit de révolte et concluait qu'il ne faut reconnaître au peuple, tant que la dynastie légitime est en place et même si le souverain devait être « injuste, ambitieux et violent », que le droit d'essayer de fléchir Dieu par ses prières. Pas dupes, ses adversaires s'empresseront néanmoins de crier au scandale.

Le volume paru, Voltaire y alla d'un éloge, tout à la fin du catalogue des écrivains de la seconde édition de son *Siècle de Louis XIV*, mais l'approbation n'est pas unanime, même chez les amis. Raynal loue « l'esprit philosophique qui y règne », mais que d'articles superflus et que de lacunes ! En septembre, le *Journal des savants* formule d'expresses réserves : « Nous sommes obligés d'avertir que [...] l'auteur [du *Discours préliminaire*] suppose que les sensations sont la seule origine des idées. [...] Le système de Locke est dangereux pour la religion[10]. » De quoi inquiéter d'Alembert, directement mis en cause. Dans le *Journal de Trévoux*, les jésuites ne se privent pas, en 1751 et 1752, de contester l'origine sensualiste des idées, de dénoncer les articles suspects et des plagiats, des erreurs, des omissions, un article « Autorité politique » téméraire et, bien entendu, des impiétés. La déclaration de guerre était faite. Désormais, l'*Encyclopédie* entre en conflit ouvert avec la tradition et les autorités religieuses.

L'année 1751 s'acheva sur un épisode à la fois navrant et burlesque de la vie privée de Diderot. Irritée contre un mari absent, absorbé par son travail ou accaparé par ses amis, de caractère naturellement difficile, Nanette s'aigrit chaque jour un peu plus, se querelle avec sa servante et la maltraite. Sa grossesse la rendait-elle acariâtre ? Elle pouvait avoir un autre sujet d'inquiétude. Diderot n'avait pas mis fin à sa liaison avec Mme de Puisieux, du moins si l'on en croit un fait divers rapporté, le 3 décembre 1751, dans *La Bigarrure*[11]. Selon le gazetier, le philosophe crut trouver la paix en rompant tout commerce avec sa maîtresse et Mme de Puisieux jura qu'il ne l'emporterait pas en paradis. Passant devant les fenêtres de sa rivale en compagnie de ses deux enfants, elle l'apostrophe brutalement : « Tiens, maîtresse guenon, regarde ces deux enfants ; ils sont de ton mari, qui ne t'a jamais fait l'honneur de t'en donner autant. » Nanette dévala les escaliers et les deux femmes se prirent aux cheveux sous les regards amusés des passants et il fallut séparer les combattantes en les noyant sous trois ou quatre seaux d'eau. Le journaliste finissait sur un Diderot effondré et se gardant bien d'intervenir. C'est peu de chose qu'un philosophe.

De son côté, Mme de Puisieux confia à Voltaire, le 15 février 1752, que, depuis près de trois ans, ses yeux s'étaient dessillés et qu'elle avait appris à distinguer en Diderot « l'homme qui montre des vertus d'avec celui qui les a réellement ». Ses « procédés équivoques », dit-elle, le lui ont rendu « fort indifférent ». Elle ne serait donc pas en mesure de porter les compliments de Voltaire « à cet homme célèbre, car je ne le vois point ». L'aventure était bien finie.

Authentique ou non, le récit fait de Diderot une sorte de vedette dont les faits et gestes intéressent les *paparazzi* du temps. Il avait fait le gros dos sous l'orage conjugal, mais une autre tempête le menaçait.

Traverses

Diderot l'ignorait encore, mais le ciel se couvrait. Le 18 novembre 1751, un candidat soutint à la Sorbonne une thèse intitulée : *À la Jérusalem céleste : qui est celui sur la face duquel Dieu a répandu le souffle de la vie ?* Réponse : Adam. Le candidat fut reçu sans difficulté.

L'auteur, Jean-Martin de Prades, vivait avec deux autres prêtres, les abbés Pestre et Yvon, collaborateurs de l'*Encyclopédie* pour les articles de théologie. Prades lui-même était responsable de l'article « Certitude », à paraître dans le tome II. Rien de compromettant, puisque le dictionnaire paraissait avec privilège officiel.

Or, quelques jours après la soutenance, le bruit court que le contenu de la thèse ne serait guère orthodoxe. Le 15 décembre, une assemblée de théologiens la condamne et le nom de Prades est rayé de la liste des bacheliers de l'Université de Paris ; le 17, elle est déférée au parlement[1]. Voilà qu'on s'apercevait, un peu tard, que Prades s'inspirait du *Discours préliminaire* de l'*Encyclopédie*, soutenait que la société s'était jadis fondée sur l'inégalité et la violence et que le droit de révolte était légitime contre la force. Dans une thèse qui traitait d'Adam, pas l'ombre d'une allusion au péché originel, pas grand-chose sur la Révélation, le Christ n'ayant fait que développer la religion naturelle, et ses miracles étaient comparés à ceux d'Esculape. Enfin, Prades avait emprunté une phrase à la dix-huitième des *Pensées philosophiques* de Diderot et s'était servi d'un *Discours sur le théisme* de Voltaire. Les docteurs avaient-ils laissé passé la thèse sans la lire, ou sommeillaient-ils pendant la soutenance ? C'était pourtant clair : Prades est un suppôt des Encyclopédistes. La conclusion s'impose : l'*Encyclopédie* est un ouvrage néfaste. Le 10 janvier 1752, Prades est définitivement exclu et, comme par hasard, deux rapports de police font du coupable un portrait peu engageant.

Le 22 ou le 23 janvier, le tome II de l'*Encyclopédie* contenant l'article « Certitude » vient confirmer la collusion de Prades avec les « prétendus esprits forts » et émeut les autorités ecclésiastiques, au point qu'un évêque porte plainte devant le roi et qu'un autre lance un mandement anathématisant « une suite de principes pernicieux prise dans des sources empoisonnées », accusation d'autant mieux reçue que le bruit court que Diderot serait, en tout ou partie, l'auteur de la thèse.

La réaction ne se fait pas attendre. Le 7 février 1752, un *Arrêt* du Conseil du roi interdit de vente les deux premiers volumes de l'*Encyclopédie*. Les jésuites, dit-on, ont réussi leur coup : tuer dans l'œuf l'entreprise pour la reprendre à leur compte.

Le 11, on décrète l'arrestation de l'abbé de Prades. Trop tard : Prades et son ami Yvon, soupçonné lui aussi d'avoir collaboré à la thèse, ont fui. Prades passera en Hollande et bientôt en Prusse, où il sera sous la protection de Frédéric II.

Prades ne risquait plus rien, ce qui n'était pas le cas de l'*Encyclopédie*, s'il ne se trouvait quelque protecteur puissant. Une chance : depuis 1750, le directeur de la librairie était Chrétien-Guillaume de Lamoignon de Malesherbes, magistrat averti, compétent et laborieux, loyal serviteur du régime, mais aussi esprit tolérant, ami des Lumières. Sous la Révolution, cet homme de bien et de devoir revendiqua le périlleux honneur d'assister Louis XVI au cours de son procès. Après l'exécution du roi, il se retira à la campagne, où l'on vint l'arrêter. Il montera sur l'échafaud le 22 avril 1794. C'est lui qui sauva l'*Encyclopédie* en faisant mettre en sûreté les papiers de Diderot. Puis, le 21 février, il fit officiellement perquisitionner chez Le Breton et y saisir manuscrits, dessins et gravures.

Qu'était devenu le Diderot de Vincennes ? Cette fois, il ne bronche pas devant le péril, pourtant réel, car l'*Encyclopédie*, chargée à fond, devenait l'ennemi à abattre.

Sa situation n'est pas enviable. Non seulement il court le risque d'être arrêté, mais sans doute les libraires, comme pendant son emprisonnement à Vincennes, ont-ils cessé de le rétribuer. Au point que, pour faire face aux nécessités, il est contraint de se rendre à Langres pour obtenir quelques secours de sa famille[2]. On ne sait rien de ce voyage.

Parti le 20 mai, Diderot était de retour à Paris au plus tard le 17 juin. Le vieux coutelier s'est sans doute laissé attendrir, puisque Mme Diderot ira enfin faire en juillet-août la connaissance de sa belle-famille.

L'*Encyclopédie* semblait perdue. Heureusement, le système avait ses contradictions internes. Bien sûr, les deux premiers volumes étaient interdits, mais le privilège n'avait pas été révoqué. Était-il politique d'interdire définitivement l'ouvrage ? De telles mesures revenaient à paralyser toute vie intellectuelle en France et à faire fuir les auteurs chez des éditeurs étrangers. Pouvait-on acculer à la faillite les éditeurs contraints de rembourser les deux mille souscripteurs ? Trois mois après l'*Arrêt*, sous l'influence de Mme de Pompadour, qui déteste le parti dévot, de Malesherbes et de quelques ministres, le gouvernement autorise les directeurs à se remettre au travail, à la condition que les censeurs apposent désormais leur paraphe sur chaque page, non du manuscrit, mais des épreuves : fini de ruser avec la censure.

Ce tapage n'a nullement affecté le succès du dictionnaire, au contraire : en novembre 1753, le tome III est tiré à trois mille cent exemplaires et les réimpressions ultérieures feront grimper les trois premiers volumes, en février 1754, à quatre mille deux cent vingt-cinq exemplaires, réussite exceptionnelle pour un ouvrage aussi coûteux[3].

Entre-temps, l'abbé de Prades était arrivé à Berlin et avait préparé sa défense dans une *Apologie* en deux parties, publiée en octobre. Mais en septembre avait paru une *Instruction pastorale* de l'évêque d'Auxerre à laquelle Diderot répondit sous le manteau de l'abbé. Sa *Suite de l'Apologie de M. l'abbé de Prades* était en vente le 12 octobre, peu avant les deux autres, et il s'y faisait un malin plaisir de montrer un prélat janséniste faisant cause commune avec les jésuites.

Après tout ce remue-ménage, l'*Encyclopédie* reprit son chemin. Dans un *Avis au public* du tome III, en novembre 1753, d'Alembert fit avec dignité allusion aux persécutions subies et à un scandale dont on avait pris prétexte pour nuire à l'entreprise, sans se priver d'affirmer que c'était, envers et contre tous, « par l'esprit philosophique que nous tâcherons de distinguer ce Dictionnaire ».

On ne se querellait pas qu'à propos de la philosophie. Un autre débat, plus esthétique et en apparence assez futile, vint mettre Paris en ébullition.

L'opéra français ne s'était guère renouvelé depuis la mort de Lulli en 1687, seul Rameau s'affirmant comme une personnalité d'envergure. En 1752, Grimm, dans ses *Remarques sur Omphale*, paroles de La Motte, musique de Destouches, en avait fait la critique, tout en épargnant l'irascible Rameau. Rousseau s'en mêla avec une *Lettre à M. Grimm*, où il célébrait les grâces de la musique italienne, persiflait la pesante musique française comparée à « une oie grasse » et s'en prenait à Rameau, accusé d'avoir « plus de savoir que de génie ».

La dispute rebondit lorsque, le 1er août 1752, les Bouffons jouent à Paris *La Serva Padrona* de Pergolèse qui, Rousseau *dixit*, « déboucha les oreilles françaises ». Paris se divise aussitôt en deux clans. L'un, le parti officiel, composé des grands et des riches, forme le Coin du roi, ainsi nommé parce qu'il se réunissait sous la loge du roi. L'autre s'installe dans le Coin de la reine, où se rassemblaient les connaisseurs, les gens de talent. Contre l'opéra français, aristocratique, majestueux et solennel, expression du régime, ils soutenaient une musique qui éveillait en chacun ce qu'il pouvait ressentir de plus pathétique et transformait le public en une communauté agitée par une émotion unanime. C'est pourquoi les partisans de la musique consacrée ne tardèrent pas à les accuser de favoriser une excitation vulgaire et dangereusement populaire.

De nouveau, c'est Grimm qui allume la mèche en lançant, en janvier 1753, son *Petit Prophète de Boehmischbroda,* plaisante satire au style biblique où l'on voit un étudiant transporté de Prague à Paris pendant son sommeil et s'ennuyant prodigieusement à l'Opéra où le chant français fait un bruit de « gargarisme[4] ». Aussitôt, guerre de pamphlets et de libelles. Diderot à son tour y va d'une adresse *Au petit prophète de Boemischbroda,* suivie des *Trois chapitres ou Vision de la Nuit du mardi gras au mercredi des Cendres*, où il reprenait le style biblique de Grimm pour un éloge enthousiaste du *Devin du village* de Rousseau, qu'on venait de donner à l'Opéra, en se gardant toutefois de verser dans l'excès.

Jean-Jacques s'était d'abord tenu tranquille mais, en septembre 1753, il intervient avec une *Lettre d'un symphoniste à ses camarades de l'orchestre*, où il feint d'être un musicien de l'Opéra qui engage ses collègues à jouer faux, à « estropier cette musique enchanteresse » et à saboter de leur mieux l'exécution des œuvres italiennes afin de demeurer « les arbitres souverains de la chaconne et du rigaudon ». Sarcastique, mais il pouvait faire mieux : en novembre, sa fracassante *Lettre sur la musique française* affirme le primat de la mélodie sur l'harmonie, de la musique vocale sur l'instrumentale, et sa conception de la musique comme imitation de la nature. Contre-fugues, doubles fugues, fugues renversées, basses contraintes et « autres sottises difficiles » ? Barbarie gothique et mauvais goût. Bref : « Les Français n'ont point de musique, et n'en peuvent avoir, ou, si jamais ils en ont une, ce sera tant pis pour eux. »

C'était raide, et Rameau, cette fois, relève le gant, ripostant à plusieurs reprises, en 1754, dans ses *Observations sur notre instinct pour la musique et sur son principe*, puis, en 1755, dans ses *Erreurs sur la musique dans l'Encyclopédie*, et, l'année suivante, dans la *Suite des Erreurs sur la musique dans l'Encyclopédie*.

Les attaques de Rameau contre Rousseau musicologue ayant touché l'*Encyclopédie*, les philosophes se trouvent, malgré eux, engagés plus avant qu'ils ne voudraient. Dans sa modération à propos de l'opéra français, Diderot a sans doute aussi évité de s'aliéner Rameau, car les Encyclopédistes se seraient bien passés de cette querelle intempestive au moment même où la publication a repris, précisément en octobre 1753.

Pendant qu'on s'écharpait à propos de la musique française, Diderot avait scellé la réconciliation avec les siens en leur expédiant enfin sa femme. En été 1752, Nanette s'en fut donc à Langres et sut, raconte Mme de Vandeul, se faire apprécier. Elle caressa son beau-père, apprivoisa « Sœurette » et on la renvoya chargée de bénédictions et de cadeaux. Elle avait là-bas fait la connaissance de Pierre La Salette, dont la fille avait épousé un Nicolas Caroillon. L'un des quatre fils Caroillon, Abel-François, né en 1746, deviendra le gendre de Diderot. Après dix années, Diderot avait renoué avec son milieu et s'empressa d'user de ses relations pour obtenir le transfert de la charge d'entreposeur du tabac à Langres du vieux La Salette à Nicolas Caroillon.

Le mois suivant, il leur apprit que Nanette était enceinte pour la quatrième fois et qu'elle priait pour que l'enfant ne connût pas le sort des précédents. Le 2 septembre 1753 naquit une fille, et le Ciel exauça ses prières : Marie-Angélique mourra septuagénaire.

Les tracas des derniers mois n'ont pas empêché Diderot de revenir à son œuvre personnelle. Entre l'été et l'automne 1753, il a composé *De l'interprétation de la nature*, paru à la fin de novembre ou dans les premiers jours de décembre, dont une réédition remaniée et augmentée sortit de presse au début de janvier 1754, sous le titre *Pensées sur l'interprétation de la nature*, précédées d'un irritant « Jeune homme, prends et lis » à la manière du *Tolle, lege* de saint Augustin, que raillèrent certains critiques. « C'est de la nature que je vais écrire », annonçait l'auteur. Le titre se référait au *Novum Organum* de Francis Bacon, dont la troisième partie s'intitule *Pensées et vues sur l'interprétation de la nature*. C'était un retour aux « pensées » — cinquante-huit et une série de « questions » — et à une forme libre, propice aux associations d'idées : « Je laisserai les pensées se succéder sous ma plume, dans l'ordre même selon lequel les objets se sont offerts à ma réflexion, parce qu'elles n'en représenteront que mieux les mouvements et la marche de mon esprit. »

Ces *Pensées* ambitionnent de définir une méthode sûre d'investigation dans les sciences naturelles. Diderot croit en effet révolue la suprématie des mathématiques et des systèmes abstraits : « Les mathématiques, transcendantes surtout, ne conduisent à rien de précis, sans l'expérience ; c'est une espèce de métaphysique générale. [...] J'oserais presque assurer qu'avant qu'il soit cent ans, on ne comptera pas trois grands géomètres en Europe. » Infécondes sans l'expérience, elles seront détrônées par la physique expérimentale qui répond, elle, au critère de l'« utile »[5]. Une vérité scientifique doit se fonder sur la mise en relation des phénomènes, sur la corrélation de la réflexion et de l'expérience. Pour la méthode, trois étapes : « L'observation recueille les faits, la réflexion les combine, l'expérience vérifie le résultat de la combinaison. » C'est le principe du *Novum Organum* ou de la *Nova Atlantis*, où Bacon assignait à des équipes de chercheurs des missions précises. Ainsi, la recherche scientifique ne dépend plus d'un individu génial, mais se fait œuvre collective, continue dans le temps. Recommandation essentielle : ne rejeter aucune intuition « même absolument bizarre » — car l'hypothèse est féconde —, mais la vérifier au moins une fois, et répéter inlassablement les expériences, les combiner de toutes les manières imaginables. Il ne suffira pas non plus de s'en tenir à *observer* la nature et à engranger des faits sans dégager de conclusion. Et surtout, jamais le savant n'aura recours aux causes finales, « car la recherche de ces causes est contraire à la véritable science » qui « abandonnera donc le *pourquoi* et ne s'occupera que du *comment* ». Une fois pour toutes, si la métaphysique appartient au théologien, l'étude du monde sensible est du ressort du savant.

D'expérience en expérience s'approfondira cette connaissance et l'on finira par atteindre l'unité de la nature au-delà de la diversité : l'attraction, « qualité primitive de la matière », garantit l'interdépendance des phénomènes, impose à l'univers un ordre immuable indépendant de l'hypothèse divine et créationniste. La nature — qui « n'est pas Dieu », mais figurée comme un tout organique dirigé par une loi unique — est animée d'une force créatrice qui rend dérisoire la perspective finaliste de la théologie naturelle.

Les phénomènes biologiques relèvent de la même conception unitaire de la nature et présentent aussi une unité, dissimulée par la variété des apparences au terme d'une longue évolution. C'est l'hypothèse du « premier animal, prototype de tous les animaux », annonce du transformisme : « Il semble que la nature se soit plu à varier le même mécanisme d'une infinité de manières différentes. [...] La nature n'a fait qu'allonger, raccourcir, transformer, multiplier, oblitérer certains organes. Imaginez les doigts de la main réunis, et la matière des ongles si abondante que venant à s'étendre et à se gonfler, elle enveloppe et couvre le tout ; au lieu de la main d'un homme, vous aurez le pied d'un cheval. » Ainsi, cette nature « n'a peut-être jamais produit qu'un seul acte » et elle « est encore à l'ouvrage » dans une création ininterrompue où les espèces de demain ne seront pas plus semblables à celles d'aujourd'hui que celles d'aujourd'hui à celles d'hier.

Dépassant Buffon, Diderot n'oppose pas matière vivante et matière brute, mais soutient la continuité de la progression du végétal à l'animal : tout progresse sans hiatus de l'organisation à la vie, et de là au sentiment, à la pensée. Poussant à fond une hypothèse de Maupertuis, il étend l'idée de l'animal conçu comme agrégat de particules capables, par elles-mêmes, de sensations, à l'univers entier, devenu ainsi « semblable à un grand animal » pourvu d'une âme[6]. C'est le chemin qui conduira au *Rêve de d'Alembert*.

Peu importe le temps et les efforts, mais il faut mettre la science à la portée de tous, car, à la différence de Bacon, Diderot ne croit pas qu'elle soit réservée à une élite jalouse de ses privilèges : « Hâtons-nous de rendre la philosophie populaire. » À condition toutefois d'aller prudemment, car les temps ne sont pas encore venus où l'on pourra diffuser sans risque les Lumières. Imaginons, concluait prudemment Diderot, que notre sainte religion ne soit pas là pour nous enseigner la vérité — ce qui n'est pas le cas, Dieu soit loué —, que ferait le philosophe « abandonné à ses conjectures » ?

Ne pourrait-il pas soupçonner que l'animalité avait de toute éternité ses éléments particuliers, épars et confondus dans la masse de la matière ; qu'il est arrivé à ces éléments de se réunir, parce qu'il était possible que cela se fît ; que l'embryon formé de ces éléments a passé par une infinité d'organisations, et de développements ; qu'il a eu par succession, du mouvement, de la sensation, des idées, de la pensée, de la réflexion, de la conscience, des sentiments, des passions, des signes, des gestes, des sons, des sons articulés, une langue, des lois, des sciences, et des arts ; qu'il s'est écoulé des millions d'années entre chacun de ces développements ; qu'il a peut-être encore d'autres développements à subir, et d'autres accroissements à prendre, qui nous sont inconnus ; qu'il a eu ou qu'il aura un état stationnaire ; qu'il s'éloigne, ou qu'il s'éloignera de cet état par un dépérissement éternel, pendant lequel ses facultés sortiront de lui comme elles y étaient entrées ; qu'il disparaîtra pour jamais de la nature, ou plutôt qu'il continuera d'y exister, mais sous une forme et avec des facultés tout autres que celles qu'on lui remarque dans cet instant de la durée ?

Les *Pensées* ne trouvèrent guère d'écho. Une démarche hermétique, un ton souvent sibyllin, des images dérangeantes découragèrent un public mal préparé. Diderot s'y attendait et s'abandonnait au jugement de la postérité : « Je suis certain d'obtenir un jour les seuls applaudissements dont je fasse quelque cas, si j'ai été assez heureux pour les mériter. » L'œuvre fut en tout cas l'occasion de la première charge anti-encyclopédique d'un grand adversaire des philosophes, le journaliste Élie-Catherine Fréron, monarchiste et catholique, qui justement, cette année-là, lançait son *Année littéraire*. Ce ne serait pas la dernière.

En octobre-novembre, Diderot à son tour rendit visite à sa famille. Il était loin, le temps où son père faisait embastiller un garnement. Il revenait en homme qui a réussi, membre de l'Académie de Berlin, directeur d'une entreprise fameuse. Comme il s'estimait mal rétribué, il profita des conseils d'un notaire pour faire dresser un nouveau contrat que les libraires acceptèrent de mauvaise grâce : il toucherait deux mille cinq cents livres par volume de l'*Encyclopédie* à partir du cinquième et une gratification de vingt mille livres à la sortie du dernier.

Désormais plus à l'aise, Diderot quitta son logis de la rue de la Vieille-Estrapade, le 1er juillet, pour installer ses pénates rue Taranne, où il vivra trente ans[7].

Le cinquième volume de l'*Encyclopédie* parut en novembre, contenant, outre l'éloge de Montesquieu par d'Alembert, d'importantes entrées rédigées par Diderot, « Éclectisme », « Droit naturel », « Éléates », « Épicurisme », « Égyptiens », et surtout le grand article « Encyclopédie », très apprécié. Cette fois, même Voltaire ne marchande pas ses éloges. Il écrit à d'Alembert, le 9 décembre : « Tant que j'aurai un souffle de vie, je suis au service des illustres auteurs de l'*Encyclopédie* : je me tiendrai très honoré de pouvoir contribuer, quoique faiblement, au plus grand et au plus beau monument de la nation et de la littérature. »

Cette maudite *Encyclopédie* continuait cependant de susciter quelques tracas. Samuel Formey a eu, à Berlin, l'idée de jeter sur le marché un projet dangereusement concurrent. Le 1er janvier 1756, il lance le prospectus du *Projet d'une Encyclopédie réduite*. Pourquoi s'encombrer de gros in-folio hors de prix, alors qu'on pourrait « réduire » l'*Encyclopédie* parisienne à « l'essence de l'original » dans des volumes plus maniables et moins chers ? De quoi inquiéter les libraires, qui chargèrent d'Alembert de protester auprès de Malesherbes, qui régla la question en interdisant la publication projetée par Formey.

Peu soucieux de nouvelles complications, Diderot poursuivait en silence sa réflexion sur des sujets bien susceptibles de lui en attirer. Le 29 juin 1756, il répondit à une lettre que lui avait adressée Paul Landois, collaborateur de l'*Encyclopédie* et surtout auteur, en 1748, de *Sylvie*, tragédie bourgeoise, à qui il fait une leçon de morale matérialiste. Vice, vertu, qu'est-ce au juste ? Est-ce qu'on fait ce qu'on veut ? Allons donc : nous sommes déterminés par mille circonstances extérieures et nous confondons volonté et liberté. Il n'y a de bien et de mal que social, que le bien ou le tort que nous faisons à autrui :

> Regardez-y de près, et vous verrez que la liberté est un mot vide de sens ; qu'il n'y a point, et qu'il ne peut y avoir d'êtres libres ; que nous ne sommes que ce qui convient à l'ordre général, à l'organisation, à l'éducation, et à la chaîne des événements. Voilà ce qui dispose de nous invinciblement. [...] Ce qui nous trompe, c'est la prodigieuse variété de nos actions, jointe à l'habitude que nous avons prise tout en naissant de confondre le volontaire avec le libre. [...] Mais s'il n'y a point de liberté, il n'y a point d'action qui mérite la louange ou le blâme ; il n'y a ni vice, ni vertu, rien dont il faille récompenser ou châtier. Qu'est-ce qui distingue donc les hommes ? La bienfaisance et la malfaisance. Le malfaisant est un homme qu'il faut détruire, mais non punir. La bienfaisance est une bonne fortune, et non une vertu. Mais quoique l'homme bien ou malfaisant ne soit pas libre, l'homme n'en est pas moins un être qu'on modifie. C'est par cette raison, qu'il faut détruire le malfaisant sur une place publique. De là les bons effets de l'exemple, des discours, de l'éducation, du plaisir, de la douleur, des grandeurs, de la misère etc[8].

N'est-ce pas ce que répétera un jour Hippolyte Taine dans une formule bien frappée : « Le vice et la vertu sont des produits comme le vitriol et le sucre » ? La nécessité universelle, et elle seule, pense Diderot, conditionne la morale. Vraie ou fausse, telle est sa philosophie à lui : négation du libre arbitre et refus de toute référence transcendante.

Le philosophe ne faisait pas que philosopher et songeait aussi à des œuvres moins subversives, qu'il pourrait montrer au public. Diderot était depuis toujours passionné par le théâtre. Il en avait disserté dès *Les Bijoux indiscrets* et manifesté, jusque dans ses écrits philosophiques, le goût du dialogue qui permet l'affrontement des idées et la distribution des rôles. Il a étudié de près la scène grecque, la comédie latine, les Anglais et, bien sûr, les classiques français. Chez Voltaire, c'est le poète tragique qu'il admire avant tout, comme dans *Le Neveu de Rameau* : « Un poète, c'est de Voltaire ; et puis qui encore ? de Voltaire ; et le troisième, de Voltaire ; et le quatrième, de Voltaire. » Son siècle a d'ailleurs le même engouement. Grands seigneurs et financiers ont des théâtres privés, jouent eux-mêmes ou invitent des comédiens professionnels à se produire chez eux. Mme de Pompadour joue Colette dans *Le Devin du village* et Marie-Antoinette incarnera Rosine dans *Le Barbier de Séville*. Singulier paradoxe, puisque le comédien, excommunié, n'a pas droit à la sépulture religieuse : en mars 1730, Adrienne Lecouvreur, actrice célèbre, a dû être inhumée, de nuit, dans un terrain vague.

En août-septembre 1756, Diderot, surmené, a passé trois semaines à Massy, chez le libraire Le Breton, et y a lu *Il Vero amico*, une pièce de Carlo Goldoni, qui lui a donné l'idée de son *Fils naturel ou les Épreuves de la vertu* publié en février 1757 accompagné des trois *Entretiens sur le Fils naturel.*

La présentation était peu banale. Un prologue raconte comment Diderot a rencontré Dorval à la campagne où celui-ci lui a confié son histoire, qu'il a narrée dans une pièce que l'on représente en famille pour rappeler les événements qu'elle a vécus et où les acteurs jouent le rôle qu'ils ont tenu dans la réalité. Diderot a obtenu d'assister à la « représentation », à condition de se tenir caché dans un coin du salon.

C'était l'histoire de deux couples contrariés dans leurs amours, d'un frère et d'une sœur épris l'un de l'autre sans savoir qu'ils sont frère et sœur, tous rivalisant de droiture et de générosité jusqu'au coup de théâtre final — une classique « reconnaissance » — qui permettra un double mariage.

Dans cette intrigue peu convaincante, les personnages sont chargés d'incarner les valeurs défendues par l'auteur. Dorval, le fils naturel, « sombre et mélancolique », accablé par le mauvais sort, rappelle les héros de l'abbé Prévost, accablés par un destin cruel et voués au malheur, et annonce ceux du théâtre romantique. Il tient aussi quelque chose des héros de la *domestic tragedy* de Lillo et de Moore et, par sa sensibilité et sa passion de la vertu, de ceux de Richardson, avec cette différence que si le romancier anglais récompense la vertu — un de ses romans s'intitule *Paméla ou la Vertu récompensée* —, Diderot préfère la punir, en la mettant en conflit avec le monde et le destin[9]. Au point de préférer être vertueux plutôt qu'heureux, car il n'est point de bonheur si l'on saccage celui des autres. Est bon ce qui est socialement bon, le théâtre se faisant ainsi prédication laïque et enseignement par l'image. Son rôle ? « C'est, je crois, d'inspirer aux hommes l'amour de la vertu, l'horreur du vice. » À la vertu, on sacrifiera les préjugés sociaux et les préjugés de classe. Théâtre de prédication, qui n'oublie pas même, au détour d'une réplique, une tirade contre le fanatisme.

Sans que *Le Fils naturel* en suive les principes, il s'accompagnait de trois *Entretiens* entre Dorval, auteur supposé de la pièce, et « Moi », qui discute et questionne. Ces entretiens exposent les lois d'un théâtre nouveau qui n'existe pas encore et que Dorval n'a pas réalisé[10]. Le premier est surtout critique à l'égard des conventions théâtrales : unités, rôle des domestiques et refus de la double intrigue, coups de théâtre, décence. Le deuxième porte sur le choix des sujets : sentiments puissants, passions — « Les grands intérêts, les grandes passions. Voilà la source des grands discours, des discours vrais » —, usage de la pantomime qui rend les manifestations corporelles non moins expressives que la déclamation, des tableaux à la manière de la peinture, effet des silences, des phrases inachevées traduisant la vive émotion, exigence de salles plus vastes pour communiquer une émotion contagieuse, ce qui ferait renouer la tragédie « domestique et bourgeoise » avec le théâtre antique. Le troisième définit le genre sérieux, ni comédie, ni tragédie, peinture réaliste des « conditions » qui se substitue à celle, traditionnelle, des caractères. Même si, sur ce plan, Dorval n'est pas un modèle, car il est bien plus un « héros » au sens traditionnel qu'un personnage en « condition », sa naissance illégitime ne jouant en réalité aucun rôle. N'empêche que, pour la théorie au moins, tout cela construisait un genre nouveau.

Dans cet essai si moderne, on est surpris de constater l'importance considérable attribuée au théâtre grec qui aide Diderot à condamner l'affadissement de la tragédie par les intrigues amoureuses et les exigences artificielles de la décence et des convenances qui ruinent le naturel et l'authenticité : « Mais la décence ! La décence ! [...] Je n'entends répéter que ce mot. [...] Avons-nous plus de délicatesse et plus de génie que les Athéniens[11] ? » À l'artifice s'opposent la rigueur et la simplicité des Anciens. La simplicité est dans la nature ; lire les Anciens, qui avaient su en rester proches, doit conduire, non à les imiter, mais à redécouvrir les sources profondes de leur inspiration : « Je ne me lasserai point de crier à nos Français : La Vérité ! La nature ! les Anciens ! Sophocle ! Philoctète ! »

La mission du théâtre n'est pas de distraire, mais de provoquer une exaspération libératrice. Diderot met en évidence une antiquité sauvage et archaïque, frémissante d'un tragique dionysiaque qu'il affronte à la civilisation et à la culture responsables de l'affadissement du théâtre, comme si l'amollissement des mœurs et la subtilité du goût allaient de pair avec une entropie de la force et de l'invention créatrices. Voyez la scène des *Euménides* d'Eschyle où s'avance Œdipe, chancelant et le sang ruisselant des yeux crevés. Quand on osera reproduire ces « effets terribles », dit Diderot, le théâtre aura retrouvé sa fonction. Les tragiques grecs sont ainsi nettement opposés à Racine : ici la nature, là la civilisation.

Ces effets saisissants, comment les produire ? Le théâtre moderne est bavard. Faites donc place à la pantomime car, plus que la parole, le geste est expression spontanée, langage concret capable non seulement de traduire l'émotion, mais d'animer l'espace scénique. Construisez une scène suffisamment large, qui permette la représentation d'actions simultanées, procédé renforçant la tension dramatique et l'effet de terreur, et de vastes salles, car le spectacle, où des images physiques violentes broient la sensibilité du spectateur, est censé produire une transe collective où l'émotion s'amplifie en proportion du nombre de ceux qui l'éprouvent. Ce que Diderot retient de l'exemple grec, c'est sa « primitivité », dont l'authenticité et la vigueur sont susceptibles de redonner vie à la tragédie exsangue.

Bien sûr, les Grecs ne sont pas seuls à nourrir sa réflexion. Racine ou Corneille sont présents, Diderot critiquant, non le classicisme, mais l'académisme, et aussi des modèles anglais. Ce qui doit en définitive sortir de sa méditation, c'est ce qu'il nomme, non le drame bourgeois, mais « la tragédie domestique et bourgeoise », le « genre sérieux », intermédiaire entre la comédie et la tragédie, qui mettra en scène les « conditions » — le père de famille, le juge, le commerçant, l'avocat, le financier, le grand seigneur... : « J'appellerai ce genre *le genre sérieux*. Ce genre établi, il n'y aura point de conditions dans la société, point d'action importante dans la vie, qu'on ne puisse rapporter à quelque partie du système dramatique[12]. »

C'était un peu neuf pour emporter la conviction, d'autant plus que *Le Fils naturel* ne concrétisait guère ces principes. Grimm y alla dès le 1er mars d'un éloge dithyrambique et le *Mercure de France* d'avril jugea que les *Entretiens* formaient « une nouvelle poétique ». D'autres haussent les épaules[13]. Voltaire a fait dès le 28 février le compliment d'usage, félicitant l'auteur de mettre si bien en scène la vertu, mais il écrit confidentiellement à un ami, le 13 avril : « Il ne connaît ni le théâtre, ni le style de la comédie. » Fréron avait eu l'intention d'éreinter proprement la pièce et l'auteur, mais suspendit son article sur l'ordre de Malesherbes.

Le Fils naturel était-il destiné à la scène ? Peut-être fut-il joué à Saint-Germain-en-Laye, chez le duc Louis de Noailles. La pièce fut du moins traduite et publiée maintes fois jusqu'à la fin du siècle, jouée en Allemagne, en Autriche et en Hollande, mais elle ne le sera qu'une seule fois, sans succès, à la Comédie-Française, le 26 septembre 1771. Paradoxe : Diderot, ce maître du dialogue dans les écrits philosophiques et ses romans, était doué pour parler du théâtre, non pour en faire.

Début d'un amour et fin d'une amitié

Un armistice n'est pas la paix. Diderot va vivre, de 1757 à 1759, les pires moments de son existence. Le climat général est à l'orage. Le tremblement de terre de Lisbonne, le 1er novembre 1755, a ému l'opinion. Puis ce furent un hiver particulièrement rigoureux et le début de la guerre de Sept Ans. À l'intérieur, on s'enlisait dans une guerre parlementaire, dans des querelles religieuses qui s'éternisaient. En 1756, la levée d'impôt du nouveau « vingtième » éveille protestations et révoltes. Pis encore : au début de l'année 1757, un attentat amène le gouvernement à réprimer sans douceur tout ce qui pouvait menacer l'ordre ou l'Église. Le 5 janvier, à Versailles, un homme réussit à s'approcher du roi et lui porte au flanc un coup de canif. Simple estafilade, mais l'acte est sacrilège. Le coupable était Robert-François Damiens, un déséquilibré qui s'était cru chargé de rappeler le souverain à ses devoirs en lui infligeant une légère blessure. La punition, le 28 mars, fut à la mesure de son crime. Après l'épreuve des brodequins au cours de laquelle, entre les jambes et les planches qui les enserrent, le bourreau enfonce, à coups de maillet, des coins de bois, faisant éclater les chairs, il fut mené en place de Grève. On brûle le poing qui a tenu le couteau ; avec des pinces d'acier, on ouvre les jambes, les cuisses, les bras pour verser dans les plaies de l'huile bouillante et du plomb fondu. Il est enfin écartelé et la tête et le tronc, toujours vivants, sont jetés sur le bûcher.

On a pensé aux jésuites — rappelez-vous Ravaillac —, mais l'autorité croit plutôt à l'effet pernicieux des mauvais livres. Le 21 avril, les conseillers du Parlement de Paris promulguent un *Édit concernant l'impression et la vente des ouvrages imprimés sans permission*, qui prévoit des sanctions sévères, allant jusqu'aux galères et à la peine de mort. Mauvais signe.

Pour les ennemis, c'est le moment de reprendre l'offensive. En janvier paraît le premier des vingt et un volumes de *La Religion vengée ou Réfutation des auteurs impies*, par une « Société de gens de lettres ». En octobre, dans le *Mercure de France*, c'est un *Avis utile ou Premier mémoire sur les Cacouacs*, dû à l'abbé Odet de Vaux du Giry, abbé de Saint-Cyr, confesseur du Dauphin, qui accable les philosophes, les Cacouacs — du grec *kakos*, les méchants. En décembre, l'avocat Jacob-Nicolas Moreau reprend le thème dans un *Nouveau mémoire pour servir à l'histoire des Cacouacs*. Les affreux Cacouacs sont des sans-patrie — accusation sérieuse en temps de guerre —, qui ne vivent que pour nuire. L'un d'eux a composé — rappel du *Fils naturel* et des *Entretiens* — de *Nouvelles découvertes sur la tragédie ou l'Art de composer de très belles scènes de grimaces.* L'abbé de Saint-Cyr exploitera encore la veine en janvier 1758 avec son *Catéchisme et décisions de cas de conscience, à l'usage des Cacouacs, avec un discours du patriarche des Cacouacs, pour la réception d'un nouveau disciple*, publié à Cacopolis, le patriarche étant évidemment Voltaire[1].

La charge faisait mouche et surtout présentait les Encyclopédistes comme un groupe organisé, un clan, une secte sans foi ni loi. En novembre, les *Petites lettres sur de grands philosophes* de Palissot exécutent l'*Encyclopédie* et *Le Fils naturel.* Après une telle publicité, comment Diderot eût-il pu prétendre aux faveurs du pouvoir ? Le 23 décembre, sa candidature est présentée à l'Académie des sciences, mais le roi nomme le mécanicien Jacques de Vaucanson.

Heureusement pour Diderot, quelque chose illuminait alors son existence. Depuis longtemps, son ménage boitait. Il avait épousé, un peu par entêtement et provocation, une belle fille aux yeux noirs qui agaçait ses sens, mais inculte et au caractère difficile. Elle n'était pas sans excuses. Dévote, elle n'aimait pas les amis de son mari, avait perdu trois enfants et été humiliée par la liaison de Denis avec Mme de Puisieux, sans parler sans doute de quelques passades.

Au cours du printemps ou de l'été 1755, Diderot fit la connaissance de celle pour qui il aura, dit sa fille, « une passion qui a duré jusqu'à la mort de l'un et de l'autre ». Louise-Henriette Volland, née le 27 novembre 1716, était la fille d'un avocat au Parlement de Paris, ensuite directeur des gabelles — l'impôt sur le sel, si détesté de la population —, décédé en 1753. Sa mère, Élisabeth-Françoise Brunel de La Carlière — Diderot donnera son nom à l'héroïne d'un récit —, avait été d'abord l'épouse d'un médecin du roi. Ils avaient eu quatre enfants. Un garçon était mort vers 1750, mais il restait trois filles, qui toutes seront liées avec le philosophe. Marie-Jeanne Élisabeth, l'aînée, qui avait épousé en 1737 Vallet de Salignac, receveur des finances du duc d'Orléans, prendra en 1762, après la banqueroute de son époux, le nom de Mme de Blacy. Marie-Charlotte, la plus jeune, était l'épouse, depuis 1749, de Jean-Gabriel Le Gendre, ingénieur des Ponts et Chaussées.

Sa Louise-Henriette, Diderot l'a rebaptisée Sophie — synonyme de Sagesse. On ne sait rien d'elle et l'on ne connaît même son écriture que par quelques lignes de son testament où elle lègue à « M. Diderot » une édition reliée des *Essais* de Montaigne et une bague. Aucune de ses lettres ne subsiste, si bien que l'on n'a d'elle que quelques phrases recopiées telles quelles dans un billet de son amant. Aucun portrait ne nous est parvenu, et la correspondance conservée est avare de renseignements. Elle avait, paraît-il, un teint délicat, sensible au soleil, de « grands yeux » parfois noyés d'une « tristesse intime et profonde », mais portait des lunettes. Plutôt menue et fragile, prédisposée aux mauvais rhumes. Belle ? Au moins aux yeux de Denis, il le lui dit le 13 octobre 1759 : « Il y a quatre ans que vous me parûtes belle, aujourd'hui je vous trouve plus belle encore. » C'est peu[2]. Sophie est une intellectuelle, assurément flattée par la passion d'un écrivain célèbre, curieuse de nouvelles politiques et littéraires, se plaisant à débattre de philosophie et de morale : « Ma Sophie est homme et femme quand il lui plaît. » Plus philosophe qu'amoureuse ? Peut-être, car il arrive à Diderot de s'en plaindre : « Mourrez-vous sans savoir ce que c'est que de faire un heureux ? » lui dit-il le 8 août 1762. Peu sensuelle, ou sachant se faire désirer ? Il est vrai que leurs rencontres ne sont pas fréquentes. Il la voit chez elle, rue des Vieux-Augustins, au Palais-Royal, au théâtre, mais la mère, autoritaire, soupçonneuse, fait bonne garde et Diderot semble souvent patienter au pied du « petit escalier » dérobé qui mène à l'appartement de Sophie. Ses lettres, qu'il ne peut recevoir chez lui, il va les chercher chez son ami Damilaville, qui joue les boîtes aux lettres, et il se plaint souvent de leur rareté ou de leur brièveté. Pourquoi, à trente-neuf ans sonnés — c'est beaucoup à l'époque —, pourquoi Sophie n'était-elle pas mariée ? Conséquence d'une aventure de jeunesse, d'une faute qui l'aurait placée sous la coupe de sa mère ? Ou bien a-t-elle été sacrifiée par Mme Volland qui, ayant déjà deux filles mariées, aurait égoïstement voulu en conserver une auprès d'elle ?

À Sophie, il dit et répète avec une passion juvénile qu'il l'aime et n'aimera jamais qu'elle : « Je suis tout pour vous, vous êtes tout pour moi... Plus je t'ai vue, et plus je t'ai aimée... Je me meurs de passion et de désirs... Je vous aime de toute mon âme... Rien ne séparera nos deux âmes... Je vous suis attaché jusqu'au tombeau... Mon amie, tout peut s'altérer au monde ; tout, sans vous en excepter, tout, excepté la passion que j'ai pour vous », etc. A-t-il souhaité avoir d'elle un enfant ? « L'honnêteté, le bon sens, la raison, le devoir d'homme et de femme, la nature, la sensibilité voulurent une fois faire un enfant, et vous vous y opposâtes[3]. »

Curieusement, il s'inquiète de l'affection un peu trop tendre que lui porte sa sœur Marie-Charlotte, qu'il nomme Uranie, et laisse entendre que cette tendresse n'est pas innocente : « Je suis un homme, lui dit-il le 27 septembre 1760, et vous les méprisez tous. » Le 2 juin 1759 : « Ne la regardez pas plus tendrement que moi. Ne la baisez pas plus souvent. » Ou le 15 septembre 1760, cette admonestation : « M'oubliez-vous dans [...] les bras de votre sœur ? Madame, ménagez un peu sa santé, et songez que le plaisir a aussi sa fatigue. » Deux jours plus tard, il confesse sa jalousie et précise sans détour : « Madame votre mère prétend que votre sœur aime les femmes, et il est sûr qu'elle vous aime beaucoup ; et puis cette religieuse pour laquelle elle a eu tant de goût ; et puis cette manière voluptueuse et tendre dont elle se penche quelquefois sur vous, et puis ces doigts singulièrement pressés entre les vôtres. » Cela ne l'empêchera pas d'apprécier les qualités d'Uranie, « grave, sérieuse, noble et pensante », et il se rapprochera d'elle toujours davantage. Elle deviendra alors « la petite sœur », « la chère sœur », « mon Uranie », et il la soignera attentivement de janvier à mars 1766 pendant une crise de phtisie[4]. Il en viendra à imaginer une sorte de trio idéal et le leur dit d'ailleurs, en septembre 1762 : « Je vous aime toutes les deux à la folie. Amant de l'une, il est certain qu'il m'eût fallu l'autre pour amie. » Quoi qu'il en soit, cela durera près de trente ans.

Quant à leur correspondance, elle est censée avoir commencé le 1er juillet 1755, mais Denis a rendu ses lettres à Sophie et les siennes ont été en partie détruites[5]. Comme elles sont numérotées, on sait qu'il devrait en subsister plus de quatre cents, mais on ne possède que les cent quatre-vingt-sept échappées à l'autodafé. À partir de juin 1769, elles se font rares, quand l'amour s'est mué en tendre amitié. Elles n'en sont pas moins capitales, car cette correspondance faite, comme il dit, de « lettres immenses », est le seul endroit où Diderot s'abandonne, se livre, parle de lui-même, fait la chronique de ses occupations, de ses rencontres, de ses séjours au Grandval et des discussions animées avec ses amis, discute avec elle matérialisme, mœurs, morale sans craindre même le leste ou le grivois, car elle n'est pas bégueule, lui parle sans retenue de sa difficile existence conjugale, de sa fille. Correspondance sincère et littéraire à la fois, où l'écrivain se met en scène et n'ignore pas la valeur de son écriture.

Heureux en amour, Diderot l'était-il toujours en amitié ? Il s'est lié étroitement avec Grimm et d'Holbach, mais Jean-Jacques lui est cher et il a fait publiquement son éloge dans l'article « Encyclopédie ».

Ils avaient eu pourtant leur première querelle à la suite de la représentation devant le roi, à Fontainebleau, le 18 octobre 1752, du *Devin du village* de Rousseau qui, jaloux de son indépendance, avait refusé la possibilité d'une pension royale. Deux jours plus tard, son ami lui fit une scène. Avait-il pensé à Thérèse et à sa mère, qui étaient à sa charge ? Cette pension, c'était son devoir de la solliciter. Jean-Jacques était chatouilleux quand on tentait de le régenter. Ils se quittèrent froidement, mécontents l'un de l'autre.

Cela n'allait pas mieux chez d'Holbach, pour qui Rousseau n'avait jamais éprouvé trop de sympathie, mais où Diderot se trouvait à l'aise. Différence de caractère.

Diderot est sociable, avide de contacts et d'échanges, Rousseau fait l'ours et se renfrogne. Sans qu'ils s'en doutent peut-être, une gêne s'insinue entre eux. Jean-Jacques s'éloigne de ses amis qui ne jurent que par le progrès, le savoir, l'essor des techniques, la raison, quand il prêche, lui, la nature, la simplicité, la vertu. Ce qui pour lui est essentiel, ils le prennent pour des paradoxes. Dans ses écrits, en particulier dans la préface de *Nar-*

cisse, en décembre 1752, il n'est pas tendre pour les philosophes : des égoïstes, des orgueilleux. Le philosophe ? « La famille, la patrie deviennent pour lui des mots vides de sens : il n'est ni parent, ni citoyen, ni homme ; il est philosophe. » Sans susceptibilité excessive, on aurait pu lui demander compte de ces provocations.

La situation se dégrade chez d'Holbach. Le silence tombe quand il entre, ou l'on change de conversation. Le baron, selon les *Confessions*, lui manque d'égards, l'apostrophe brutalement, même devant Diderot, qui ne dit mot. Jean-Jacques est ombrageux et sensible, il déteste que ses amis mettent leur nez dans ses affaires et critiquent sa liaison avec Thérèse. Et puis, ne commence-t-il pas à se sentir mal à l'aise dans un milieu où l'on professe l'athéisme et où l'on sourit de sa manie de la vertu et de la bonté naturelle ? Il s'impatiente maintenant de leurs propos, de leurs plaisanteries et leurs idées divergent. Diderot a apprécié, en 1755, son *Discours sur l'origine de l'inégalité*, lui a même donné des conseils, mais l'homme de la nature selon Jean-Jacques n'est pas l'homme naturellement sociable et raisonnable selon Denis. Quant à l'homme agent libre, on a vu ce qu'en pensait Diderot dans sa lettre à Landois. Quand ils s'entretiennent de la liberté, de la nécessité, de Dieu, de l'éternité de la matière, leur concert commence à résonner de fausses notes et petit à petit Jean-Jacques s'éloigne de ses amis incrédules. Non qu'il soit farouchement catholique ni même protestant orthodoxe, mais sa foi à lui est sincère et fervente.

Leurs rapports tournent décidément à l'aigre lorsque, en avril 1756, Rousseau quitte Paris pour s'installer dans une petite maison mise à sa disposition dans le parc de la Chevrette par son amie, Mme d'Épinay. Diderot lui manque, dix fois promet de venir le voir et, débordé ou oublieux, ne vient pas. Les deux hommes n'ont pas la même conception des choses. Pour Diderot, le combat philosophique se livre à Paris, et il lui sacrifie jusqu'à son œuvre personnelle. Rousseau a besoin de retraite, d'isolement, et son départ ressemble, pour Denis, à une désertion. Il ne fallait qu'un incident pour faire éclater une querelle.

La situation était tendue depuis plusieurs mois lorsque, au début de mars 1757, Rousseau reçut *Le Fils naturel* où une phrase le fit sortir de ses gonds : « L'homme de bien est dans la société, et il n'y a que le méchant qui soit seul. » Pour qui Diderot aurait-il écrit cela, sinon pour lui ? Il écrivit une lettre amère pour se plaindre de ces propos offensants. À son tour, Diderot prend la mouche, rappelle à Jean-Jacques qu'il a autre chose à faire que de courir à l'Ermitage, qu'il a femme et enfant et l'*Encyclopédie* sur les bras et puis, que diable, c'est vrai qu'un philosophe ne va pas se terrer au fond des bois comme un blaireau. Engagée sur ce ton, l'explication tourne mal, les billets vont et viennent de Paris à l'Ermitage. Chacun fait le compte de ce que, depuis des années, il a fait pour l'autre. Au début d'avril, Diderot vint, on parla, on se justifia, on s'embrassa. Pas pour longtemps.

Dans sa retraite, Rousseau s'est passionnément épris, à quarante-cinq ans, de l'aimable Mme d'Houdetot, belle-sœur de Mme d'Épinay et maîtresse du poète Saint-Lambert, lui-même ami de Jean-Jacques et, en ce début de la guerre de Sept Ans, retenu à l'armée. Il a avoué son amour, elle est demeurée fidèle à son Saint-Lambert, mais on n'a pas tardé à jaser, à se moquer de l'ermite amoureux. Passant une soirée chez Diderot, Jean-Jacques lui a confié sa folie et son ami l'a pressé de se confesser à Saint-Lambert et de s'éloigner de Mme d'Houdetot. Jean-Jacques promit et n'en fit rien. Brouillé avec Mme d'Épinay, il a quitté l'Ermitage en décembre 1757 et loué une petite maison à Montmorency.

Deux mois plus tôt avait paru, dans le tome VII de l'*Encyclopédie*, un long article « Genève », dû à d'Alembert et inspiré par Voltaire, où l'on donnait à entendre que les pasteurs protestants n'étaient plus guère que de simples déistes et qu'il serait temps que la cité de Calvin se donnât un théâtre, jusqu'ici interdit. Cela fit du bruit et d'Alembert, pris à partie et lassé de ces incessants combats, résolut de quitter le navire, laissant Diderot seul à la barre. Voltaire lui a pourtant conseillé de tout lâcher, mais Diderot tient bon et lui répond, le 19 février 1758 : « Abandonner l'ouvrage, c'est tourner le dos sur la brèche et faire ce que désirent les coquins qui nous persécutent. »

Rousseau aussi a lu l'article « Genève » et, mécontent, a résolu de river son clou au codirecteur de l'*Encyclopédie* dans une *Lettre à M. d'Alembert sur les spectacles* où, une fois de plus, il s'oppose radicalement à ses amis les philosophes. Il est vrai que son humeur est amère, car Diderot, accablé de nouveaux soucis, continue à ne pas répondre à ses lettres. Surtout, au début de mai, il apprend que Saint-Lambert sait tout. Qui a pu le mettre au courant, sinon Diderot, à qui il s'est confié ? En juin, il insère dans la préface de sa *Lettre* alors sous presse une terrible citation latine extraite de l'*Ecclésiastique* : « Si tu as tiré l'épée contre ton ami, ne désespère pas, car il y a moyen de revenir. Si tu l'as attristé par tes paroles, ne crains rien ; une réconciliation est possible. Mais *pour l'outrage, le reproche injurieux, la révélation du secret et la blessure faite en trahison*, l'ami s'éloignera sans retour. » Et enfin, plus loin dans la *Lettre* : « Je n'entends point [...] qu'on puisse être vertueux sans religion : j'eus longtemps cette opinion trompeuse, dont je suis trop désabusé. »

La *Lettre* fut mise en vente le 2 octobre. L'effet sur Diderot fut foudroyant : au moment où il se débattait dans les pires difficultés, celui qui était, tout Paris le savait, son ami le plus intime, le traitait de gredin, de traître, de sans-Dieu ! Indigné, Diderot se jette dans la rédaction de ses *Tablettes*, un carnet où il consigne furieusement les « sept scélératesses du Citoyen Rousseau[6] », l'accusant avec une violence inouïe d'ingratitude à l'égard de Mme d'Épinay, d'hypocrisie et de dissimulation et de l'avoir longtemps exploité, lui, Diderot : « Il me suçait, il employait mes idées, et il affectait presque de me mépriser. » Quant à la trahison... Rousseau lui avait promis de se confesser à Saint-Lambert et, persuadé qu'il l'avait fait, Diderot avait parlé à Saint-Lambert comme si celui-ci était au courant. Indiscret ou maladroit, oui, traître à l'amitié, non. Bouillant de colère, il continuait : « Cet homme est faux, vain comme Satan, ingrat, cruel, hypocrite et méchant ; toutes ses apostasies du catholicisme au protestantisme, et du protestantisme au catholicisme, sans rien croire, ne le prouvent que trop. [...] En vérité cet homme est un monstre. »

C'était fini. Une amitié de quinze ans venait de sombrer dans ce que la fille de Diderot appelle « un tripotage de société où le diable n'entendrait rien[7] ». En réalité, la cassure était depuis longtemps prévisible : ces deux hommes étaient trop différents pour pouvoir, une fois leur génie propre affirmé, demeurer unis. Diderot, ulcéré, ne se remettra jamais tout à fait de cette douloureuse rupture d'une amitié qui avait tant compté pour lui. En décembre 1765, Rousseau passant par Paris pour gagner l'Angleterre, il espérera encore, sans y croire, qu'il lui ferait signe.

Accablé de tant de soucis, il fallait que Diderot eût une singulière énergie pour revenir au théâtre avec *Le Père de famille*, accompagné d'un discours *De la poésie dramatique*, qui parut en novembre 1758. Remerciant Grimm de l'avoir poussé à poursuivre, il lui rappelle combien il lui a fallu lutter contre le découragement : « Que d'efforts n'a-t-on pas faits pour m'étouffer en naissant ? Après la persécution du *Fils naturel*, croyez-vous, ô mon ami, que je dusse être tenté de m'occuper du *Père de famille* ? Le voilà cependant. Vous avez exigé que j'achevasse cet ouvrage, et je n'ai pu vous refuser cette satisfaction[8]. »

Il n'exagère pas. Dans une prétendue *Lettre du Docteur Goldoni à M****, Fréron a laissé entendre, en juillet 1757, que ce *Fils naturel* était tout bonnement un plagiat du *Vero amico* de Carlo Goldoni. Deux jours plus tard, *L'Année littéraire* avait soigneusement démonté la pièce italienne de manière à souligner les ressemblances avec celle de Diderot et annoncé un extrait du *Padre di famiglia*, autre pièce de Goldoni au titre troublant. En novembre, Palissot l'a répété dans ses *Petites lettres sur de grands philosophes*. En avril 1758, Fréron a complaisamment cité une brochure intitulée *Supplément d'un important ouvrage ou Scène dernière du Fils naturel avec une lettre à Dorval. À Venise, chez François Goldino à l'enseigne del Fido amico*.

Le sujet du *Père de famille* semble peu compromettant, mais Diderot et l'*Encyclopédie* étant la cible de tant d'adversaires, Malesherbes confie la lecture de la pièce à plusieurs censeurs, qui n'y trouvent rien à redire ou se dérobent et demandent à être déchargés de cette tâche délicate. En cherchant bien, il y a tout de même une invocation à Dieu — gênante quand on sait de quelle plume elle vient — des allusions au gouvernement, une sortie contre les couvents, inutiles et « tombeau » d'une jeunesse infortunée, et la critique des lettres de cachet. On ne pouvait laisser passer la pièce telle quelle. Diderot proteste. Que trouve-t-on à redire à la prière de son personnage ? Son adjuration se faisait enfin pathétique quand il défendait de toutes ses forces son œuvre et les droits du créateur :

> Daignez considérer ma situation. Voyez que depuis dix ans, depuis trente, je bois l'amertume dans une coupe qui ne s'épuise point... Vous ne savez pas, monsieur, combien ma vie a été malheureuse. J'ai souffert, je crois, tout ce qu'il plaît au sort de nous faire souffrir, et j'étais né d'une sensibilité peu commune. Le mal présent rappelle le mal passé. Le cœur se gonfle. Le caractère s'aigrit ; et l'on dit et l'on fait des folies. Si cela m'est arrivé, je vous en demande mille pardons... Permettez que mon ouvrage paraisse, et ne contraignez pas l'artiste à toucher à la figure principale contre son propre goût[9].

Le Père de famille parut tout de même, mais l'affaire n'était pas close. Pour démentir les accusations de plagiat, deux amis avaient eu l'idée de donner une traduction des pièces de Goldoni. L'économiste François Véron de Forbonnais se chargea du *Vero amico*, Alexandre Deleyre du *Padre di famiglia*. Les textes paraissent début novembre, prétendument imprimés à Liège, chez un certain Étienne Bleichnarr, accompagnées d'épîtres dédicatoires à « Madame la comtesse de*** » et à « Madame la princesse de*** ». Voilà que les deux dames se jugent insultées et se plaignent à

Malesherbes. Il fallait bien les écouter, car elles n'étaient pas les premières venues : l'une était la princesse de Robecq, l'autre la comtesse de La Marck, toutes deux protectrices de Palissot et, comme par hasard, *Bleichnarr* signifie, en allemand, *pâle sot*. Or Forbonnais et Deleyre nient être pour rien dans ces épîtres. Alors, qui ? Diderot, bien sûr : c'est la conviction de Malesherbes.

Si Diderot sait ses deux amis innocents, il connaît aussi le coupable, qu'il ne veut pas trahir. Il demanda un entretien à Mme de La Marck. On ne sait ce qu'il lui dit mais, après cette entrevue, elle pria Malesherbes de cesser les poursuites — ce qu'il refusa, parce qu'il y avait outrage à magistrat. Le 20 novembre 1758, Forbonnais le pria de faire publier dans un périodique la traduction de Deleyre et la sienne, car celles qui ont paru sont si défigurées qu'ils ne reconnaissent pas leur travail. Ce qu'on sait du moins, c'est qu'un exemplaire des traductions est passé par les mains de Grimm. *Bleichnarr*, c'est allemand, comme Grimm. Diderot rédigea pour la presse une lettre officielle où il certifiait que les traductions publiées ne sont pas celles dont il a eu connaissance. On s'en tint là, le coupable n'ayant été ni dénoncé ni démasqué. Grimm eut le culot de rendre compte de l'affaire avec désinvolture dans la *Correspondance littéraire* du 15 décembre : « Ces épîtres ont fait beaucoup de bruit ; deux femmes de la cour ont prétendu qu'elles leur étaient adressées, et s'en sont offensées. Cela a amusé beaucoup la malignité publique. Cependant on n'a pu découvrir le véritable auteur de ces épîtres, qui ont fait bien plus de bruit qu'elles ne valent. » Cette lâcheté, Diderot la rappellera bien plus tard à Grimm, le 25 mars 1781, quand il aura enfin compris le vrai caractère du personnage, dans sa *Lettre apologétique de l'abbé Raynal.* À l'époque, il s'est tu, aveuglé par son amitié et sachant que Grimm, étranger, risquait l'expulsion.

Cette pièce qui avait donné à la censure tant de fil à retordre n'avait pourtant rien de bien explosif. Saint-Albin, fils de M. d'Orbesson, découche pour Dieu sait quelles escapades nocturnes. Son oncle, le Commandeur, incrimine une éducation relâchée. Cécile, sa sœur, se tracasse pour son père, de même que Germeuil, jeune homme recueilli jadis par M. d'Orbesson qui l'a élevé comme son fils. La vérité se découvre. Épris de Sophie, jeune ouvrière, Saint-Albin se fait passer pour un homme du peuple, car Sophie n'a ni fortune ni famille, et Saint-Albin prétend l'épouser. Le père la fait venir, la juge honnête, vertueuse et sage, mais s'oppose à cette union inégale. Le Commandeur, qui a découvert l'amour inavoué de Cécile et de Germeuil, promet à celui-ci son appui, s'il fait exécuter contre Sophie un ordre d'arrestation. Germeuil feint d'accepter, cache Sophie chez Cécile, mais s'attire la fureur de Saint-Albin qui se croit trahi par son ami. Court-on à la catastrophe ? Non : tout s'arrange de manière aussi peu convaincante que dans *Le Fils naturel* : Sophie n'est autre que la propre nièce du Commandeur, qui l'avait repoussée. Sophie épouse Saint-Albin, Germeuil épousera Cécile.

Comme *Le Fils naturel*, *Le Père de famille* ruisselle de bons sentiments. M. d'Orbesson est bon et généreux pour tout le monde, et de même Cécile, qui refuse la fortune que lui offre son oncle au détriment de son frère et surtout de parents démunis de province. Sophie est la jeune fille « pauvre mais honnête » appelée à une belle carrière dans le mélo romantique. Pas étonnant si, encouragée par Mme de Vandeul, la critique a relevé les ressemblances avec les mésaventures vécues par Diderot quinze ans auparavant sous la férule de son père, car le héros vit le conflit, qu'avait vécu Diderot, entre convenances et aspiration individuelle au bonheur. Que d'Orbesson lui rappelle son devoir et l'obéissance filiale, il s'écrie : « Des pères ! Des pères ! Il n'y en a point... Il n'y a que des tyrans. » À cette contestation de l'ordre ancien, que le Commandeur représente sous sa forme la plus intransigeante, s'oppose cependant un père de famille sensible et tendre, mais tenu de jouer son rôle de gardien de cet ordre. Que faire lorsque les intérêts de l'individu ne coïncident plus avec ceux de la société ? La révélation finale vient tout remettre en place : nièce du Commandeur, Sophie peut épouser Saint-Albin sans amener, comme le redoutait le père, « le désordre de la société, la confusion du sang et des rangs, la dégradation des familles » — ce qui n'était pas résoudre le problème, mais l'escamoter.

Dans le discours *De la poésie dramatique*, Diderot revenait sur la théorie du théâtre, les genres intermédiaires, la comédie sérieuse, le drame moral, les problèmes de plan et de dialogue, la manière de susciter et de soutenir l'intérêt, la question des caractères et du ton, l'effet de la scène sur les mœurs, le rôle essentiel de la pantomime, langage du corps souvent plus éloquent que la parole, sur les « tableaux » — d'où le grand nombre de didascalies à l'usage des acteurs.

À la différence de Rousseau, il croit à la fonction éducative de la scène. Comme serait édifiant un drame qui représenterait la mort de Socrate ! Il n'oubliait pas de répéter, pour la tragédie, l'appel à l'énergie de nature, aux scènes violentes qui bouleversent le spectateur et le laissent pantelant. Dans cette imagination déjà romantique, la poésie est synonyme de frénésie, de démesure, de passion : « Je ne dis pas, convient Diderot, que ces mœurs sont bonnes, mais qu'elles sont poétiques. [...] La poésie veut quelque chose d'énorme, de barbare et de sauvage[10]. » Ici encore, il insistait sur la « simplicité », la « nature » et l'exemple des Anciens : « La nature m'a donné le goût de la simplicité, et je tâche de le perfectionner par la lecture des Anciens. Voilà mon secret. »

Pourtant, le recours aux extrêmes s'est fait plus rare et un nouveau modèle est apparu, plus conforme aux besoins du drame sérieux, ce Térence dont Diderot fera en 1765 un chaleureux éloge : « J'ai lu et relu ce poète avec attention. »

C'est que Térence a traité, dans le ton du « genre honnête et sérieux », le drame moral illustrant la vertu par la peinture des devoirs de chaque condition. Il soigne en particulier « ses scènes de pères et d'amants », comme Diderot dans *Le Père de famille.* Térence a su y introduire vérité et authenticité, vérité émouvante parce qu'elle relève d'un fonds universel : « En quelque lieu du monde qu'on porte ses ouvrages, s'il y a des enfants libertins et des pères courroucés, les enfants reconnaîtront dans le poète leurs inepties, et les pères leurs réprimandes[11]. » Vérité toujours, lorsque Térence ose, dans *L'Andrienne,* exposer un enfant nouveau-né, ou, dans *L'Hécyre,* faire entendre les cris de la femme en couches. « Cela est beau », décrète Diderot ; mais il songe aux mœurs de son temps et soupire « et cela ne vous plairait pas ».

Le changement de ton est perceptible entre les *Entretiens* et *De la poésie dramatique*, où les Grecs « barbares » reculent devant Térence. Concession nécessaire si l'on souhaitait créer un théâtre acceptable par un large public comme l'est, dans sa prétention à l'universalité, la peinture des conditions[12]. Moins une révolution que des réformes. Térence proposait de retrouver les valeurs naturelles dans une formulation recevable par les mœurs, un compromis entre le raffinement de l'art et le réalisme brut. Ce qui n'empêchait pas Diderot de songer à d'autres exemples chez Mme de Graffigny, Landois, Lillo, Moore ou Goldoni, sans parler de Shakespeare. Mais les contemporains ont tout de même été sensibles aux résonances térentiennes du

Père de famille, signalées par Naigeon, Fréron ou Grimm.

Le Père de famille fut bien accueilli. Le 15 novembre, Grimm le hissa au rang des classiques. Le lendemain, Voltaire remercia, avec une réserve : « Permettez-moi de vous dire que je suis affligé de vous voir faire des pièces de théâtre qu'on ne met point au théâtre. » Il fut plus direct le 27 décembre avec Mme Du Deffand : « Cela n'est-il pas bien comique ? Notre siècle est un pauvre siècle auprès de celui de Louis XIV. » Mais la presse fut positive, et *Le Père de famille* connaîtra un grand succès à l'étranger, surtout en Allemagne.

De quoi faire plaisir à l'auteur, malheureusement sans lui épargner de nouveaux tracas qui, cette fois, amèneraient une catastrophe.

De la critique d'art à la critique des couvents

Depuis le début, l'*Encyclopédie* avait affronté bien des assauts et le récent article « Genève » l'avait encore ébranlée, mais, la crise surmontée, une autre, aux conséquences beaucoup plus sérieuses, se prépare.

Le 27 juillet 1758 paraît anonymement un livre intitulé *De l'esprit*, dû à Claude-Adrien Helvétius, ancien fermier général et maître d'hôtel de la reine. Riche, il passait huit mois par an dans le Perche, dans ses terres de Voré. À Paris, son salon de la rue Sainte-Anne accueillait Thomas, Saurin, Buffon, Duclos, Marmontel, Fontenelle ou Saint-Lambert et aussi, moins souvent, Diderot et d'Alembert. Il rencontrait les Encyclopédistes, mais n'avait jamais compté parmi leurs collaborateurs.

Pour Helvétius, matérialiste, tout tient à la « sensibilité physique » et « sentir, c'est juger ». L'intérêt et les passions commandent les comportements et, les individus étant identiques, les différences ne sont dues qu'au hasard de la naissance ou à l'influence du milieu. L'éducation devait permettre d'harmoniser intérêt particulier et intérêt général tout en développant les virtualités de chacun, à condition de changer les structures sociales archaïques et de laïciser l'enseignement. Helvétius n'y allait pas de main morte : critique de la religion qui endort le peuple, du luxe et de la colonisation, élimination de toute différence métaphysique entre l'homme et l'animal, l'un et l'autre motivés par l'instinct de conservation et l'égoïsme fondamental. Si les hommes sont intelligents ou vertueux, ce n'est pas par nature, mais par acquisition ; ils peuvent donc être rectifiés par la pédagogie. La propagation des Lumières réalisera le bonheur, puisque l'égalité naturelle des esprits implique le rôle capital d'un plan d'éducation publique, et celui-ci dépend du politique : on modifiera l'homme en agissant sur le milieu.

Diderot lut Helvétius et fit, du 15 août au 15 octobre, une recension pour la *Correspondance littéraire*. Il y avait épinglé des « paradoxes », mais retenait « une infinité de vérités de détail » et concluait : « Tout considéré, c'est un furieux coup de massue porté sur les préjugés en tout genre. Cet ouvrage sera donc utile aux hommes[1]. »

Ce ne fut pas l'avis de tout le monde. Le 10 août, le privilège est révoqué et, le 24, Helvétius se rétracte et doit démissionner de sa charge. Le pis est que la rumeur se répand que le véritable auteur n'est autre que Diderot.

L'orage se déchaîne. Le 23 janvier 1759, le procureur général Omer Joly de Fleury lance la croisade devant la Cour du parlement de Paris, accuse l'*Encyclopédie* de conspiration contre l'ordre établi. Un arrêt condamne au feu *De l'esprit*, qui a, le 31 janvier, les honneurs d'un bref pontifical. Quant à l'*Encyclopédie*, on décrète la suspension de la vente en attendant le résultat de l'examen des volumes déjà parus. Mauvais signes, mais Diderot veut garder confiance. Il a tort : le 8 mars, le Conseil d'État du roi révoque le privilège de l'ouvrage. C'est la fin.

S'incliner ? Les libraires espèrent que, cette fois encore, vu l'importance financière de l'entreprise, le gouvernement reviendra sur sa décision. S'il faut rembourser quatre mille souscripteurs, c'est la ruine. Il fallait faire face. Le 1er mai, Diderot racontera à Grimm le dîner qui s'est tenu, sans doute vers la fin mars, chez Le Breton.

Il y a là les partisans de la lutte, d'Holbach, Jaucourt, les libraires, mais aussi d'Alembert. Diderot expose son plan : continuer clandestinement. D'Alembert se fâche, traite le projet de folie. On ne comptait d'ailleurs pas trop sur lui, sinon pour qu'il accepte de livrer, dans les deux ans, les articles dont il était chargé. Quelques jours plus tard, tout reposant désormais sur ses épaules, Diderot a obtenu des libraires de nouvelles conditions financières, mieux proportionnées aux responsabilités qu'il assumera. Et elles n'étaient pas minces.

D'Alembert se cantonnera dans les mathématiques et d'autres — Turgot, Marmontel, Duclos, Morellet — ont quitté un navire dont le naufrage pourrait compromettre leurs situations officielles. Diderot s'enferme donc chez lui, chaque jour, de six heures du matin à deux heures de l'après-midi, tandis que d'Holbach et le brave Jaucourt travaillent de leur côté. Cela dura peu, avant que n'éclatât un nouvel incident grave.

Les *Préjugés légitimes contre l'Encyclopédie* d'Abraham Chaumeix, dont trois volumes avaient déjà paru, continuaient de suivre à un rythme soutenu, les tomes IV à VIII sortant de presse en mars. Or, en avril 1759, paraît un *Mémoire pour Abraham Chaumeix contre les prétendus philosophes Diderot et d'Alembert*, et Chaumeix porte plainte contre cette charge scandaleuse. Il y avait de quoi. On y lisait qu'il était fils d'un quaker et d'une juive, qu'il avait été rossé par des charretiers, qu'il prétendait prophétiser et se comparait à Jésus-Christ.

L'auteur ? Qui, sinon Diderot ? C'est l'alarme ; il faut cacher les manuscrits, décamper de chez soi, se cacher. Ses amis lui conseillent la fuite. Le 7 avril, Diderot jure ses grands dieux à Malesherbes, encore irrité par l'affaire des dédicaces, qu'il n'est pour rien dans ce pamphlet et décide de rester, à tout risque :

> On n'a rien épargné pour m'intimider et me mettre en fuite ; mais j'ai tenu bon, en dépit du baron, du Malesherbes, du Turgot, du d'Alembert et du Morellet, qui tous prétendaient que dans une affaire criminelle le plus sûr était de plaider de loin ; oui, le plus sûr ; mais le plus honnête, c'est de ne pas s'accuser quand on est innocent. J'ai dit que je n'avais aucune part, ni directe ni indirecte au papier en question, que je resterais sur ma chaise et que, quelles que puissent être les suites de cette aventure, on me trouverait chez moi[2].

Les derniers mois ont été terribles. Grimm absent de Paris depuis février, il est seul et n'a pour consolation que d'écrire à son ami, qui ne répond guère, et à Sophie Volland, qui ne répond pas assez souvent à son goût. D'Holbach le distrait de son mieux, l'entraîne à Marly, à Trianon, à Versailles, à Meudon, mais il se sent fatigué, déprimé, d'autant qu'il sait proche le départ de Sophie pour la maison de campagne des Volland, à Isle-sur-Marne.

Comme s'il n'avait pas assez de l'*Encyclopédie*, il rumine des soucis plus personnels. Sa femme a découvert sa liaison avec Sophie. D'où une scène violente, « un incendie domestique ». Sans s'interroger sur sa propre conduite, il gémit : « En vérité, cette femme a l'âme féroce. Voyez quelles circonstances elle choisit pour me tourmenter. Si elle me rend ma maison fâcheuse, où veut-elle que j'aille vivre ? »

Problèmes encore du côté de Sophie. Pour tromper la surveillance de Mme Volland, il gagne l'appartement de sa maîtresse par un « petit escalier ». Un jour, ils sont ensemble quand la mère entre. Ils sont restés là, debout et ne sachant que faire. Mme Volland avait sa dignité. Sans mot dire, elle a feint de prendre un papier et s'est retirée. Pas de drame, mais les suites sont à craindre : « Depuis, elle parle d'aller à sa terre ; et pour cette fois l'enfant est du voyage. On va l'entraîner là pour la faire périr d'ennui. Quel avenir[3] ! » Puis Diderot a affronté le dragon et Mme Volland s'est montrée compréhensive, mais pour combien de temps ? En tout cas, prudence : « Que voulez-vous que je vous dise de ma vie ? *Le petit escalier est tombé ?* — Non, mon ami, il ne l'est pas. On y passe encore quelquefois. Pourvu que les circonstances ne nous trahissent plus[4]. »

Une épreuve lui manquait encore. Son père est âgé, en mauvaise santé, et Diderot s'inquiète : « J'ôterais à mes jours pour ajouter à ceux de mon père. » À Grimm, qui est passé par Langres pour saluer le coutelier, il dit son chagrin de ne pouvoir s'y rendre lui-même, garrotté qu'il est à Paris par tant d'obligations. Mais il a, on l'a vu, un mauvais pressentiment : « Mon père mourra sans m'avoir à côté de lui. Dans dix ans je chercherai dans ma mémoire son image, et je ne l'y trouverai plus[5]. » Soigné depuis des mois avec un grand dévouement par « Sœurette », Didier Diderot mourut le 3 juin d'une hydropisie de poitrine, et fut inhumé le lendemain. Dans l'immédiat, Diderot laissait à son frère le soin de régler la succession. La disparition de son père l'a vivement affecté, il pense à la vanité des choses, à la mort : « Je ne fais rien, dit-il à Grimm. J'ai eu un moment lumineux ; mais ce moment n'a guère duré, et la nuit qui lui a succédé est bien épaisse. [...] Vous ne mourrez point dans mes bras. Je ne mourai point dans les vôtres[6]... »

L'annonce du décès est venue le frapper en plein travail. La passion du théâtre ne l'avait pas lâché et il accumulait les projets, plans et canevas. Il y aurait *Le Train du monde ou les Mœurs hon-*

nêtes, *Madame de Linan ou l'Honnête Femme*, *L'Infortunée ou les Suites d'une grande passion*, *Le Mari libertin* ou le *Plan d'un opéra-comique*, et puis aussi un *Socrate*, pour lequel Grimm insistait, et que Diderot ne fera jamais, malgré son vif intérêt pour ce personnage emblématique de la liberté de pensée. Mais le sujet lui faisait peur, il lui semblait « au-dessus de [ses] forces ». Surtout que, cette année-là, Voltaire lui-même s'y est cassé les dents en en tirant une satire dont, le 2 septembre, Diderot se dit déçu : « Qu'est-ce que cela ? Du Vadé un peu redressé. On ne veut pas croire ici que de Voltaire en soit l'auteur. Ses amis y cherchent des finesses. C'est une satire, disent-ils. Moi je dis : C'est une chose mauvaise, comédie, satire ou tragédie, comme il vous plaira. » Curieux : cet écrivain qui manie à merveille le dialogue dans ses écrits les plus ardus reste en panne quand il s'agit de théâtre : « Il est sûr, dit-il à Grimm, que le plan ne me coûte rien et que le dialogue me tue[7]. » Il pensait encore, et poussa l'entreprise un peu plus loin, à une ébauche intitulée *Le Commissaire de Kent, Le Juge de Kent* ou encore *Le Shérif*, sujet violent, brutal et cruel, tableau de passions emportées dans la ligne de Shakespeare ou d'Eschyle, tragédie en cinq actes située à la fin du XVIIe siècle, sous le règne de Jacques II. *Le Shérif* le hanta encore plusieurs années, puisqu'il en parlera toujours dans le *Paradoxe sur le comédien* et même dans les *Mémoires pour Catherine II*, puis tomba dans les oubliettes.

Dans l'immédiat, on l'attendait à Langres, pour régler avec son frère et sa sœur la succession paternelle et il redoute des querelles. Il y arriva le 27 juillet, éreinté et soucieux, au sortir d'une scène violente avec Nanette. Le 29, il lui écrivit pour lui souhaiter sa fête, l'exhorter à retrouver son calme et à cesser de faire de leur existence conjugale un enfer :

Je tâcherai [...] de vous préparer à vous et à moi la vie la plus tranquille et la plus douce. Je ne suis pas parfait ; vous n'êtes pas parfaite non plus. Nous sommes ensemble, non pour nous reprocher nos défauts avec aigreur, mais pour les supporter réciproquement. [...] L'important, c'est mon sort ; c'est le vôtre ; c'est celui de votre fille. Vous avez le bonheur de tous les trois entre vos mains ; vous m'avez envoyé au loin, le cœur gonflé de douleur. [...] Nanette, quand vous m'aurez mis au tombeau, vous n'en serez pas plus avancée.

Heureusement, il y a son Angélique, intelligente et vive : « Je suis fou de ma petite fille ! Ah, mon ami, le joli caractère, la jolie âme ! Quelle femme on ferait de cet enfant, si la mère le permettait. » Qu'attendre de Nanette, qui fera de sa fille une bigote ?

Les jours passent, monotones. Il écrit à Sophie, mais elle ne répond pas souvent. Il l'entretient de son frère le chanoine, « scrupuleux et pusillanime », de sa sœur Denise, et de lui-même qui se fait, pour maintenir la paix, « doux, facile, indulgent, trop peut-être ». Il s'est recueilli sur la tombe d'une jeune fille aimée autrefois, ce qui accroît sa tristesse, mais lui fait aussi oublier un peu

« l'orage de Paris [qui] s'est étendu jusqu'ici », car Nanette tempête par écrit. Les Langrois l'ont bien accueilli. Il consent les indispensables visites chez amis et notables, fait honneur à des repas trop plantureux et prend son mal en patience. Il a même retrouvé des condisciples demeurés, eux, en province : « Je m'amuse, à mesurer par ce qu'ils sont, la distance d'un esprit brut à un esprit cultivé ; et je vois ce qu'ils auraient été si des circonstances plus heureuses les avaient favorisés[8]. » N'est-ce pas plutôt qu'il mesure ce qu'il fût devenu lui-même, s'il était resté à Langres ?

Le partage de la succession — environ six mille livres de rentes —, préparé par son frère, ne souleva aucune discussion. Pas plus de complications pour les biens immobiliers : une maison, sise à Peigney, sera vendue et son prix divisé entre les trois enfants ; le frère et la sœur vivront dans la demeure paternelle et une campagne, à Cohons, sera commune aux trois héritiers. Didier et Denise s'occuperont de la gestion et Denis recevra annuellement sa part. L'acte de partage après décès fut signé le 13 août sur ces bases[9]. Il s'inquiète pourtant de la suite. L'abbé est dur, exigeant, Sœurette pas toujours commode. Une dispute eut lieu d'ailleurs la veille même de son départ. Il l'apaisa de son mieux, on s'embrassa au nom du défunt et, le 16 août, il prit le chemin du retour.

Pas en ligne droite, car il était convenu qu'il s'arrêterait à Isle-sur-Marne, chez Mme Volland, et cela le tourmentait un peu. Contre son attente, elle l'a bien reçu, a fait avec lui le tour du propriétaire et lui a remis deux lettres de Sophie. Il reprit son voyage en compagnie de la maman, Diderot faisant de son mieux pour lui plaire : « Elle avait de la peine à supporter la fatigue de la chaise, et ce fut un motif de petites attentions continues. Je l'ai soutenue dans mes bras, des heures entières. » Le 22, il débarque à Paris.

Ce fut pour y apprendre que, le 21 juillet, un arrêt du Conseil du roi avait condamné les libraires à rembourser soixante-douze livres à chaque souscripteur. Heureusement, aucun ne réclama son dû. Fin juillet, les libraires proposent un arrangement. On a condamné les volumes de texte, mais pas les volumes de planches. Pourquoi ne pas déduire les soixante-douze livres du prix de ces volumes qui seraient livrés à raison d'un par an ? Malesherbes jugea la proposition raisonnable et, le 8 septembre, un nouveau privilège est concédé pour un *Recueil de mille planches gravées* en quatre volumes in-folio. On l'avait échappée belle[10].

Le 3 septembre, Diderot s'en fut passer quelque temps au Grandval, chez le baron d'Holbach, où l'on recevait aussi Helvétius, Suard, Mme d'Épinay, d'Houdetot et Geoffrin, Grimm ou l'abbé Galiani. Le Grandval n'était qu'à deux heures et demie, ce qui permettait des aller retour. Diderot y séjournera souvent désormais, jusqu'en 1780, et c'est de là qu'il fait à Sophie de longues chroniques de ses journées, le compte rendu des conversations et le portrait des familiers, ce qu'il appelle sa « gazette du Grandval ». Il s'y détend, mais y travaille aussi, et l'on discute ferme. Les journées observent une agréable routine qui ménage le labeur et la détente. Dès six heures du matin, « entre Horace et Homère », il lit, écrit jusqu'au déjeuner — copieux. Les dames causent, le baron pique un somme. Après, promenade en bavardant politique ou philosophie. Au coucher du soleil, un peu de repos. Dîner, une partie de cartes. À onze heures et demie, tout le monde est au lit[11].

Il y a aussi des moments sombres. Mme Volland n'a-t-elle pas résolu d'emmener sa fille à Isle pour un long séjour ? L'amoureux se désole, Sophie verse dans une dépression profonde : « Il lui semble qu'elle s'en aille à sa dernière demeure. C'est ainsi qu'elle en parle. Elle dépérit à vue d'œil. » Souvent, elle a les yeux rouges, se traîne sans courage. Même en tête à tête : « Elle se tait ; elle rêve ; elle soupire ; elle me prend une main qu'elle serre ; si je l'invite à se pencher sur moi, elle me dit : "Mon ami, ne vous accoutumez pas à cela." Elle entrevoit sa fin et tout ce qu'elle dit y a trait[12]. » Du 23 au 26 septembre, il a fait un saut à Paris et l'a vue un moment. Puis il a regagné le Grandval, laissant Mme Diderot irritée. Le 8 octobre, il a reparu dans la capitale pour quelques jours, désolé de trouver Sophie absente.

Le 12, il a revu d'Alembert, qui l'a questionné sur son travail et la possibilité de réintégrer l'équipe, avant d'en venir à l'essentiel. C'est la guerre, ses pensions prussiennes ne sont plus payées et même l'Académie française fait l'économie de ses jetons. Il reviendrait si les libraires consentaient à ses conditions : mille écus. Diderot se fâcha. Les libraires s'étaient montrés généreux avec d'Alembert et le voilà qui se plaignait ! Il lui parla donc net et sec :

Quoi qu'il en soit, votre demande me paraît vile, mais juste. [...] Demain, je pars pour la campagne ; je leur écrirai de là. [...] — Dites-leur que je ne m'engage que pour ma partie. — Ils n'en veulent pas davantage, ni moi non plus. — Plus de préfaces. — Vous en voudriez faire pour la suite, que vous n'en seriez pas le maître. — Et pourquoi cela ? — C'est que les précédentes nous ont attiré les haines dont nous sommes chargés. Qui est-ce qui n'y est pas insulté[13] ?

Ce fut le terme de leur longue collaboration. Ils se rencontreront encore de loin en loin sans hostilité, rapporte Marmontel, mais le temps de leurs relations amicales était passé.

C'est chez d'Holbach que Diderot s'essaya à la critique d'art. Des Salons annuels se tenaient à Paris, tous les ans jusqu'en 1745, tous les deux ans par la suite. Cela pouvait intéresser les abonnés de la *Correspondance littéraire* de Grimm, qui s'était chargé d'en rendre compte. Son ami absent de Paris, Diderot le remplace pour celui de 1759.

Dès les premières lignes, le ton est personnel, animé : « Beaucoup de tableaux, mon ami, beaucoup de mauvais tableaux. J'aime à louer. Je suis heureux quand j'admire. Je ne demandais pas mieux que d'être heureux et d'admirer... » Mais seules quelques toiles trouvent grâce à ses yeux. Ce Chardin, bien. Bien aussi, ces marines de Vernet qui ont de la couleur et le souci du détail. Admirable, ce buste de Le Moyne par Pajou !

Le reste... Rien à dire de cette *Annonciation* de Restout, de la *Vestale* de Natier, des toiles de Challe ni de ces Greuze qui « ne sont pas fameux cette année ». Beaucoup de faiseurs, de peintres sans inspiration, qui n'ont pas réfléchi avant de prendre leur palette : « Ces gens-ci croient qu'il n'y a qu'à arranger des figures. Ils ne savent pas que le premier point, le point important, c'est de trouver une grande idée. Qu'il faut se promener, méditer, laisser là les pinceaux et demeurer en repos jusqu'à ce que la grande idée soit trouvée[14]. » Bref, rien de fameux : « Beaucoup de dessin, point d'idée[15]. » Diderot n'en restera pas là et fera d'autres *Salons*, de plus en plus étoffés et personnels, à mesure qu'il acquerra l'expérience des couleurs, du dessin et de la composition. Au fil des années, à côtoyer peintres et sculpteurs — Chardin, Vernet, Greuze, Vanloo, Lagrenée, Falconet, Pigalle, Cochin — il apprend à voir et à analyser, se familiarise avec la technique et le vocabulaire du métier.

Diderot n'invente pas la critique d'art, mais lui donne un ton qui n'appartient qu'à lui : dialogues avec Grimm ou Naigeon, observations pénétrantes et rapides qui ne reculent pas devant le clin d'œil polisson, le sous-entendu grivois. Son imagination visuelle l'engage souvent à refaire le tableau, à montrer au peintre ce qu'il aurait dû faire. Jamais rien de raide ni de convenu, et il ne renonce pas à sa liberté d'allure, aux digressions, à la fantaisie.

Pour chaque *Salon* — neuf, de 1759 à 1781 — il se rend sur place à plusieurs reprises, prend des notes, souvent bousculé par Grimm qui attend de la copie, et ses *Salons*, surtout ceux de 1765 et 1767, prennent l'ampleur de véritables livres. De l'un à l'autre, son goût évolue, son regard s'aiguise, ses connaissances se précisent, au point qu'il en viendra, en 1766, à rédiger des *Essais sur la peinture* et, en 1781, des *Pensées détachées sur la peinture, la sculpture et la poésie*[16].

Subjectif, il ne dissimule ni ses préférences ni ses rejets et aucun peintre n'est admiré une fois pour toutes, même s'il se veut attentif d'abord au positif et recommande de substituer la critique des beautés à celle des défauts : « Tu remues le sable d'un fleuve qui roule des paillettes d'or, et tu en reviens les mains pleines de sable, et tu laisses les paillettes[17] ! » Il aime chez Loutherbourg *Un commencement d'orage au soleil couchant*, mais la *Madeleine dans le désert* de Carle Vanloo trahit un manque de génie. Comme toujours, Diderot veut la vérité, l'authenticité et refuse d'« embellir la nature », pour saisir au contraire la réalité des individus marqués par leur situation sociale : « Tout être a dû souffrir plus ou moins de la fatigue de son état. Il en porte une empreinte plus ou moins marquée. Le premier point est de bien saisir cette empreinte en sorte que s'il s'agit de peindre un roi, un général d'armée, un ministre, un magistrat, un prêtre, un philosophe, un portefaix, ces personnages soient le plus de leur condition qu'il est possible[18]. » On conçoit qu'il n'apprécie ni l'allégorie ni les déguisements mythologiques d'un Nattier ou d'un Lagrenée et se dise déçu par Chardin.

Diderot n'aime pas non plus la peinture libertine, les mignardises de Boucher, « ses amours et ses chérubins », signe de la corruption des mœurs et produit d'un art dégradé. Guère de sympathie non plus pour Baudouin, élève de Boucher, « peintre de petites maisons et de libertins », ni pour les scènes galantes de Fragonard : « Il me semble que j'ai vu assez de tétons et de fesses[19]. » Mais Greuze, ah oui, Greuze « peintre de famille et d'honnêtes gens » —, l'auteur de l'*Accordée de village* ou du *Retour de l'enfant prodigue* : « Courage, mon ami Greuze, écrit-il en 1763, fais de la morale en peinture, et fais-en toujours comme cela[20] ! »

La décadence du goût et de l'art suit celle des mœurs, mais Diderot veut croire qu'une réforme de la morale et par conséquent de l'ordre social puisse résulter d'une réforme préalable des arts : si le théâtre peut contenir un enseignement, pourquoi n'en irait-il pas de même des arts visuels qui ont même l'avantage de s'adresser immédiatement aux sens et de toucher ainsi le plus grand nombre ? L'art devrait privilégier les thèmes civiques, à la manière antique, comme le comprendra David sous la Révolution, et contribuer à l'éducation du peuple. Il peut aider à résister à l'influence de l'Église, et Diderot se félicite du déclin de la peinture religieuse qui sert auprès des simples la propagande cléricale. Ou alors, qu'on traite de tels sujets pour dénoncer superstition et fanatisme. Faites donc des tableaux qui montrent « l'atrocité de l'intolérance, un autel fumant d'encens devant une idole, un prêtre aiguisant froidement ses couteaux, un préteur faisant déchirer de sang-froid son semblable à coups de fouet, un fou s'offrant avec joie à tous les tourments qu'on lui montre et défiant ses bourreaux », bref « les crimes que la folie du Christ a commis et fait commettre ». Les sujets ne manqueront pas, car « jamais aucune religion ne fut plus féconde en crimes que le christianisme ; depuis le meurtre d'Abel jusqu'au supplice de Calas, pas une ligne de son histoire qui ne soit ensanglantée. C'est une belle chose que le crime, et dans l'histoire, et dans la poésie, et sur la toile et sur le marbre[21] ». S'il faut des idoles, qu'elles soient dignes au moins de l'estime de l'homme éclairé, qu'on encourage la grande peinture d'histoire, qu'on dresse dans les jardins et promenades publiques des statues de grands hommes.

Certains artistes le retiennent particulièrement par leur habileté d'exécution, comme Vernet, dont il admire la fécondité, les marines et les paysages et à qui il consacrera de nombreuses pages en 1767. Chez Hubert Robert, il découvre la méditation sur les ruines et la vanité des choses humaines :

> Les idées que les ruines réveillent en moi sont grandes. Tout s'anéantit, tout périt, tout passe ; il n'y a que le monde qui reste, il n'y a que le temps qui dure. Qu'il est vieux ce monde ! Je marche entre deux éternités. De quelque part que je jette

les yeux, les objets qui m'entourent m'annoncent une fin, et me résignent à celle qui m'attend. Qu'est-ce que mon existence éphémère, en comparaison de celle de ce rocher qui s'affaisse, de ce vallon qui se creuse, de cette forêt qui chancelle, de ces masses suspendues au-dessus de ma tête, et qui s'ébranlent ? Je vois le marbre des tombeaux tomber en poussière ; et je ne veux pas mourir ! et j'envie un faible tissu de fibres et de chair, à une loi générale qui s'exécute sur le bronze ! Un torrent entraîne les nations les unes sur les autres, au fond d'un abîme commun ; moi, moi seul, je prétends m'arrêter sur le bord, et fendre le flot qui coule à mes côtés[22] !

Tout passe, inexorablement, et il n'est pas d'au-delà. Ce qui est se courbe sous les lois universelles de la matière, vie et mort s'insèrent dans un cycle sans commencement ni fin. Mais loin de ce sérieux au bord du pathétique, comment oublier la célèbre analyse de son propre portrait exposé par Michel Vanloo au Salon de 1767 ? « Assez ressemblant », oui, mais manqué pour la vérité du modèle : « Trop jeune, tête trop petite, joli comme une femme, lorgnant, souriant, mignard, faisant le petit bec, la bouche en cœur. » Ce n'était pas lui :

Mes enfants, je vous préviens, que ce n'est pas moi. J'avais en une journée cent physionomies diverses, selon la chose dont j'étais affecté. J'étais serein, triste, rêveur, tendre, violent, passionné, enthousiaste ; mais je ne fus jamais tel que vous me voyez là. J'avais un grand front, des yeux très vifs, d'assez grands traits, la tête tout à fait du caractère d'un ancien orateur, une bonhomie qui touchait de bien près à la bêtise, à la rusticité des anciens temps. [...] J'ai un masque qui trompe l'artiste ; soit qu'il y ait trop de choses fondues ensemble ; soit que, les impressions de mon âme se succédant très rapidement et se peignant toutes sur mon visage, l'œil du peintre ne me retrouvant pas le même d'un instant à l'autre, sa tâche devienne beaucoup plus difficile qu'il ne la croyait, je n'ai jamais été bien fait que par un pauvre diable appelé Garand, qui m'attrapa, comme il arrive à un sot qui dit un bon mot. Celui qui voit mon portrait par Garand, me voit. *Ecco il vero Pulcinella*[23].

Le 26 septembre, quand Diderot a fait un saut à Paris, il s'est rapidement esquivé pour échapper aux gronderies de sa femme : « Madame fut un peu surprise de la quantité de livres, de hardes, et de linge que j'emportais. Elle ne conçoit pas que je puisse durer loin de vous plus de huit jours[24]. » On peut comprendre Nanette quand elle voit partir pour plusieurs semaines un mari qui n'a jamais une minute à lui, sauf pour sa maîtresse et ses amis.

Au Grandval, on reprend un train-train interrompu parfois par un visiteur. Le « père Hoop » est un Écossais dont on ne connaît rien, sinon son incurable pessimisme, l'homme idéal pour débattre de la seule éternité crédible, celle de la matière, sujet philosophique qui inspire à Diderot une méditation inattendue sur l'éternité de l'amour : « Moi ! je disais : Ceux qui se sont aimés pendant leur vie et qui se font inhumer l'un à côté de l'autre ne sont peut-être pas si fous qu'on pense. Peut-être leurs cendres se pressent, se mêlent et s'unissent. [...] Ô ma Sophie, il me resterait donc un espoir de vous toucher, de vous sentir, de vous aimer, de vous chercher, de m'unir, de me confondre avec vous, quand nous ne serons plus ! [...] Si les molécules de votre amant dissous venaient à s'agiter, à se mouvoir et à rechercher les vôtres éparses dans la nature ! Laissez-moi cette chimère ; elle m'est douce ; elle m'assurerait l'éternité en vous et avec vous[25]. » C'est le spleen des jours sans lettre de Sophie. Alors le temps est exécrable, le travail l'ennuie : « Ne m'aimez-vous plus ? » Enfin arrive une lettre et de nouveau le soleil brille et la vie est belle : « Il est impossible d'être sobre ici. Il n'y faut pas penser. Je m'arrondis comme une boule[26]. »

Il peine à présent sur la philosophie des Arabes et des Sarrasins, sur le platonisme et le pythagorisme, sur la pensée des Étrusques et des Romains. L'abandon des abbés Yvon, Mallet, de Prades et Pestré, en charge de la philosophie dans les premiers volumes, l'a contraint à les remplacer. Tâche considérable qui ne lui vaut pas un liard de plus, il le rappellera à La Breton : « Je l'ai faite cette besogne. La Société l'a-t-elle payée ? Non, Monsieur, j'ai donné, mais bien donné, à la Société, l'histoire ancienne de la philosophie qui n'est pas la mince partie de l'ouvrage. Voyez, cherchez dans nos traités, et dites-moi s'il y a jamais été question de ce travail[27]. »

Vers le 20 novembre, il regagna la rue Taranne pour retrouver Angélique, les maux et les humeurs de Mme Diderot. Sans parler de nouveaux problèmes. En février 1756 déjà, le savant Réaumur s'était plaint à Formey du vol de planches qui lui appartenaient et qu'il légua à l'Académie royale des sciences. Et voilà que dans une lettre du 23 novembre 1759, publiée dans *L'Année littéraire*, le graveur Pierre Patte dénonce les libraires et assure que, pour les descriptions parues dans les sept premiers volumes de l'*Encyclopédie*, Diderot a utilisé les doubles des gravures rassemblées par feu Réaumur. Diderot détient en effet des planches provenant de la *Description des arts et métiers* de Réaumur et fournies par des graveurs peu scrupuleux.

En décembre, deux commissions successives de l'Académie se rendent chez les libraires pour comparer les planches de la *Description* avec celles de l'*Encyclopédie*. Elles concluent qu'ils ne possèdent pas les dessins cités dans *L'Année littéraire*. Le 29 janvier, toujours dans *L'Année littéraire*, Patte s'obstine à contester ce rapport, au point que Malesherbes, pour en finir, demande le 20 février une nouvelle commission d'examen, qui parvient aux mêmes conclusions. Les adversaires n'avaient donc pas désarmé[28], mais le 15 janvier 1762, Grimm pourra annoncer que le premier volume des planches de l'*Encyclopédie* est à la disposition des souscripteurs.

« Combien j'ai souffert depuis deux ans ! » écrit Diderot à Grimm le 25 juin 1759. « Je m'ennuie, je m'ennuie partout, reprend-il le 3 juillet. Je suis d'une telle lassitude... » Il en aurait fallu cependant davantage pour l'abattre.

L'*Encyclopédie* enclouée, Diderot poursuivait sa tâche, travaillant parfois douze heures d'affilée dans l'atelier de Le Breton et rédigeant pour la *Correspondance littéraire* de Grimm notices et comptes rendus au hasard de la demande et de ses lectures. La vie quotidienne ne l'épargne pas et il lui faut essuyer régulièrement les scènes que lui fait Nanette et qui mettent ses nerfs à rude épreuve. Mauvais pour sa santé. Il ne se surveille pas, travaille trop, mange trop surtout, gagnant de monumentales indigestions et des coliques. Le docteur Tronchin lui a recommandé l'exercice, la tempérance, mais allez donc le contraindre.

Et puis, des soucis, toujours des soucis. Car les dévots n'ont pas renoncé à dénoncer les maudits philosophes. Le 10 mars 1760, dans son discours de réception à l'Académie française, le marquis Jean-Jacques Lefranc de Pompignan, auteur de *Poésies sacrées*, les accuse de saper le trône et l'autel. Voltaire se chargea de le rendre ridicule.

Mais il se préparait à plus sérieux. Charles Palissot, protégé par la princesse de Robecq, maîtresse du ministre Choiseul, allait donner une pièce, soutenue par Versailles, intitulée *Les Philosophes modernes*. Le 2 mai 1760, la Comédie-Française fait salle comble et la pièce aura dans le mois quatorze représentations. Les personnages étaient aisés à reconnaître : Valère était Helvétius, Théophraste, Duclos, Cydalise, Mme Geoffrin et Crispin, qui entrait sur scène à quatre pattes en grignotant une laitue représentait le Jean-Jacques du *Discours sur l'inégalité*. Le plus malmené était Dortidius-Diderot. Les philosophes étaient donnés pour des flagorneurs, des charlatans capables seulement de détruire, des sans-patrie.

À la demande de d'Alembert, Voltaire — épargné dans la pièce — a sermonné mollement Palissot en lui reprochant de salir la réputation d'un honnête homme. Il préféra, en juillet, s'en prendre à Fréron, qui avait loué *Les Philosophes*, dans sa comédie de *L'Écossaise*.

Si la pièce de Palissot n'était pas un chef-d'œuvre, elle était efficace. Il s'ensuivit une guerre de brochures et de pamphlets, mais quelqu'un alla trop loin. Déjà gravement malade, la princesse de Robecq fit l'effort, le 2 mai, de se rendre au théâtre, et dut se retirer avant la fin du premier acte. Le même soir, l'abbé Morellet rédigea, en style pseudo-biblique, *La Vision de Charles Palissot*, mise en vente le 29 mai. On y lisait quelques lignes scandaleuses annonçant la mort prochaine de Mme de Robecq, qui mourut du reste peu après.

Qui peut bien être le coupable ? Diderot, bien sûr ! Même Voltaire s'interroge. Une fois de plus, le 1er juin, le pauvre Denis est contraint de protester de son innocence auprès de Malesherbes. Dénoncé, Morellet est embastillé le 11 juin. Et Diderot ? Il garda obstinément le silence, soucieux d'ailleurs de ne pas compromettre davantage l'*Encyclopédie*, mais il n'oubliera pas Palissot, qui recevra son dû dans *Le Neveu de Rameau*.

Quant à Voltaire, il songeait à une compensation : faire entrer Diderot à l'Académie. On eut beau lui représenter l'impossibilité de cette entreprise, le vieillard s'obstina. Pourquoi pas ? Il suffirait que Diderot désavoue quelques écrits qu'on lui impute. Paris valait bien une messe. Seul l'intéressé n'avait pas été consulté et jugea l'idée absurde. Le 9 novembre, il ne s'en cache pas à Sophie : « Il se plaint à Grimm très amèrement de mon silence. Il dit qu'il est au moins de la politesse de remercier son avocat. Et qui diable l'a prié de plaider ma cause ? Et qui diable lui a dit qu'il l'avait plaidée comme il me convenait[29] ? » Sans doute caressait-il aussi un projet qui le passionnait davantage.

En automne 1758, le marquis Marc-Antoine de Croismare avait résolu de se retirer en Normandie. Pieux, mais tolérant, il fréquentait volontiers les philosophes. On le regretta.

Généreux, il était intervenu, quelques mois auparavant, dans une triste affaire. Fille d'un joaillier-orfèvre, Marguerite Delamarre, né en 1717, avait été placée par ses parents, dès l'âge de trois ans, dans diverses institutions religieuses, et contrainte, en 1736, de prononcer ses vœux à l'abbaye de Longchamp. En 1750, elle introduisit une requête en réclamation de vœux devant l'Officialité de Paris, la juridiction ecclésiastique, puis en justice civile devant le Parlement de Paris. Sans la connaître, Croismare, révolté, s'était entremis en vain, la cour ayant débouté la religieuse en mars 1758. La sœur Delamarre serait toujours cloîtrée au début de la Révolution[30].

Croismare manquait à ses amis. Comment le faire revenir ? Avec Mme d'Épinay et Grimm, Diderot eut l'idée de lui faire croire que la religieuse avait fui son couvent et, sans appui, se tournait vers celui qui avait essayé de l'aider. Hélas, le marquis, au lieu de regagner Paris, invitait l'évadée à le rejoindre en Normandie. Une prétendue correspondance s'ensuivit entre février et mai 1760 ; puis, la comédie ayant assez duré, les conspirateurs expliquèrent que la religieuse était morte des suites d'une mauvaise chute.

Cependant, Diderot s'est pris à son propre jeu et peu à peu la supercherie se transforme en roman. Au début de novembre 1760, il écrit à Mme d'Épinay : « Je me suis mis à faire *La Religieuse,* et j'y étais encore à trois heures du matin. Je vais à tire-d'aile. Ce n'est plus une lettre, c'est un livre. Il y aura là-dedans des choses vraies, de pathétiques. [...] Je laisse aller ma tête ; aussi bien ne pourrais-je guère la maîtriser[31]. » Il s'inspirait, librement, de l'histoire de Marguerite Delamarre, devenue Suzanne Simonin, mais l'élan créateur s'affaiblit vers la fin de l'année, si bien qu'en 1770, racontant dans sa *Correspondance littéraire*, l'histoire de la mystification, Grimm déclare le roman perdu. Il n'en était rien. Dix ans plus tard, Henri Meister, qui a succédé à Grimm dans la rédaction de la *Correspondance*, demande de la copie. Le 27 septembre 1780, Diderot lui en envoie : « C'est la contrepartie de *Jacques le Fataliste*. [...] Il est intitulé *La Religieuse* ; je ne crois pas qu'on ait jamais écrit une plus effrayante satire des couvents. » Le texte parut dans la *Correspondance littéraire* d'octobre 1780 à mars 1782, mais ne sera connu du public qu'en 1796.

Que deviennent ces filles recluses malgré elles ? Postulante à Longchamp, Suzanne a été séduite par la douceur et la bonté de la supérieure, Mme de Moni, mystique animée d'une authentique vocation, et a consenti, dans un état second, à prononcer ses vœux. Hélas, à Mme de Moni succède la sœur Sainte-Christine, dont la religion inhumaine réintroduit les pénitences, les macérations, le cilice et la discipline, interdit la lecture de la Bible. Profondément croyante, Suzanne refuse d'entrer dans les querelles théologiques et de porter la haine dans une foi qui doit être amour. Dès lors, mille tracasseries l'accablent, et bientôt les persécutions la font aspirer à la mort. Cette étape est celle du fanatisme furieux qui persécute au nom du Christ. Suzanne réussit cependant à prendre contact avec un avocat qui accepte de plaider sa cause, déchaînant ainsi la fureur de la supérieure, inquiète d'un scandale, qui exerce sur la nonne, dans l'espoir de briser sa résistance, une cruauté méthodique, digne des romans de Sade. Mauvais traitements, railleries, insultes, persécutions féroces sont désormais le lot quotidien de Suzanne. Comme Marguerite Delamarre, elle perd son procès, mais obtient son transfert au couvent de Saint-Eutrope, à Arpajon. Ici, la supérieure est une femme exaltée, versatile, qui aussitôt s'attache passionnément à sa nouvelle pensionnaire. Le lecteur comprend bientôt la raison de ce favoritisme. Lorsque Suzanne, mise en garde par son confesseur, évite résolument sa supérieure, commence pour celle-ci une insoutenable torture. Rongée d'amour et de désir, elle finit dans le délire, dans la terreur d'avoir perdu le droit à la miséricorde divine et meurt en criant : « Mon Père, je suis damnée... » Enfin, Suzanne s'évade, se réfugie chez une blanchisseuse chez qui elle meurt des suites d'une chute. Dès sa parution, *La Religieuse* fit scandale et en fera toujours en 1966 lors de l'interdiction du film qu'en tira Jacques Rivette[32].

La première charge de Diderot ne visait pas cependant les couvents, mais l'ordre social. Née d'un adultère, Suzanne dérange, et sa famille trouve dans le couvent le moyen d'une exclusion couverte par le prétexte de la religion. Ses sœurs s'empressent de tirer parti de l'aubaine et la dépossèdent sans remords. Du Balzac, déjà. À quoi s'ajoute la mise en cause d'une religion culpabilisante, puisque Mme Simonin croit expier sa faute par le sacrifice de sa fille. Quant à l'Église — Diderot dénonce cette collusion entre le sacré et le profane —, elle se fait volontiers complice d'un crime qui vaut à la communauté une dot non négligeable.

Le roman est bien éloigné d'une profession d'athéisme. Suzanne elle-même ne laisse à aucun moment le moindre doute sur sa foi et jamais cette foi ne vacille. Chrétienne sincère, elle refuse, non pas la religion, mais la privation de liberté. La critique de Diderot va au-delà de l'anticléricalisme et même du scandale des vocations forcées pour mettre en cause l'institution conventuelle elle-même, inutile et négation de la sociabilité naturelle, qui impose à l'être une insupportable contrainte. Et il y a pis. Privée d'une existence normale, soumise à l'épreuve de la solitude et d'exercices épuisants, la nonne parfois sent vaciller sa raison et Diderot se souvenait de sa sœur morte folle, à vingt-sept ou vingt-huit ans, chez les ursulines de Langres. Mais le couvent est encore le lieu de tous les désordres mentaux et physiologiques manifestés sous une forme ou une autre : Mme de Moni, qui communique avec l'esprit divin, est une hystérique à tendance mystique, sœur Sainte-Christine vit avec fanatisme et sadisme sa névrose personnelle, et c'est la vie claustrale qui rend compte du saphisme de la supérieure de Saint-Eutrope ; comme l'esprit, le corps se dérègle : frustration, mélancolie, hystérie, mysticisme, cruauté, folie, saphisme sont le produit de l'outrage fait à la nature.

Diderot a su faire de son héroïne un personnage attachant et pathétique, mais si *La Religieuse* n'est pas un roman scandaleux, ce demeure bien un livre à thèse, l'impitoyable réquisitoire dressé contre une institution aliénante, où l'art compense ce que l'œuvre aurait pu avoir, sous une autre plume, de méthodique et de rebutant. Diderot laissait ainsi l'un des grands romans des Lumières, la première œuvre aussi qui ne verrait pas le jour de son vivant.

Au jour le jour

Au fil des semaines, patiemment — ou impatiemment — Diderot travaille à cette *Encyclopédie* qu'il a résolu de mener à bon port contre vents et marées. Non sans grogner contre un surcroît de labeur qu'il est seul à assumer et les irritants retardataires : « Mes collègues me font enrager par leurs lenteurs. » C'est qu'il faut être sans cesse à les relancer, à les harceler pour qu'ils consentent à tenir leurs engagements : « Ce qui me prend un temps infini, ce sont les lettres que je suis forcé d'écrire à mes paresseux de collègues pour les accélérer. Ces ânes ont la peau si dure, que j'ai beau piquer des deux, ils n'en vont pas plus vite[1]. »

Le temps passant, Diderot goûtait de plus en plus la société de Mme d'Épinay. Au temps où Rousseau était son hôte, il avait refusé de la fréquenter, bien qu'elle fût la maîtresse de Grimm, parce qu'il la croyait méchante et coquette. Maintenant, il est souvent à la Chevrette, où la vie est amicale et confiante, et il y séjourne du 8 au 21 septembre 1760. Comme chez d'Holbach, les journées se partagent entre le travail, les discussions et la détente.

Il a fait chez d'Holbach et à la Chevrette la connaissance d'un curieux petit personnage, loquace et toujours en mouvement. L'abbé Ferdinando Galiani, connu pour ses travaux d'économie, était venu à Paris en 1759 comme secrétaire d'ambassade du royaume des Deux-Siciles. Il sera, dix ans plus tard, l'auteur d'un *Dialogue sur le commerce des blés*. C'était un érudit, frotté de toutes les langues, mais aussi savant en mathématiques, en droit, en musique, en archéologie, en numismatique et, homme de société, avait l'esprit vif er le persiflage facile. Diderot estimait son intelligence lucide et son savoir, s'amusait de son esprit mordant et de ses contes qu'il narrait avec la gestuelle animée d'un Napolitain. Il est, disait Denis, « pantomime depuis la tête jusqu'aux pieds[2] ».

C'est à la Chevrette que Diderot fut victime d'un petit accident qui eut d'heureuses conséquences. Pour éviter le bec des cygnes qu'il avait taquinés, il s'était mis à courir et blessé au pied. On saisit l'occasion où il se tiendrait enfin tranquille pour faire faire son portrait par « un certain barbouilleur de la place Dauphine » nommé Jean-Baptiste Garand, dont le modèle se déclara très satisfait : « Je médite en effet sur cette toile. J'y vis, j'y respire, j'y suis animé ; la pensée paraît à travers le front[3]. »

Cette année-là, il fut souvent aussi, et même pour de longs séjours, au Grandval, d'où il adresse à Sophie des « lettres immenses » et tient la « gazette » de ses villégiatures. De quoi parle-t-il ? De tout et de rien, du plaisant et du sérieux. Au Grandval, la vie est moins calme qu'à la Chevrette, la compagnie plus nombreuse et surtout les repas plus plantureux, mais il arrive que « l'humeur de dogue » du baron lui porte sur les nerfs. Voyez cet homme qui a tout pour être heureux et ne cesse de maugréer !

Il a retrouvé le pittoresque père Hoop, qui lui a parlé des mœurs et de la philosophie des Chinois, expliqué le fonctionnement du parlement anglais, raconté ses voyages et, toujours sombre, lui a défini le *spleen* dont il est chroniquement affligé. Autre convive intéressant, le baron Louis-Auguste de Dieskau qui avait servi au Canada et commandé des sauvages contre les Anglais. Il rapportait des actes d'honneur, de dévouement, même entre ennemis, et Denis voyait là l'illustration de ses théories : « Non, chère amie, la nature ne nous a pas faits méchants ; c'est la mauvaise éducation, le mauvais exemple, la mauvaise législation qui nous corrompent. » Hélas, Dieskau rapportait aussi, de la part de ces bons sauvages, des traits d'une rare férocité qui faisaient ricaner le sceptique d'Holbach. Ailleurs, il trace des portraits, des scènes divertissantes : entre deux débats philosophiques, le Granval ne brassait pas mélancolie. On n'y prêchait pas non plus la tempérance et Diderot s'empiffre sans retenue, quitte à en payer le lendemain les conséquences.

Il a aussi, comme toujours, quelques soucis. Cela ne va pas trop bien chez lui et ses relations avec Nanette sont de plus en plus tendues. Au début d'octobre, il rentre de la Chevrette à minuit, la trouve malade et de mauvais poil et a la candeur de s'en étonner, quand depuis quelque temps il ne passe à Paris qu'en coup de vent. Mais il prend sur lui, se jure de garder son calme. Le lendemain même, il annonce son intention d'aller passer au Grandval le reste de l'automne. Le 1er novembre, il note qu'il n'a plus entendu parler de sa femme ni elle de lui depuis vingt jours et qu'elle n'a pas pris la peine de faire suivre son courrier. Le 3, il trouve la maison transformée en hôpital. La servante a eu des abcès à la gorge, Nanette une fièvre persistante et la petite Angélique les narines galeuses et les amygdales enflées. Le voir pointer le nez au bout de trois semaines avec une indigestion carabinée n'était sans doute pas fait pour mettre sa femme de belle humeur.

Il a aussi quelques embarras financiers et songe à vendre sa bibliothèque, tandis que Langres lui prépare d'autres préoccupations. La bonne entente entre son frère et sa sœur a fait long feu. Si cela continue, grogne-t-il, excédé, « je vais en province, je vends mon patrimoine, et j'oublie des gens qui ne méritent pas un frère tel que moi[4] ».

Dans cette grisaille, une bonne nouvelle. Son *Père de famille* n'avait pas été joué à Paris, mais l'avait été en province et même à l'étranger[5]. La Comédie-Française se disait disposée à le monter et la pièce est en effet reçue le 27 décembre 1760.

C'était une revanche sur les persiflages de ses ennemis et le public lui-même est convaincu que l'éventuel succès du *Père de famille* serait une riposte à celui des *Philosophes* de Palissot.

Le 18 février 1761, ce n'est pas le triomphe espéré, mais tout de même une réussite honorable qui aurait pu l'être davantage encore si les acteurs, peu habitués à ce genre de théâtre et pour la plupart mal dans leurs rôles, avaient mieux servi l'œuvre. Il le dit à Voltaire le 23 février :

> Ce genre d'ouvrage leur était si étranger, que la plupart m'ont avoué qu'ils tremblaient en entrant sur la scène comme s'ils avaient été à la première fois. [...] À la seconde représentation, ils y étaient un peu plus ; aussi le succès a-t-il été plus soutenu et plus général, quoiqu'il y eût une cabale formidable. [...] J'aurai le succès qu'il faut pour contrister mes ennemis. Il s'est élevé du milieu du parterre des voix qui ont dit : Quelle réplique à la satire des *Philosophes* ! Voilà le mot que je voulais entendre. [...] Succès, malgré la rage de la cabale[6].

La critique ne fut pas enthousiaste, mais ne lui contesta pas son succès, confirmé, selon les habitudes de l'époque, par la représentation, à la Foire Saint-Germain, d'une parodie intitulée *Le Père Cassandre ou Cassandre aubergiste*. *Le Père de famille* eut sept représentations en février et en mars devant quelque six mille spectateurs et se maintiendra au répertoire jusqu'en 1839. Au moment même, ce n'est pas la revanche espérée : Palissot avait été joué douze fois devant deux fois plus de spectateurs. Décidément, la méchanceté et la bassesse étaient plus payantes que la vertu. La déception de Diderot percera plus tard dans le *Paradoxe sur le comédien* : « N'ayant pas obtenu le succès que je m'en étais promis, et ne me flattant pas de faire beaucoup mieux, je me dégoûtai d'une carrière pour laquelle je ne me crus pas assez de talent. »

Il a pu lire, dans *L'Année littéraire* du 18 juillet 1761, les propos blessants de Fréron : « Il ne plaît ni ne persuade ; mais il éblouit, il étonne, il étourdit, il terrasse les jeunes têtes, et c'est peut-être tout ce qu'il eut. » De quoi nourrir quelque morosité. Il a quarante-huit ans et n'est pas inconnu, mais que pèse sa renommée auprès de celle de Voltaire ou de celle de Rousseau, dont *La Nouvelle Héloïse* vient d'obtenir un triomphe sans précédent ? Dégoût, ennui, mélancolie : « J'ai l'âme flétrie de tous côtés. »

Mais la besogne est là. Vingt-cinq jours durant, et dix heures par jour, il s'est usé les yeux sur les planches de l'*Encyclopédie*, abruti de relectures et de correction des textes. Les libraires ont apprécié et lui ont consenti, pour chaque volume de planches, la même rétribution que pour les volumes de texte. Non qu'il tienne à s'enrichir, mais il faut bien songer à établir un jour sa fille.

Travaillant comme un forçat, il n'est pas souvent rue Taranne, voit trop rarement sa petite fille, si douée pourtant, mais laissée à l'éducation pitoyable de sa mère. La voilà à présent qui minaude, fait des grimaces, boude et pleurniche pour obtenir ce qu'elle veut, elle a perdu l'habitude de la lecture et qu'y peut-il ? « Sa mère, qui s'en est emparée, ne souffrira jamais que j'en fasse quelque chose. Eh bien ! elle ressemblera à cent mille autres[7]... »

Qu'il s'attarde chez Le Breton ou au Grandval, les retours sont toujours salués par une de ces tempêtes dont Nanette a le secret et qui le laisse brisé, écœuré de son existence : « J'ai l'âme toute renversée. [...] Imaginez qu'il a fallu supporter un débordement qui a duré plus de deux heures à s'écouler. Mais dites-moi quel avantage il en reviendra à cette femme lorsqu'elle m'aura fait rompre un vaisseau dans la poitrine ou dérangé les fibres du cerveau ? Oh ! que la vie me paraît dure à passer ! Combien de moments où j'en accepterais la fin avec joie ! [...] Mon cœur est encore tout gonflé. Dans trois ou quatre heures, je dormirai. Demain je retrouverai l'amour au fond de cette âme que l'impatience et l'indignation occupent maintenant et tourmentent. Les furies s'en seront allées pendant le sommeil. La tendresse et tout son doux cortège reprendra sa place ; et je ne voudrai plus mourir[8]. » Depuis lors, on ne se parle plus et on mange à part. Est-ce une vie ? Au moins « une espèce de divorce » qui lui épargne les cris et les récriminations[9]. Et puis, comme d'habitude, cela se tasse. Nanette fait un effort, lui aussi. Mais le 12 octobre, il annonce son départ pour le Grandval et les visages se renfrognent. C'est que la mère avait projeté un dîner pour son anniversaire et que la petite avait appris un beau compliment. Diderot fait un saut chez d'Holbach et revient pour la fête, fait bon visage aux imbuvables amies de

Nanette, joue les époux attentifs et les bons pères de famille. Ainsi va la vie.

Le romancier anglais Samuel Richardson, l'illustre auteur de *Clarisse Harlowe*, mourut le 4 juillet 1761.

Rédigé en vingt-quatre heures, selon Grimm, l'*Éloge de Richardson* parut dans la livraison du 1er janvier 1762 du *Journal étranger* et en plaquette en août. Ce que Diderot admire chez lui, ce sont les détails réalistes, les scènes de genre, les menus faits de la vie domestique, les « tableaux » qu'il apprécie aussi au théâtre, sa peinture de l'innocence persécutée. De tels romans se distinguent du « tissu d'événements chimériques et frivoles dont la lecture était dangereuse pour le goût et pour les mœurs ». Richardson, lui, est un professeur de vertu qui enseigne « l'amour du bien », celui qui a fait parler les passions, conféré au genre romanesque sa dignité, qui a « porté le flambeau au fond de la caverne » et démasqué le vice sous le masque des convenances : « Ô Richardson, Richardson, homme unique à mes yeux ! tu seras ma lecture dans tous les temps. [...] Tu me resteras sur le même rayon avec Moïse, Homère, Euripide et Sophocle. » Avait-il semé en Diderot un doute sur ses propres facultés créatrices : « Le génie de Richardson a étouffé ce que j'en avais. [...] Les années du travail et de la moisson des lauriers se passent ; et je m'avance vers le dernier terme, sans rien tenter qui puisse me recommander aussi aux temps à venir. »

Pourtant, il écrivait alors lui-même quelque chose qui était à cent lieues de la manière de Richardson. Quelque chose qui tenait du roman, mais aussi du dialogue et du pamphlet et n'entrait dans aucune des catégories traditionnelles.

Peu d'œuvres sont aussi énigmatiques que *Le Neveu de Rameau*, et d'abord parce que jamais son auteur n'y a fait allusion. Rien de surprenant s'il est resté dans ses cartons. Non seulement il est bourré d'allusions à des contemporains, mais son originalité même ne lui eût valu que l'incompréhension.

L'histoire de sa publication n'est pas banale. Avec d'autres manuscrits, *Le Neveu* fut expédié à Catherine II par Mme de Vandeul après la mort de Diderot et déposé à la bibliothèque de l'Ermitage, à Saint-Pétersbourg. Un écrivain allemand, Klinger, officier en Russie, réussit à en obtenir une copie qui parvint entre les mains de Schiller, qui à son tour la remit à Goethe, lequel, emballé, en procura aussitôt une traduction, publiée en 1805. Mais en 1821 parut à Paris un texte intitulé : *Le Neveu de Rameau, dialogue, ouvrage posthume et inédit par Diderot,* qui fit quelque bruit. Or, il s'agissait, non de l'inédit promis, mais d'une retraduction en français de la version allemande, due à MM. de Saur et de Saint-Geniès.

Irritée de cette supercherie, Mme de Vandeul mit les manuscrits qu'elle détenait à la disposition de l'éditeur Brière et une copie du *Neveu* fut publiée en 1823, ce qui n'empêcha pas les faussaires de soutenir dur comme fer que leur traduction était un inédit de Diderot et n'hésitèrent pas à engager une controverse dans la presse. Il faudra que Goethe, sollicité par Brière, se déclare prêt à témoigner en justice pour entraîner leur déconfiture. Il faudra attendre 1891 pour que Georges Monval déniche enfin chez les bouquinistes des quais de la Seine le manuscrit autographe de l'œuvre !

Ce neveu sortait-il tout droit de l'imagination de Diderot ? Non pas, et Jean-François Rameau était bel et bien le neveu du célèbre Jean-Philippe Rameau, l'auteur des *Indes galantes*. Né en 1716 à Dijon et fils d'un organiste, il avait été un peu de tout, un temps militaire, un moment séminariste et avait même reçu les ordres mineurs avant de venir à Paris vers 1745, puis musicien, protégé du financier Bertin et partisan, comme son oncle, de la musique française, nullement de cette musique italienne dont il prend la défense dans le *Neveu*. Il était même auteur et avait composé en 1753 un vaudeville antiphilosophique en collaboration avec Bertin et Palissot, en 1757 quelques pièces pour clavecin et en 1766 un bizarre poème autobiographique, *La Raméide*. Turbulent, trublion, il avait passé trois semaines au Fort-l'Évêque pour avoir causé du désordre à l'Opéra, à la suite de quoi son oncle, peu fier d'un tel parent, avait tenté de l'expédier aux Antilles. Grâce sans doute à la protection de Bertin, il fut inspecteur et contrôleur de la communauté des maîtres à danser et joueurs d'instruments de la Ville et Faubourgs de Paris. Bohème de nature et sans attaches, il dégringola ensuite dans la marginalité et la misère. Mis sous les verrous en 1769 pour « mauvaise conduite », il fut enfermé au monastère d'Armentières, à la fois hospice d'aliénés et maison de force, et s'y éteignit, le 5 février 1777[10]. Singulier personnage, exalté, parasite professionnel et bouffon, bien fait pour retenir l'attention de Diderot, curieux des personnalité hors du commun. Mais bien sûr, le Jean-François Rameau du *Neveu* est bien plus qu'une copie de l'original.

Mystère encore, la date de composition. On pense à un premier jet au cours de l'été 1761, avec une reprise en 1762, d'autres au fil des années suivantes, jusqu'en 1782, voire plus tard encore. On comprend le nombre d'allusions aux années 1761-1762, tandis que d'autres allusions conduisent beaucoup plus avant, jusqu'en 1769, 1771 ou 1773. Diderot aurait donc laissé son texte sur le métier pendant des années, comme il fera avec *Jacques le Fataliste*, et procédé par ajouts et remaniements. On comprend aussi les charges contre Palissot et le milieu Bertin, qui l'avait soutenu : Diderot règle ses comptes.

Le *Neveu*, dialogue entre *Lui* et *Moi*, se prête mal au résumé. Après un départ classique — la rencontre de Diderot et de Rameau au café de la Régence —, et tandis que les deux hommes observent les joueurs d'échecs, la conversation s'oriente vers la question du génie puis vers le parasitisme dont *Lui* fait la cynique apologie, interrompue par sa pantomime au violon et au clavecin. Qu'est-ce ensuite que la morale, le bonheur ? Deuxième pantomime musicale, une fugue *a cappella*, d'où l'on passe au rappel de la querelle des Bouffons, laquelle amène la troisième pantomime, la plus échevelée, où le neveu mime à lui seul tout un opéra. Et l'on glissera encore vers la discordance ou la compatibilité entre talent et vertu — le cas Racine — et les questions d'éducation, tandis que l'ultime pantomime, la célèbre « pantomime des gueux », illustre une conception bien personnelle des rapports sociaux. Cela pourrait continuer, si la cloche de l'Opéra ne mettait fin à l'entretien.

Inutile de chercher une linéarité. « Mes pensées, ce sont mes catins », dit *Moi* dès les premières lignes. Au fil des hypothèses, des doutes et des contradictions, une pensée sinueuse se déploie, sans qu'il soit possible d'identifier en *Moi* le Diderot arrivé, embourgeoisé, en *Lui* le Diderot bohème d'autrefois. *Lui*, dans sa bassesse et sa veulerie, son cynisme et son arrogance, à la fois inquiète et intrigue *Moi* : « L'âme agitée de deux mouvements opposés, je ne savais si je m'abandonnerais à l'envie de rire, ou au transport de l'indignation. » Si l'un ne l'emporte pas sur l'autre, la confrontation du moins aide chacun à voir plus clair en lui-même.

C'est par Rameau que Diderot fustige le milieu antiphilosophique, une société de lâches, de médiocres, d'envieux : « Tous les poètes qui tombent, nous les ramassons. Nous eûmes Palissot après sa *Zara* ; Bret, après *Le Faux Généreux* ; tous les musiciens décriés ; tous les auteurs qu'on ne lit point ; toutes les actrices sifflées ; tous les acteurs hués ; un tas de pauvres honteux, plats parasites à la tête desquels j'ai l'honneur d'être, brave chef d'une troupe timide. » Tous prêts à caresser le maître, prêts à « baiser le cul » de sa maîtresse, la petite Hus.

Ce Rameau n'a rien pourtant d'un révolutionnaire. Le neveu hait une société qui l'a chassé pour s'être abandonné, une fois dans sa vie, à un sursaut de dignité. Mais il ne rêve nullement de la ruiner, seulement d'y faire son trou. C'est la règle du jeu : « Dans la nature, toutes les espèces se dévorent ; toutes les conditions se dévorent dans la société. » Et sa patrie, ses amis, ses devoirs, s'indigne *Moi* ? Rameau hausse les épaules : « De l'or, de l'or. L'or est tout ; et le reste, sans or, n'est rien. » Rien que des mots, au-delà de l'utilité immédiate et de la jouissance. La vertu, la philosophie ? Pièges à naïfs : « Le point important est d'aller aisément, librement, agréablement, copieusement, à la garde-robe, *o stercus pretiosum* ! » Rameau met brutalement à nu l'homme d'une société matérialiste et vulgaire : « C'est un grain de levain qui fermente et qui restitue à chacun une portion de son individualité naturelle. Il secoue, il agite ; il fait approuver ou blâmer ; il fait sortir la vérité ; il fait connaître les gens de bien ; il démasque les coquins ; c'est alors que l'homme de bon sens écoute, et démêle son monde. » Bas les masques !

Je suis abject ? Oui, et je m'en vante. Car le gredin n'est pas banal. Il rampe, il exploite, mais fait de sa gueuserie un art et de l'abjection sa philosophie. Pourquoi n'y aurait-il pas un « sublime dans le mal » comme dans le bien ? Le monde grouille de canailles infimes, mais des coquins d'envergure, comme ce renégat d'Avignon qui livre un juif à l'Inquisition et se gave de ses dépouilles ? Atroce ? « S'il importe d'être sublime en quelque genre, c'est surtout en mal. On crache sur un petit filou, mais on ne peut refuser une sorte de considération à un grand criminel. Son courage vous étonne. On prise en tout l'unité de caractère. » L'orgueil de Rameau lui fait assumer sa différence et se draper dans sa crapule : « Je suis moi, et je reste ce que je suis, mais j'agis et je parle comme il convient. »

Et d'ailleurs, monsieur le bien-pensant, qui ne fait la courbette, qui ne joue pas sa pantomime, même le roi, chien couchant devant sa favorite ? « Ce que vous appelez la pantomime des gueux, est le grand branle de la terre. Chacun a sa petite Hus et son Bertin. » Sauf, soutient *Moi*, sauf « le philosophe qui n'a rien et ne demande rien », et seul conserve sa dignité.

Encore y faut-il du génie et la conscience de ses talents. Rameau a pour la musique une passion vraie, et souffre de n'être qu'un exécutant, non un créateur — « Il me semble qu'il y a pourtant là quelque chose ; mais j'ai beau frapper, secouer, il ne sort rien. » Qu'y faire, quand on n'a pas la « fibre », le don de nature ? Aussi se hâte-t-il de dénigrer les génies, qu'il prétend nuisibles. Alors, autant jouir quand on peut, car « la misère est une terrible chose » qui tue l'inspiration.

1 Portrait de Diderot par Louis-Michel Van Loo.
Paris, musée du Louvre.

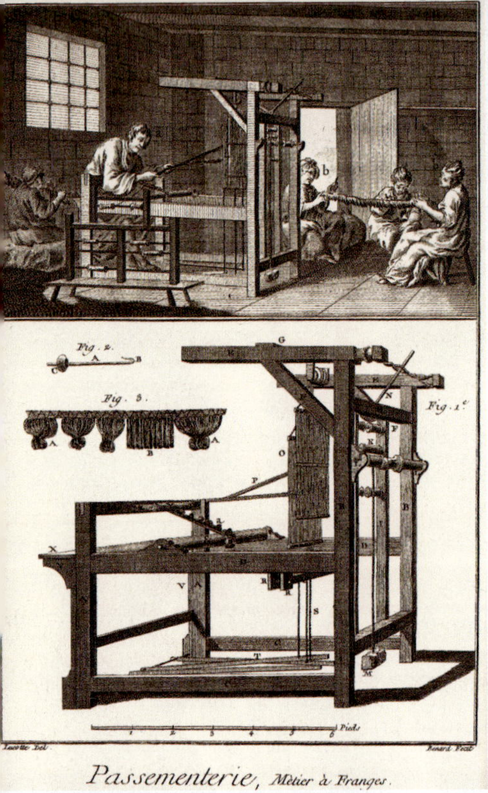

2

3

4

2 Planche gravée de l'*Encyclopédie*.

3 Portrait de Jean Le Rond d'Alembert par Maurice Quentin de La Tour, 1753. Saint-Quentin, musée Antoine-Lécuyer.

4 « Charles Panckoucke aux Auteurs de l'*Encyclopédie* ». Gravure par A. de Saint-Aubin.

5 et 6 Discours préliminaire et page de titre dans l'*Encyclopédie*.

DISCOURS PRÉLIMINAIRE
DES EDITEURS.
D. DIDEROT.

5

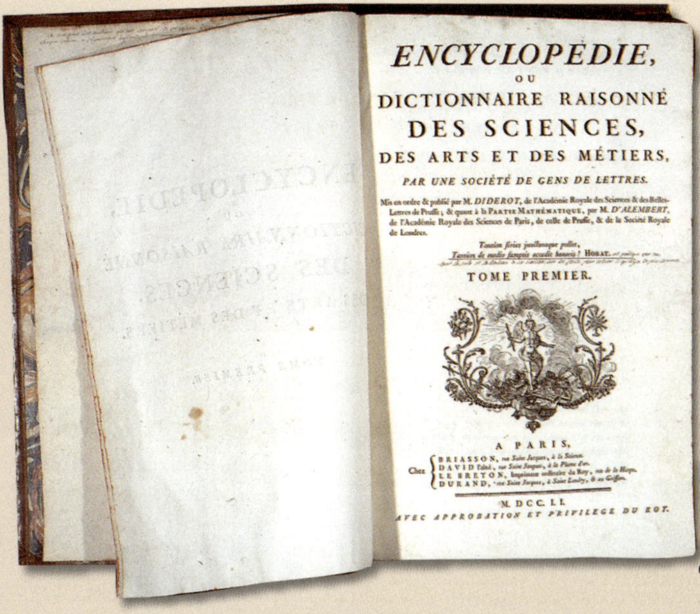
ENCYCLOPÉDIE,
OU
DICTIONNAIRE RAISONNÉ
DES SCIENCES,
DES ARTS ET DES MÉTIERS,
PAR UNE SOCIÉTÉ DE GENS DE LETTRES.
Mis en ordre & publié par M. DIDEROT, de l'Académie Royale des Sciences & des Belles-Lettres de Prusse ; & quant à la PARTIE MATHÉMATIQUE, par M. D'ALEMBERT, de l'Académie Royale des Sciences de Paris, de celle de Prusse, & de la Société Royale de Londres.
Tantùm series juncturaque pollet,
Tantùm de medio sumptis accedit honoris ! HORAT.
TOME PREMIER.
A PARIS,
Chez BRIASSON, rue Saint Jacques, à la Science.
DAVID l'aîné, rue Saint Jacques, à la Plume d'or.
LE BRETON, Imprimeur ordinaire du Roy, rue de la Harpe.
DURAND, rue Saint Jacques, à Saint Landry, & au Griffon.
M. DCC. LI.
AVEC APPROBATION ET PRIVILEGE DU ROY.

6

7

« Le premier pas vers la philosophie, c'est l'incrédulité. »

7 Portrait de la marquise d'Épinay par Charles Escot.
Versailles, châteaux de Versailles et de Trianon.

8 Portrait de Jean-Jacques Rousseau par Maurice Quentin de La Tour.
Saint-Quentin, musée Antoine-Lécuyer.

9 Portrait du baron Melchior Grimm par Carmontelle.
Chantilly, musée Condé.

10 Portrait du baron Holbach par Carmontelle.
Chantilly, musée Condé.

8

9

10

11

12

13

11 Jean-Baptiste Greuze, *L'Accordée de village*, 1761. Paris, musée du Louvre.

12 Jean-Baptiste Siméon Chardin, *Raisin et grenades*, 1763. Paris, musée du Louvre.

13 Joseph Vernet, *Les Quatre Parties du jour : le midi ou la tempête*, 1762. Versailles, châteaux de Versailles et de Trianon.

14 Louis Tocqué, *Madame Dargé faisant des nœuds*, 1753. Paris, musée du Louvre.

14

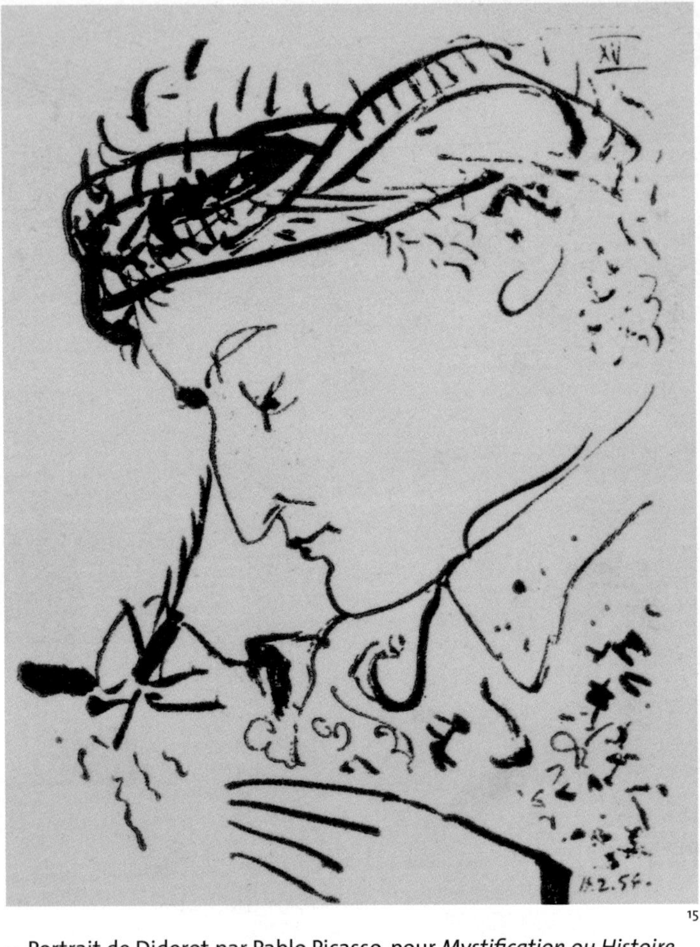

15

15 Portrait de Diderot par Pablo Picasso, pour *Mystification ou Histoire des portraits* de Diderot, 1954. Paris, musée Picasso.

*«Je suis certain d'obtenir un jour
les seuls applaudissements dont je fasse quelque cas,
si j'ai été heureux pour les mériter.»*

Le *Neveu* intègre dans un perpétuel mouvement la matière même de la vie avec ses contradictions, ses questions et ses doutes. Le dialogue ne prétend pas révéler une vérité, ni, en heurtant les contraires, conduire à une sorte de sagesse moyenne. Il oppose deux conceptions de la vie et deux morales, inconciliables. *Moi* croit à la perfectibilité de l'homme, à tout ce qui, en somme, a soutenu Diderot dans son combat pour l'*Encyclopédie* ; *Lui* s'en tient à la réalité présente et accepte l'aliénation. *Moi*, qui identifie vertu et bonheur, est bien forcé de l'admettre, il y a « une infinité d'honnêtes gens qui ne sont pas heureux ; et une infinité de gens qui sont heureux sans être honnêtes ». Ainsi, sans que ni l'un ni l'autre ne l'emporte, l'un fait réfléchir l'autre : « J'étais, dit *Moi*, quelquefois surpris de la justesse des observations de ce fou, sur les hommes et sur les caractères », tandis que *Lui* avoue : « Vous avez raison. Le point important est que vous et moi nous soyons, et que nous soyons vous et moi. »

C'est peut-être en évoquant l'impuissance et la servilité de Rameau que Diderot a pu se rassurer sur lui-même et garder confiance en sa morale de l'utilité publique et du respect de soi-même, en même temps qu'il abandonnait au jugement de la postérité les médiocres, les méchants, les mercenaires et les sots.

Et certes ils ne manquaient pas. Tandis qu'il écrivait dans le silence de son cabinet, le fanatisme et l'intolérance n'avaient pas désarmé. Le 10 mars

1762, à Toulouse, un commerçant protestant, Jean Calas, fanatiquement accusé d'avoir pendu son fils pour l'empêcher de se convertir au catholicisme, est roué sans pitié.

On avait averti Rousseau et Voltaire. Rousseau, à la veille d'être lui-même contraint à l'exil, ne réagit pas. C'est Voltaire qui mènera seul la lutte jusqu'à la réhabilitation du malheureux. Diderot n'intervint pas mais se découvrit avec respect. Il pensait avoir bien des faiblesses à reprocher au vieillard de Ferney, mais ce courageux combat le confondit d'admiration : « Oh ! mon amie, le bel emploi du génie ! [...] Quand il y aurait un Christ, je vous assure que de Voltaire serait sauvé[11]. » Il lui rendra hommage dans *Le Neveu de Rameau* : « C'est un sublime ouvrage que *Mahomet* : j'aimerais mieux avoir réhabilité la mémoire des Calas. »

Un autre événement de cette année devait au contraire réjouir les philosophes. Depuis quelque temps, leurs vieux adversaires les jésuites avaient mauvaise presse et, accusés de complicité dans la tentative d'assassinat du roi du Portugal, avaient été expulsés. C'est maintenant en France qu'ils allaient mordre la poussière. En avril 1761 s'est produite une colossale banqueroute, due au blocus anglais, de l'agent jésuite à la Martinique. Les créanciers attaquent la Compagnie, réclament leurs fonds et d'importants dommages et intérêts. Condamnés, les jésuites font imprudemment appel devant le parlement, en majeure partie janséniste. Les parlementaires exigent l'examen des statuts de la Compagnie, et font apparaître que l'ordre imposait à ses membres des obligations incompatibles avec la loyauté à l'égard de la monarchie. Le 6 août 1762, un arrêt prononce l'abolition de l'ordre et la fermeture de ses écoles. Voltaire danse de joie et, le 12 août, Diderot commente l'événement pour Sophie avec une confiance prématurée : « Voilà, mon amie, le billet d'enterrement des jésuites. [...] Me voilà délivré d'un grand nombre d'ennemis puissants. [...] Depuis environ deux cents ans qu'ils existent, il n'y en a presque pas un qui n'ait été marqué par quelque forfait éclatant. Ils brouillaient l'Église et l'État. [...] Ces événements font bien rire les philosophes. [...] Aujourd'hui même on les plaint ; demain on les chansonnera ; après-demain on n'y pensera plus[12]. »

Il était un peu tôt pour allumer des feux de joie, car l'action du parlement ne signifiait pas que les jansénistes faisaient alliance avec les philosophes, et la destruction des jésuites ne devait à aucun prix rendre suspect l'attachement du parlement à la religion. C'est Jean-Jacques qui fait les frais de cette politique de compensation : au moment même où le parlement abat les jésuites, il se retourne contre un philosophe qui prêche impudemment la religion naturelle. Le 9 juin, l'*Émile* est condamné au feu, et Jean-Jacques doit prendre la fuite.

Toujours ulcéré par la sanglante tirade de la *Lettre à d'Alembert* qui l'avait livré à l'opprobre, Diderot refusa de prendre l'affaire au tragique. Le 18 juillet, il écrit à Sophie : « Non, mon amie, l'affaire de Rousseau ne se suivra pas. Il a pour lui les dévots. Il doit l'intérêt qu'ils prennent à lui au mal qu'il a dit des philosophes. » Quatre ans avaient passé, mais sa colère et sa peine n'étaient pas apaisées.

Pour Jean-Jacques, les choses tournaient pourtant au désastre. Condamné à Genève, en Hollande, en Westfrise, expulsé d'Yverdon par les autorités bernoises, il a fini par se terrer à Môtiers, dans la principauté de Neuchâtel, alors sous l'autorité de Frédéric II. Il entrait dans un exil qui durerait huit ans, tandis que sa condamnation injuste suscitait à Genève des troubles graves entre dirigeants et citoyens. Mais Diderot ne s'en émut pas davantage. Que de bruit pour cette girouette philosophique : « C'est précisément parce que cette profession de foi est une espèce de galimatias, que les têtes du peuple en seront tournées. [...] Je vois ce Rousseau tourner tout autour d'une capucinière où il se fourrera quelqu'un de ces matins. Rien ne tient dans ses idées. C'est un homme excessif, qui est ballotté de l'athéisme au baptême des cloches[13]. »

Diderot reçut en septembre 1762 une proposition inattendue de « la Sémiramis du Nord ». L'impératrice Catherine II était montée sur le trône des tsars en juillet après avoir fait étrangler son mari, Pierre III, par Alexis Orlov, frère de son favori. Par l'intermédiaire du comte Ivan Chouvalov et de Voltaire, Catherine fit proposer à Diderot de venir achever l'*Encyclopédie* en Russie, à Riga par exemple, sous sa protection, ce qui revenait à combiner l'intérêt intellectuel et le coup de publicité. Voltaire l'y encouragea vivement, mais Diderot déclina et s'en expliqua dans une réponse qui souligne la différence de principes entre les deux hommes. L'un a pour objectif suprême la croisade contre l'Infâme, l'autre défend avant tout des valeurs d'humanisme et de générosité :

Non, très cher et très illustre frère, nous n'irons ni à Berlin ni à Pétersbourg achever l'*Encyclopédie*. [...] Le manuscrit de l'*Encyclopédie* ne nous appartient pas, il est en la possession des libraires. [...] Ce qui me plaît des frères, c'est de les voir presque tous moins unis encore par la haine et le mépris de celle que vous avez appelée *l'infâme* que par l'amour de la vertu, par le sentiment de la bienfaisance et par le goût du vrai, du bon et du beau, espèce de trinité qui vaut un peu mieux que la leur.

[...] Ma porte et ma bourse sont ouvertes à toute heure et à tous les malheureux que mon bon destin m'envoie ; qu'ils disposent de mon temps et de mon talent, et que je les secoure de mes conseils et de mon argent. C'est ainsi que je sers la cause commune, et les fanatiques qui m'environnent le voient et en frémissent de rage. [...] Adieu, sublime, honnête et cher Antéchrist[14].

C'est aussi que Diderot a conclu un nouvel arrangement qui le satisfait. Le 14 juillet 1762, il soupire d'aise : « Je me suis arrangé avec mes libraires. Mon travail me déplaît moins depuis que je suis soutenu par l'espérance de préparer la dot de ma fille. » Et s'il pouvait décrocher la place de pensionnaire du *Mercure de France* pour quinze cents livres, moyennant une feuille mensuelle[15] ! Il ne la décrochera pas.

En attendant ce coup de fortune, il ne manque pas de besogne. Le huitième volume de texte de l'*Encyclopédie* est presque achevé : « Il est plein de choses charmantes et de toutes sortes de couleurs, écrit-il à Sophie. [...] Cet ouvrage produira sûrement avec le temps une révolution dans les esprits, et j'espère que les tyrans, les oppresseurs, les fanatiques et les intolérants n'y gagneront pas. Nous aurons servi l'humanité[16]. » Il pourvoit encore, en collaboration avec Mme d'Épinay, à la *Correspondance littéraire* que l'absence de Grimm, en voyage dans plusieurs petites cours d'Allemagne, risquerait de suspendre. Il est revenu aussi sur ses débuts en philosophie avec une *Addition aux Pensées philosophiques* dont il annonce l'achèvement le 11 novembre et qui sera publiée en 1770 par Naigeon. Enfin, l'expulsion des jésuites, jusque-là assurés d'un quasi-monopole de l'enseignement, a donné lieu à un petit traité, *De l'éducation publique*. Il était peut-être dû à Dominique-François Rivard, professeur de philosophie au collège de Beauvais[17], et Diderot y a au moins collaboré.

Ces activités diverses ne suffisent pas cependant à le distraire de ses idées noires. En septembre, la plupart de ses amis absents de Paris, il se sent dolent et a l'impression de ne pas faire grand-chose : « Se lever tard, parce qu'on est paresseux ; faire répéter à sa petite fille un chapitre d'histoire et une leçon de clavecin ; aller à son atelier ; corriger des épreuves jusqu'à deux heures ; dîner, se promener, faire un piquet, souper, et recommencer le lendemain. » Routine. Il lui arrive d'être en proie à un profond pessimisme et s'épanche auprès de Sophie : « Naître dans l'imbécillité et au milieu de la douleur et des cris ; être le jouet de l'ignorance, de l'erreur, du besoin, des maladies, de la méchanceté et des passions ; retourner pas à pas à l'imbécillité ; du moment où l'on balbutie, jusqu'au moment où l'on radote, vivre parmi des fripons et des charlatans de toute espèce ; s'éteindre entre un homme qui vous tâte le pouls, et un autre qui vous trouble la tête ; ne savoir d'où l'on vient, pourquoi l'on est venu, où l'on va : voilà ce qu'on appelle le présent de nos parents et de la nature, la vie[18]. » En novembre, il souffre d'un douloureux rhumatisme qu'il attribue aux longues heures passées penché sur son bureau et qu'il essaie de guérir par l'exercice.

À Sophie, absente de Paris cette année-là pendant six mois, il réserve toujours de longues lettres, la gazette de sa vie. Bien sûr, il l'aime autant que jamais, « de toute [son] âme ; oui, de toute [son] âme », et l'entretient familièrement de tout, sans ordre, sans réflexion, sans suite, comme s'il était auprès d'elle, à bavarder au coin du feu. Il ne lui cache rien de ses faits et gestes, mais il lui semble ressentir comme une usure. L'âge — la cinquantaine approche, le temps des bilans — le porte aussi à une réflexion sur la vie, son sens. Ce qu'il voudrait, c'est un épanchement complet et réciproque entre elle et lui, mais il trouve peu d'écho, et renonce bientôt pour revenir à la chronique, aux menues nouvelles, à la gazette, voire aux discussions avec l'intellectuelle plutôt qu'avec l'amante, comme lorsqu'il disserte sur la perfection du dôme de Saint-Pierre de Rome ou l'entretient de son obsession de l'éternel problème de la quadrature du cercle. Ou bien il soumet à Sophie et à sa sœur des cas de conscience. Une épouse, qui a déjà un amant, peut-elle céder aux avances d'un homme en place pour assurer le bien-être de sa famille ? Autre cas d'école : une jeune femme qui entend demeurer célibataire mais souhaite un enfant a-t-elle le droit de demander à un homme de lui en faire un ? Le géniteur supposé est — ce qui corse le problème — dans une situation complexe : « Il aime d'ailleurs éperdument une femme dont il est aimé. Que doit-il faire ? Doit-il rendre le service qu'on lui demande ? Doit-il consulter là-dessus sa maîtresse ? [...] Eh bien, mon amie, qu'en dites-vous ? » Mme Legendre pince les lèvres devant le premier cas, Sophie sursaute devant le second : et si Diderot était le géniteur sollicité ! Et l'on discute là-dessus à perte de lettre, Diderot jugeant la cause de la fille-mère volontaire « excellente » et le sacrifice consenti par l'épouse bien léger en comparaison du bénéfice obtenu. Pour l'une, comment lui reprochera-t-on de vouloir donner à la société un bon citoyen, et pour l'autre, que fait-elle de plus que consentir au « frottement passager de deux intestins[19] » ? Ce matérialisme biologico-civique ne convainquit pas ces dames.

De Langres parvient l'écho de disputes. La cohabitation de sa sœur Denise avec l'abbé s'est avérée impossible : « Enfin Sœurette se sépare au mois de septembre d'avec ce maudit saint qui la faisait damner » et Diderot se retrouva brouillé avec son impossible frère. Le 1er septembre, en effet, un acte officiel mit fin à l'indivision de la maison paternelle.

Et puis, rien ne va plus rue Taranne. En juillet, Nanette a pris la « petite peste », dont heureusement il ne lui reste qu'une douleur dans l'aine et une humeur de chien. En septembre, rechute. La malade prend de l'ipecacuhana qui provoque des convulsions. Elle gémit, pleure, crie à ameuter le voisinage. Dix jours plus tard, accalmie « mais une humeur diabolique à supporter pour moi, pour l'enfant, pour les domestiques ». Le 23 septembre, Diderot est sur les genoux. Une semaine encore et ce sont des sueurs glacées, des défaillances cinq ou six fois par jour et l'on croit Nanette perdue. Le médecin a hoché la tête et, à tout hasard, prescrit du simarouba astringent et les douleurs se calment un peu. Enfin, le 7 octobre, Nanette se rétablit lentement. Dix jours encore, et la malade est hors de danger, mais elle est à bout de forces et pleurniche comme une enfant[20]. L'alerte a été si chaude que Mme d'Épinay avait promis de prendre Angélique avec elle, si sa mère venait à mourir.

Ces six semaines où Diderot a été plus présent que d'habitude lui ont permis de s'occuper davantage de sa petite fille. Il la regarde grandir — elle a neuf ans — et se développer physiquement et intellectuellement. Il s'émerveille de son bon sens, de sa raison précoce, sitôt qu'elle échappe à l'emprise de sa mère : « Quel dommage que l'éducation réponde si mal aux talents naturels ! » La souffrance n'améliorant pas l'humeur de Nanette, Angélique en souffre au point qu'il explose de désespoir devant ce gâchis : « En vérité, si cet enfant était enlevé par quelque maladie violente, je ne sais si je la regretterais. Il vaudrait mieux qu'elle fût morte, que d'être abandonnée à la merci de cette mère-là[21]. » La maladie a eu du bon. Souffrante, affaiblie, Nanette consent enfin à ce qu'il se charge de l'éducation de la petite. Travail de Sisyphe, « parce qu'on étouffe en un instant tout ce [qu'il] sème en un mois[22] ». Reste une victoire décisive : malgré son bigot de frère, malgré Nanette, Angélique n'ira pas au couvent. Rassuré, il observe avec ravissement sa « petite folle », douée, intelligente et vive, gentille mais tête de mule. Elle le consolait de bien des choses.

« Le grand et maudit ouvrage est fini »

Le 10 février 1763 fut signé le traité de Paris qui mettait fin, sans gloire, à la désastreuse guerre de Sept Ans, dont la France sortait exsangue. Du moins la paix avait-elle aussi pour résultat de rouvrir les frontières et de ramener à Paris de nombreux Anglais. L'année précédente déjà, faisant état de sa mauvaise santé, Laurence Sterne, l'auteur de ce *Tristram Shandy* dont Diderot était enthousiaste et dont il se souviendra dans *Jacques le Fataliste*, avait débarqué dans la capitale, aussitôt reçu chez d'Holbach.

En mars 1763 ce fut le tour de John Wilkes, qui avait autrefois connu d'Holbach à Leyde. Politicien en vue, il avait été élu au Parlement en 1757, passait pour le champion de la liberté de la presse et avait fondé le *North Briton*, journal d'opposition où il fera l'imprudence de publier un essai sur les femmes qualifié d'obscène qui fit, en 1764, exiger son expulsion par les deux chambres. Diderot le trouva généreux et intelligent et fut enchanté par lui. En septembre, arriva « le Roscius anglais », le fameux acteur shakespearien David

Garrick, qui prit pension chez Helvétius, et Diderot ne tarda pas à raffoler de ce comédien génial. Puis ce fut encore, en octobre, le philosophe écossais David Hume, secrétaire d'ambassade, à qui sa bedaine rebondie valut, sous la plume de Diderot, le sobriquet de « moine bernardin », reçu chez d'Holbach et dans tous les salons. La brise d'outre-Manche soufflait à nouveau sur la France.

Vers cette époque, Diderot est revenu à l'établi, et d'abord pour le compte rendu du Salon de 1763, assez bref cette année-là. Il a dû aussi, à la demande de ses libraires, composer un mémoire sur le commerce de la librairie destiné à Sartine qui, en octobre, avait succédé à Malesherbes à la direction de la librairie. Ce *Mémoire sur la liberté de la presse* ne sera publié qu'en 1861 et ne donna pas pleine satisfaction à Le Breton, syndic de la communauté des libraires parisiens. Il souhaitait débattre d'une question juridique de propriété littéraire pour faire interdire aux libraires de province de rééditer à meilleur marché les ouvrages publiés à Paris. Diderot n'y manque pas, mais réclame aussi, avant Beaumarchais, la reconnaissance des droits des auteurs et la liberté de la presse, ce qui ne convenait guère à Le Breton. Sartine reçut donc en mars 1764 sous le titre *Représentations et observations en forme de mémoire sur l'état ancien et actuel de la librairie, et particulièrement sur la propriété des privilèges* une version corrigée du texte original[1].

Les philosophes n'étaient toujours pas en odeur de sainteté et Palissot, en février 1764, le leur rappela dans sa *Dunciade ou la Guerre des sots*, que Voltaire baptisa une « Palisotise ». On ne lui accorda pas trop d'importance, mais un coup bien plus douloureux allait frapper Diderot.

Les autorités ne pouvaient ignorer que l'*Encyclopédie* s'imprimait sous le manteau mais, comme souvent sous l'Ancien Régime, elles fermaient les yeux tant qu'une imprudence ne les contraignait pas à intervenir. Diderot consumait donc ses forces dans un travail accablant et ingrat, mais toujours persuadé que la lutte qu'il menait était capitale.

Or, en novembre 1764, en quête d'un renseignement dans un des volumes déjà imprimés, il s'étonne de ne pas l'y trouver. Il feuillette, fait marche arrière, recommence à parcourir les pages. Rien. Un oubli, une erreur d'impression peut-être ? Poursuivant plus avant, il découvre d'autres lacunes. Plus de doute : quelqu'un a sabré dans les textes livrés à l'imprimeur. Qui, sinon Le Breton lui-même ? Certes, on ne censure plus les volumes en cours, puisqu'ils ne paraissent pas, mais le jour où ils seront livrés au public, que se passera-t-il ? Conscient du danger, il a subrepticement retranché ou édulcoré ce qui lui paraissait trop audacieux. Une telle trahison après quinze années de travail côte à côte ! Sa découverte jette Diderot dans une colère furieuse, dans un état, dit Grimm, « de désespoir et de frénésie que je n'oublierai jamais ». Aucun remède, puisque les manuscrits étaient détruits. Mais on allait ameuter l'opinion, dénoncer les basses manœuvres du libraire.

D'ailleurs, à la parution des volumes, les auteurs s'apercevraient bien des mutilations. L'ennui, c'est que les libraires associés, Durand, Briasson et David n'étaient nullement complices de la traîtrise. Dévoiler la vérité, c'était les ruiner, car aucun souscripteur n'accepterait d'acheter les volumes. Grimm signala à son ami un autre péril : « M. Diderot ne pouvait avertir le public de la trahison qu'on lui avait faite sans mettre entre les mains de ses ennemis une preuve juridique comme quoi il continuait l'*Encyclopédie*, malgré la suppression qui en avait été ordonnée ; c'était se condamner à quitter la France, que d'imprimer publiquement cet aveu. [...] Chose inouïe, je n'ai jamais entendu aucun des auteurs maltraités se plaindre[2]. »

Le 12 novembre, Diderot adresse à Le Breton une lettre où la colère se mêle à la douleur et l'accuse d'avoir mutilé un travail de vingt années, entrepris et poursuivi par des hommes pleins d'idéal. Mais cela se saura, un jour ou l'autre : « Vous serez traîné dans la boue avec votre livre, et l'on vous citera dans l'avenir comme un homme coupable d'une infidélité et d'une hardiesse auxquelles on n'en trouvera point à comparer. » Un véritable désespoir succédait à la fureur : « J'en ai perdu le boire, le manger et le sommeil. J'en ai pleuré de rage en votre présence ; j'en ai pleuré de douleur chez moi, devant votre associé, M. Briasson, et devant ma femme, mon enfant, et mon domestique. J'ai trop souffert, et je souffre trop encore pour m'exposer à recevoir la même peine. » Cette philosophie qui nous est si chère, « vous l'avez châtrée, dépecée, mutilée, mise en lambeaux, sans jugement, sans ménagement et sans goût. Vous nous avez rendus insipides et plats ». Tant d'années de travail, de luttes et de dangers, pour qu'un « Ostrogoth », un « boucher » vienne tout ruiner ! Diderot a pourtant cédé aux prières de Briasson, qui ignorait tout, et qui le supplie de continuer. Il ira donc travailler dans l'atelier de Le Breton mais ne lui adressera plus jamais la parole : « Vous ne savez pas combien de mépris vous aurez à digérer de ma part. Je suis blessé pour jusqu'au tombeau[3]. »

Les dégâts, irréparables, étaient-ils si importants ? Trois cents pages d'épreuves appartenant à Le Breton ont été conservées. Quelques articles ont été supprimés, d'autres modifiés au point d'en dénaturer l'esprit[4]. En fait, la perfidie blessait Diderot plus que l'ampleur de l'intervention.

Inquiet d'amasser une dot pour sa fille, Diderot avait à plusieurs reprises essayé de vendre sa bibliothèque avant de permettre à Grimm, en février 1765, de la proposer pour quinze mille livres à Catherine II. Le 16 mars, le chambellan Ivan Ivanovitch Betzki fait savoir que l'impératrice en a décidé l'acquisition. Et avec quelle générosité ! Non seulement elle paiera le prix demandé, mais Diderot conservera sa vie durant l'usage de sa bibliothèque, devenant ainsi bibliothécaire de S.M.I. avec un traitement de mille livres par an. L'ordre de paiement était déjà envoyé au prince Galitzine, son ministre à Paris[5]. Diderot en resta « presque stupide pendant vingt-quatre heures ». Fini de se tracasser pour l'établissement d'Angélique. Cela se sut et tout le monde s'extasia sur la magnificence de la souveraine. Quelques mois plus tard, Catherine ayant offert, par l'intermédiaire de Galitzine, d'acquérir aussi ses manuscrits, Diderot montra qu'il n'était pas indigne de la faveur impériale : « La vente de mes manuscrits ? répondis-je au prince ; monsieur, j'en suis fâché, mais cela ne se peut plus. — Et pourquoi ? — C'est que je les ai vendus. — Vendus ? Eh ! monsieur, comment voulez-vous que j'écrive cela ? — Rien de plus facile, monsieur : je les ai vendus avec mes livres[6]. » Catherine devait lui donner un autre témoignage de sa libéralité. En mars 1766, on s'aperçut qu'on avait oublié de lui verser sa rente annuelle. Le 30 octobre, Betzki l'informa que la souveraine, non sans humour, « voulait qu'il fût remis à M. Diderot pour cinquante années d'avance ce qu'elle destinait à l'entretien et à l'augmentation de ses livres, et qu'après ce terme échu, elle prendrait des mesures ultérieures ». Diderot, médusé, s'exclama comme il convenait : « Grande Princesse, je me prosterne à vos pieds, je tends mes deux bras vers vous [...] et les vraies expressions du sentiment qui me remplit expirent sur le bord de mes lèvres. » Mystérieusement, il promettait à Catherine d'élever à sa gloire « une pyramide qui touchera le ciel », c'est-à-dire une nouvelle édition de l'*Encyclopédie*, réalisée selon ses vœux à lui et sous ses auspices à elle[7]. Le projet en restera là et la pharaonne de toutes les Russies n'eut pas sa pyramide. Pour Diderot, cette manne inespérée dissipait ses inquiétudes pour l'établissement de sa fille.

Pour le reste, la vie quotidienne va son train, ponctuée, ici et là, de quelques alertes de santé. En juin, toujours aussi glouton, il lui a fallu affronter une nouvelle révolte de son estomac surmené et une autre quelques jours plus tard : « Ils ont voulu me purger aujourd'hui malgré moi, et je l'ai été. Oh ! combien l'homme le plus sain contient encore d'ordures ! Pourvu que cela ne soit vrai qu'au physique, passe. Depuis sept heures du matin jusqu'à sept heures du soir qu'il est, j'évacue, j'évacue, et tout en vous écrivant j'entends des boyaux qui crient que tout n'est pas encore fini[8]. » On a beau le mettre en garde, il ne se corrige pas. On est aussi malade autour de lui. Jean-Charles, le jeune fils de Mme Legendre, a contracté la variole. Nanette souffre de dysenterie et Denis prend soin d'elle : « Moins on remplit ses devoirs pendant la santé de sa femme, plus il faut y être attentif pendant sa maladie. » Puis c'est une sciatique et Diderot, relayant la servante, joue les infirmiers, lui frictionne la fesse et la cuisse avec un mélange de sel, d'eau-de-vie et de savon. D'Alembert était plus sérieusement affecté d'une « fièvre putride », au point qu'on craignit un moment pour sa vie. Si les deux hommes ne se fréquentaient plus guère, ils étaient du moins demeurés en bons termes et en juillet, les Diderot se relaient quotidiennement à son chevet, Nanette le matin, Denis l'après-midi. Ce fut à l'occasion d'une de ces visites que Diderot secoua d'importance l'abbé Morellet. Celui-ci, présent chez d'Alembert, s'était amusé du bavardage de Nanette et l'avait imitée le lendemain chez d'Holbach pour égayer la compagnie. Diderot le prit très mal et avertit l'abbé qu'il s'exposait, en cas de récidive, « à se faire foutre par la fenêtre[9] ». S'il ne s'entendait pas avec sa femme, il exigeait qu'on la respectât et Morellet se le tint pour dit.

Il écrivait toujours à Sophie, l'éternelle absente — elle l'est pour neuf mois à partir de mai —, l'abreuvait de petites nouvelles, l'assurait de l'ardeur indéfectible de ses sentiments et, comme un adolescent, lui confiait son rêve de quelque retraite où ils seraient loin de tous et heureux. Ce qui ne l'empêche pas d'être sensible aux grâces de Mme d'Holbach, dont il a goûté, à sa toilette, le coquet manège de familiarité et de décence[10], et il fréquente aussi beaucoup Mme Legendre, la sœur de Sophie.

Après un refroidissement passager, il est redevenu fidèle à la compagnie « holbachique », où le baron limite désormais le nombre de ses dîners fastueux et reçoit en comité plus restreint. Quoi qu'en disent les dévots, témoigne Morellet, ce n'est nullement une société d'impies turbulents, mais une réunion d'hommes intelligents et bienfaisants, animés par la passion du vrai et de la tolérance. Diderot a évoqué ce climat de confiante amitié dans son *Salon* de 1765 :

Voilà la rue Royale-Saint-Roch ; c'est là que se rassemble tout ce que la capitale renferme d'honnêtes et d'habiles gens.

Ce n'est pas assez pour trouver cette porte ouverte, que d'être titré ou savant : il faut encore être bon. C'est là que le commerce est sûr : c'est là qu'on parle histoire, politique, finance, belles-lettres, philosophie ; c'est là qu'on s'estime assez pour se contredire ; c'est là qu'on trouve le vrai cosmopolite, l'homme qui sait user de sa fortune, le bon père, le bon ami, le bon époux ; c'est là que tout étranger de quelque nom et de quelque mérite, veut avoir accès et peut compter sur l'accueil le plus doux et le plus poli[11].

Il a le culte de l'amitié et des échanges d'idées, mais il lui arrive aussi de découvrir les inconvénients du contact social où l'on n'évite pas toujours une petite jalousie, une blessure d'amour-propre. Il est pris alors d'une envie de retraite, au point de s'enfermer chez lui plusieurs jours de suite, de « nigauder en famille » en laissant pousser sa barbe et d'aller dîner chez Damilaville en robe de chambre et bonnet de nuit[12]. Diderot n'a rien d'un dépressif, mais il connaît des moments de lassitude, d'insatisfaction : « Je ne sais que devenir, confie-t-il à Sophie. J'ai toutes sortes d'occupations autour de moi, et aucune ne me convient. Je voudrais sortir, et je sens qu'en quelque endroit que j'aille, j'y porterai et trouverai l'ennui[13]. »

Il se réjouit tout de même, en septembre, de revoir d'Holbach, de retour d'Angleterre, où il a été bien déçu du pays et de ses habitants. C'est comme partout : le roi fonde son autorité sur la corruption, il n'y a pas d'éducation publique, le pays est triste. Les grands sont arrogants, les petits s'enivrent à la bière, tous sont joueurs, splénétiques et suicidaires, s'ennuient et l'on a « la fureur de convertir » comme en France, les athées passant pour des scélérats[14]. Le régime politique anglais, si vanté, paraît dans la réalité bien différent de ce qu'on s'imagine et la relation du baron inspire à Diderot des propos qui trahissent son pessimisme : « C'est du pâtre et non du troupeau que la loi est la sauvegarde, avec cette différence que le pâtre de bestiaux a l'attention de mener dans de gras pâturages le bœuf qu'il doit dévorer ; au lieu que le souverain-pâtre nous conduit étiques à sa boucherie[15]. »

Diderot a fait aussi de nouvelles connaissances. Jacques-André Naigeon, né en 1738, avait pratiqué le dessin, la peinture et la sculpture avant de militer dans la philosophie. Athée convaincu, il devint un zélé collaborateur du baron d'Holbach qu'il aida à publier divers ouvrages et surtout le *Système de la nature*. Diderot lui-même souriait parfois de son anticléricalisme et de son athéisme farouches, mais il appréciait sa collaboration et sa fidélité et fera de lui, à la veille de son départ en Russie, le légataire de ses manuscrits. C'est lui qui publiera, dans l'*Encyclopédie méthodique*, de nombreux articles de Diderot sur la philosophie ancienne, et, en 1798, ses œuvres en quinze volumes. Naigeon devait juger la Révolution trop timide à l'égard de la religion et déplorer le culte de l'Être suprême institué par Robespierre. Il fut de l'Institut en 1795, mais mourut en 1810 dans la pauvreté.

En juillet 1765, Diderot eut le plaisir de rencontrer, de passage à Paris, la princesse de Nassau-

Sarrebruck à qui il avait dédié en 1758 une épître sur l'éducation des princes. La grande dame fut charmante et d'une courtoisie adorable. En le quittant, elle lui promit son portrait et lui tendit sa main à baiser « avec une affabilité qui ne se rend pas[16] ». En 1765 encore, il a fait la connaissance, au chevet de d'Alembert, de Julie de Lespinasse, ancienne lectrice de Mme du Deffand, chez qui le malade devait s'installer quelque temps plus tard, passant ainsi pour son amant, alors qu'elle brûlait pour un autre, ce que le géomètre n'apprendra qu'après la mort de son amie, dont Diderot fera l'un des personnages du *Rêve de d'Alembert*. Au mois d'août, une autre dame désireuse de tenir salon comme Mme Geoffrin ou Mme du Deffand lui fit des avances. C'était Suzanne Curchod, qui avait épousé l'année précédente le banquier genevois Jacques Necker et sera la mère de Germaine de Staël, mais il ne la fréquentera vraiment que dans une dizaine d'années.

C'est du théâtre que lui vient un nouvel ami, Michel Sedaine, ancien tailleur de pierre qui fournissait au Théâtre-Italien des comédies à ariettes. Il donna aussi, le 2 décembre 1765, *Le Philosophe sans le savoir*, drame bourgeois en cinq actes en prose dont Diderot raffola : « Malheur à ceux qui n'en seront pas fous ! Dans l'état où elle est, dit-il à Grimm, c'est un chef-d'œuvre de simplicité, de finesse, de force[17]. »

Enfin, il a rencontré en septembre chez les Vanloo le peintre écossais Allan Ramsay, ami de David Hume. Diderot s'était entretenu avec lui, chez d'Holbach, du traité *Dei Delitti e delle pene* paru en 1764 et traduit en décembre 1765 par Morellet, où le jeune Cesare Beccaria préconisait une profonde réforme de la législation criminelle à laquelle avait applaudi Voltaire. Ramsay se montrait plus réticent, et il adressa à Diderot, à la fin de janvier 1766, une longue lettre pour réfuter Beccaria.

Les gouvernements, disait-il, doivent s'appuyer sur la force, et l'abolition de la torture et de la peine de mort tendraient « à les priver des meilleurs moyens de sécurité, et abandonneraient l'administration à la discrétion de la première poignée de déterminés qui aimeraient mieux commander qu'obéir ». Beccaria a sans doute « l'humanité et la bonté d'âme », mais son ouvrage est à ranger parmi les utopies[18]. Diderot jugea les objections de Ramsay suffisamment importantes pour se donner la peine de traduire sa lettre et de la faire circuler. En 1774, dans ses *Observations sur le Nakaz*, il défendra cependant la plupart des principes de Beccaria, mais en exprimant un autre avis sur l'efficacité de la peine capitale. Les statistiques montrent qu'on n'exécute guère que trois cents criminels par an ; est-ce excessif ? Il y a des nécessités : « On ne saurait rendre l'appareil des supplices trop effrayant. Un cadavre que l'on déchire fait plus d'impression que l'homme vivant à qui on coupe la tête[19]. » Réalisme. Les réformes de Beccaria demanderaient une administration criminelle dotée d'un si considérable budget, qu'elles supposeraient au préalable une réforme profonde de l'État — qui n'est guère à espérer.

Il s'est aussi lié chez les dames Volland avec l'abbé Guillaume Le Monnier, qui traduisait les satires de Perse et les comédies de Térence, l'un des auteurs favoris de Diderot. Suard l'ayant un jour entendu parler de Térence avec son feu coutumier lui a demandé pour la *Gazette littéraire de l'Europe* un article qui, selon la légende, aurait été rédigé en un jour. C'est le *Sur Térence* paru le 15 juillet 1765 dans la *Gazette* de Suard : « Térence était esclave du sénateur Terentius Lucanus. Térence esclave ! un des plus beaux génies de Rome !... » Suivait une magistrale analyse de ses comédies, de sa verve, de la vérité de ses scènes et de ses caractères.

Vers le début de novembre, il a poussé un soupir de soulagement : le *Salon* de 1765, l'un des plus considérables, était enfin rédigé — « Ah ! mon amie, dit-il en septembre à Sophie, la terrible corvée que ce Salon ! » — mais il est ravi de se voir en pleine possession de ses moyens : « C'est certainement la meilleure chose que j'ai faite depuis que je cultive les lettres. »

Il se disperse ? La vue de Grimm baisse, il est malade, la besogne s'accumule, il faut l'aider. Il est ainsi, toujours disponible. Il ne sait où donner de la tête et s'en plaint, mais le travail forcené, c'est sa raison d'être : « Oh, laissez-moi travailler tant qu'il me plaira, répond-il à Sophie qui le supplie de se ménager. C'est ma vie, mon repos, mon bonheur, ma santé. Il est revenu le temps où, en me tournant du côté de mes livres, je disais : les voilà ceux qui ne causent jamais de chagrin[20]. »

Il s'est encore laissé entraîner, de décembre 1765 à février 1767, dans un échange de lettres-fleuves. Étienne-Maurice Falconet, l'un des grands sculpteurs du siècle, l'avait engagé dans un débat sur la postérité et l'immortalité de l'artiste. Dieu sait si Diderot, qui tenait secrets ses écrits les plus importants, comptait sur la postérité pour lui rendre justice ! D'ailleurs, plaisante-t-il, « cette postérité serait une ingrate si elle m'oubliait tout à fait, moi qui me suis tant souvenu d'elle ». Au contraire, Falconet, plus pragmatique, se soucie peu de l'admiration de ses arrière-neveux. De quoi discuter et même disputer. On ne s'en tint du reste pas là, l'échange d'idées dérivant dans une controverse sur l'Antiquité, dont les antagonistes sont également frottés, sinon également partisans. Diderot a pour les Anciens un véritable culte, Falconet ne jure que par les Modernes : l'antique, oui, mais « avec choix ». Et l'on s'enlise dans une joute sans fin sur la crédibilité de Pline ou la compétence de Pausanias. C'est aussi que Diderot irrite le sculpteur. Que sait-on au juste de la sculpture et surtout de la peinture antiques, puisque tant d'œuvres ont disparu ? Qu'à cela ne tienne, réplique Diderot : quand bien même ton *Pygmalion* retournerait en poussière, « tu subsisteras [...] plus sûrement encore dans quelques-unes de nos lignes », ce qui revenait à affirmer la supériorité des lettres sur les arts, non seulement parce que, grâce à l'imprimerie, elles sont impérissables, mais surtout parce que la réponse de Diderot fait de l'homme de lettres le censeur de l'artiste et son avocat auprès de la postérité. À quoi Falconet répondra en demandant depuis quand le littérateur, à qui fait défaut la maîtrise de la technique, est compétent en matière d'art.

Cette année-là, il ne fut bruit que de Jean-Jacques. Après ses démêlés avec les autorités genevoises, il s'était réfugié à Môtiers, d'où les sermons d'un pasteur l'avaient contraint à fuir dans l'île de Saint-Pierre, au milieu du lac de Bienne, où il n'a pas tardé à être interdit de séjour par les autorités bernoises. Il a donc fini par accepter l'invitation de David Hume, qui offrait de le mener en Angleterre, via Paris, où les autorités fermeraient les yeux. Malgré sa colère, Diderot n'a pas oublié l'ami perdu, dont il sait les malheurs.

En février 1765, il a fait faire à Rousseau des ouvertures de paix auxquelles ce dernier s'est refusé. Cette brouille, après tout, c'était trop bête ! Peut-être Rousseau fut-il un instant ébranlé, mais ils étaient à présent trop loin l'un de l'autre et il rejeta ces avances. Après la mort de Jean-Jacques, Diderot présentera pourtant les choses à son avantage : « Tout mon ressentiment s'est réduit à repousser les avances réitérées qu'il a faites pour se rapprocher de moi : la confiance n'y était plus[21]. » Puis on sut que l'exilé venait à Paris, où il arriva le 16 décembre 1765 et passa une quinzaine de jours sous la protection du prince de Conti. Diderot gardait-il un espoir ? Le 20 décembre, il confie à Sophie : « Il y a trois jours que Rousseau est à

Paris. Je ne m'attends pas à sa visite, mais je ne vous cèlerai pas qu'elle me ferait grand plaisir et que je serais bien aise de voir comment il justifierait sa conduite à mon égard. Je fais bien de ne pas rendre l'accès de mon cœur facile. Quand on y est une fois entré, on n'en sort point sans le déchirer, et c'est une plaie qui ne cicatrise jamais bien. » Il attendit en vain. En 1766, Diderot ne prendra aucune part à la retentissante querelle entre Hume et Rousseau, ne s'associera pas à d'Alembert, à d'Holbach et aux autres pour l'accabler, mais le nom de Jean-Jacques reviendra souvent sous sa plume jusqu'en 1778 lorsque, dans l'*Essai sur la vie de Sénèque*, il risquera contre l'ancien ami une note impitoyable qui fera scandale.

Enfin arriva le jour attendu depuis vingt ans. Ulcéré par la trahison de Le Breton, Diderot était plus que jamais impatient d'en finir avec l'*Encyclopédie*. Le 25 juillet 1766, il l'annonce à Sophie. Soulagement et amertume :

Dans huit ou dix jours, je verrai donc la fin de cette entreprise qui m'occupe depuis vingt ans ; qui n'a pas fait ma fortune, à beaucoup près ; qui m'a exposé plusieurs fois à quitter ma patrie ou à perdre ma liberté, et qui m'a consumé une vie que j'aurais pu rendre plus utile et plus glorieuse. [...] Mais pour une femme, pour des enfants, à quoi ne se résout-on pas ? Si j'avais à me faire valoir, je ne leur dirais pas : « J'ai travaillé trente ans pour vous », mais je leur dirais : « J'ai renoncé pour vous, toute ma vie, à la vocation de nature, et j'ai préféré de faire, contre mon goût, ce qui vous était utile à ce qui m'était agréable. Voilà la véritable obligation que vous m'avez et à laquelle vous ne pensez pas[22]. »

Le 18 août, il peut dire : « J'en ai, je crois, pour le reste de la semaine, après laquelle je m'écrierai : *Terre ! terre !* » Le 12 septembre, enfin : « Le grand et maudit ouvrage est fini. »

En août, il a rédigé l'*Avertissement* en tête du tome VIII, où il rappelle les persécutions, les malveillances auxquelles ont été en butte ceux qui avaient ambitionné « d'inscrire leurs noms dans la liste des bienfaiteurs du genre humain ». Les collaborateurs étaient globalement remerciés, seul Jaucourt ayant droit — il l'avait assez mérité — à un remerciement personnel. Son adieu à l'*Encyclopédie* la lançait dans l'avenir, la livrait au jugement de cette postérité qui lui était si chère : « S'il se conserve un seul exemplaire entier de cet ouvrage, tout ne sera pas perdu. [...] Nous aurons obtenu la récompense que nous attendions de nos contemporains et de nos neveux, si nous leur faisons dire un jour que nous n'avons pas vécu tout à fait inutilement. »

Il ne restait plus qu'à mettre en circulation les dix volumes de texte, non sans prudence, puisque, officiellement, l'*Encyclopédie* était toujours interdite. On usa encore une fois d'un subterfuge qui permettrait aux autorités de ne pas perdre la face. En janvier 1766 l'avis de publication annonce dix volumes prétendument sortis des presses de Samuel Fauche, libraire à Neuchâtel. En outre, le lieutenant de police Sartine a autorisé la distribution en province et à l'étranger, non à Paris ni à Versailles, les gens aisés se faisant livrer à leur maison de campagne. Cédant à la sollicitation de quelques hauts personnages, Le Breton se risqua à déposer des exemplaires à Versailles et passa une huitaine de jours à la Bastille à méditer, lui qui les avait tant redoutés, sur les inconvénients qu'il y a à braver les interdits. Si Diderot s'en était réjoui, pourrait-on lui en tenir rigueur ? Bien au contraire : faisant taire sa rancune, il se démena pour le libraire, courut à la police et intervint en sa faveur[23]. Il ne fut peut-être pas la seule cause de ce prompt élargissement, mais le geste est tout à son honneur.

L'*Encyclopédie* n'était sans doute pas celle dont Diderot avait rêvé, mais elle était là. Seuls restaient les volumes de planches, qui paraîtront jusqu'en 1772. Diderot n'y a pas fait fortune, mais les libraires ont réalisé un bénéfice de 2 500 000 livres[24].

Le succès de l'ouvrage fut considérable. Il se vendit bien et fut réimprimé à plusieurs reprises, à Genève et à Lucques. Fortuné Barthélemy de Félice, à Yverdon, y lança en 1770 une *Encyclopédie* dont les cinquante-huit volumes verront le jour en dix ans et le libraire Panckoucke s'attellera en 1782 à une *Encyclopédie méthodique* dont plus de deux cents volumes s'échelonneront jusqu'en 1832[25]. Celle de Diderot avait ouvert la voie.

Dévouement, amour et philosophie

Au début de 1766, Diderot joua les gardes-malade. La santé de la sœur de Sophie, Marie-Charlotte Legendre, donnait de sérieuses inquiétudes et, en l'absence des dames Volland, il la veilla avec dévouement. La poitrine était prise, avec de la fièvre, des courbatures, des douleurs au côté droit et un grave état de faiblesse.

La pauvre ne peut guère compter sur sa mère et sa sœur, préoccupées par la perspective d'un déménagement et qui ne semblent pas prendre au sérieux les rapports alarmants que leur adresse régulièrement Diderot, indigné de leur indifférence. Heureusement qu'il y a près d'elle son autre sœur, Mme de Blacy, qui arrive dès sept heures du matin, et lui-même, qui vient au début de l'après-midi jusqu'à dix heures du soir. Mme Legendre se remettra et, par la suite, Diderot la fréquentera assidûment, dînant chez elle et passant des soirées à bavarder. Quant à Mme Volland, elle sous-louera en avril un appartement rue des Filles-Saint-Thomas-du-Louvre et s'y installera avec Sophie en août, et Mme de Blacy, avec sa fille Mélanie, s'y logera à l'étage supérieur.

Cela n'empêchait pas Diderot d'observer que le climat demeurait menaçant, et redoutables les réactions du clergé. On allait en avoir un terrifiant exemple.

Le 28 février 1766, à Abbeville, un jeune homme de vingt ans, François-Jean Lefebvre, chevalier de La Barre, est condamné à avoir la langue coupée, la tête tranchée, ses restes jetés au feu, le tout après avoir souffert la question ordinaire et extraordinaire. Son crime ? Il ne s'est pas découvert au passage de la procession du Saint-Sacrement, est convaincu d'avoir braillé des chansons impies et de posséder des livres interdits — dont le *Dictionnaire philosophique* de Voltaire. Il est exécuté le 1er juillet et ce supplice barbare jette la consternation et l'horreur chez les philosophes. Voltaire se demande avec effroi si l'on ne doit pas s'attendre à « la Saint-Barthélemy des philosophes », car le chancelier Pasquier a osé dire que ce n'étaient plus les livres, mais les auteurs, qu'il faudrait brûler.

Effrayé, Voltaire s'est tapi à Rolle, en territoire bernois, et pense à Diderot, moins en sûreté à Paris, à qui il écrit le 23 juillet : « On ne peut s'empêcher d'écrire à Socrate, quand les Mélitus et les Anitus se baignent dans le sang et allument les bûchers... » Il n'y a plus rien à espérer en France. Pourquoi ne se mettrait-il pas à l'abri à Clèves, sous la protection de Frédéric II, où l'on installerait « une colonie de philosophes » ? Au début d'octobre, Diderot répondit fermement. Non, ni à Clèves ni ailleurs, pas plus cette fois que dans les autres occasions où il avait pu craindre pour sa liberté. D'ailleurs, n'a-t-il pas femme et enfant et des responsabilités ? Il resterait à son poste, sans rien ignorer des risques :

Je sais bien que, quand une bête féroce a trempé sa langue dans le sang humain, elle ne peut plus s'en passer. Je sais bien que cette bête manque d'aliment, et que, n'ayant plus de jésuites à manger, elle va se jeter sur les philosophes. Je sais bien qu'elle a les yeux tournés sur moi, et que je serai peut-être le premier qu'elle dévorera. [...] Je sais bien qu'un d'entre eux a l'atrocité de dire qu'on n'avancera rien, tant qu'on ne brûlera que des livres. Je sais bien qu'ils viennent d'égorger un enfant pour des inepties qui ne méritaient qu'une légère correction paternelle.

[...] Je ne me dissimule rien, comme vous voyez ; mon âme est pleine d'alarmes ; j'entends au fond de mon cœur une voix qui se joint à la vôtre, et qui me dit : Fuis, fuis. Cependant, je suis retenu par l'inertie la plus stupide et la moins concevable, et je reste[1].

Il le sait, on n'est pas au bout de la lutte. En février 1767, le *Bélisaire* où Marmontel osait dire qu'on n'éclaire pas les esprits à la flamme des bûchers, est arrêté par la Sorbonne. Pourtant, la lutte continue sans répit. Le 24 septembre 1767, Diderot informe Sophie qu'on a reçu au Grandval « une bibliothèque nouvelle antichrétienne ». En mai 1768, à Falconet : « Il pleut des livres incrédules. C'est un feu roulant qui crible le sanctuaire de toutes parts. » Et le 22 novembre encore, à Sophie : « Il pleut des bombes dans la maison du Seigneur. » Les philosophes ne lâcheraient pas prise.

Petit à petit, les contacts de Diderot avec la Russie se multiplient, en partie par l'intermédiaire de Falconet. Catherine cherchant un sculpteur pour ériger la statue équestre de Pierre le Grand, Diderot avait recommandé son ami, qui partirait avec sa meilleure élève, Marie-Anne Collot, âgée de dix-neuf ans. Le 12 septembre 1766, Falconet quittait Paris pour Saint-Pétersbourg, où il arriva le 15 octobre.

À peine sur place, il chante les louanges de Catherine et presse Diderot de venir présenter ses respects à la souveraine. Diderot n'était pas insensible aux honneurs et fut enchanté d'être élu, le 10 janvier 1767, membre d'honneur de l'Académie impériale des arts de Saint-Pétersbourg. Tout cela faisait qu'il devenait de plus en plus difficile de différer un voyage en Russie. Il assure donc Falconet, en mars 1767, de son impatience à l'entreprendre mais, en réalité, il a une sainte horreur des voyages et guère envie de se perdre dans les steppes. Comme Falconet insiste, il finit par énumérer ses raisons de reporter l'expédition à un avenir indéterminé. N'a-t-il pas une femme valétudinaire, une fille à élever, quatre volumes de planches à publier avant d'en avoir fini avec l'*Encyclopédie* ? Enfin, puisqu'il fallait tout dire, cet aveu qu'il s'arrache : « Que vous dirai-je donc ? Que j'ai une amie ; que je suis lié par le sentiment le plus fort et le plus doux avec une femme à qui je sacrifierais cent vies, si je les avais[2]. » Et puis encore, le voyait-on, lui si direct, si franc, si ennemi de la comédie, au milieu de courtisans et de flagorneurs ? Catherine s'inclina. Elle devra patienter cinq longues années encore.

Tandis que Falconet le harcelait, Diderot s'est remis à la tâche pour rendre compte du Salon de 1767 qui a ouvert ses portes, comme d'habitude, le 25 août, jour de la Saint-Louis. Outre qu'il évoquait de bons tableaux, ce *Salon*, achevé en décembre 1768 seulement, était le plus considérable en étendue et l'un des plus variés, et l'on y trouve aussi son célèbre, son superbe portrait par Michel Vanloo, que pourtant il ne trouve pas trop ressemblant ou du moins ne rendant pas la mobilité de ses expressions et trop léché. On pouvait aussi y contempler une curiosité : un Diderot nu jusqu'à la ceinture, peint par une artiste prusso-polonaise arrivée à Paris en janvier 1767. Anna-Dorothea Lisziewska, Mme Therbusch — elle francisait son nom en Therbouche —, avait entrepris de peindre Diderot, qui lui avait procuré des commandes et, comme le haut du vêtement la gênait un peu, Diderot avait adopté un parti radical en se présentant nu comme un ver, ce qui n'alla pas sans conséquences : « Depuis le péché d'Adam, on ne commande pas à toutes les parties de son corps comme à son bras, et [...] il y en a qui veulent, quand le fils d'Adam ne veut pas, et qui ne veulent pas, quand le fils d'Adam voudrait bien[3]. » La rumeur en prit prétexte pour lui donner Mme Therbouche pour maîtresse. Elle ne tarda pas à se mal conduire, à faire des dettes qu'elle oublia de régler et fila à Bruxelles sans un merci.

L'ingratitude de « l'indigne Prussienne » aurait dû le dégoûter de rendre service à tout venant. Rien n'y fait, c'est dans sa nature et cela se sait. Nombreux sont ceux à qui, en deux ou trois ans, il se dévoue d'une manière ou d'une autre. Si Fenouillot de Falbaire ne sait où placer son *Honnête criminel*, pièce à sujet protestant, qu'il s'adresse de sa part à Garrick, qui pourrait la traduire et la faire jouer à Londres, et il écrit lui-même à l'acteur. Ou bien il se dépense pour récupérer les « nippes » de sa servante, une brave fille exploitée par ses frères. Il recommande à David Hume un honnête homme qui s'expatrie avec sa famille et, deux ans plus tard, un jeune Pennsylvain de passage à Paris. Puis le voilà qui intervient pour un vieux sculpteur qui a autrefois œuvré pour le gouvernement russe et n'a pas été payé. En août 1768, il prend la plume au nom d'une ancienne maîtresse du ministre Saint-Florentin, abandonnée sans ressources. En 1769, il faut placer comme apprenti chez Le Breton le jeune frère de Mlle Collot, ou encore intercéder en faveur d'un sieur Chabert qui a encouru la disgrâce de Saint-Florentin et s'occuper de Marie-Madeleine Jodin, théâtreuse à la conduite légère mais dont il a connu le père et à qui il dispense avis et conseils de carrière. Et de courir à droite, à gauche, toujours tout à tous, au point que Mme d'Épinay se plaint qu'il la néglige : « Madame, je suis l'homme des malheureux ; il semble que le sort me les adresse. Je ne saurais manquer à aucun ; cela est au-dessus de mes forces. Ils me dépouillent de mon temps, de mon talent, de ma fortune, de mes amis même dont ils ne me laissent que les reproches. [...] Ils ne me persuaderont point qu'il vaille mieux écrire une ligne, même sublime, que de faire une bonne action[4]. » Pour Denis Diderot, vertu et charité n'étaient pas de vains mots.

Ses recommandations lui attirent parfois quelque désagrément. En juin 1767 avait paru le livre de Pierre-Paul Le Mercier de La Rivière, représentant de l'école dite « physiocratique », *De l'ordre naturel et essentiel des sociétés politiques*, dont il recommanda vivement l'auteur à ses amis russes. À Saint-Pétersbourg, Le Mercier déplut par son arrogance et n'y passa que quelques mois. Heureusement, Diderot réussissait mieux dans la chasse aux tableaux et collections précieuses dont Catherine souhaitait faire l'acquisition, un rôle pour lequel il était mieux doué que pour celui de diplomate, et il s'entremêt dans des négociations souvent laborieuses afin de pourvoir l'impératrice en estampes précieuses, gravures et tableaux.

Il avait donc de quoi s'occuper, mais aussi des sujets d'irritation ou d'inquiétude. Il a été souffrant presque tout le mois de janvier 1768 et se plaint d'un affaiblissement de sa vue fatiguée par le travail à la lueur des chandelles. Et puis, voilà qu'on reparle beaucoup de Jean-Jacques Rousseau. Le bruit court qu'il prépare ses Mémoires. Qu'y dira-t-il ? Hume déjà s'en était inquiété lorsqu'il publiait en octobre 1766 son *Exposé succinct de la contestation qui s'est élevée entre M. Hume et M. Rousseau* et, à son tour, Diderot, même s'il ne pense pas avoir à se reprocher quoi que ce soit, se sent mal à l'aise et écrit à Hume le 22 février 1768 : « Je redoute le moment où un homme qui aime tant le bruit, qui connaît si peu les égards, qui a été lié si intimement avec une infinité de gens, publiera un pareil ouvrage, surtout avec l'art qu'il a de flétrir adroitement, d'obscurcir, d'altérer, de faire suspecter plus encore en louant qu'en blâmant. » Cette inquiétude ne le quittera plus et il la confie en septembre à Falconet :

Rousseau, Jean-Jacques Rousseau, [...] le plus intime et le plus ancien de mes amis, par une perfidie aussi cruelle que lâche, se sert de l'aveu même des services de toute espèce que je lui ai rendus pendant un intervalle de vingt ans, pour accréditer aux yeux du public des noirceurs dont il m'accuse contre le témoignage de sa conscience. Il n'a garde de spécifier ces noirceurs ; mais par des expressions vagues et fortes, il abandonne à l'imagination échauffée du lecteur le soin de les exagérer. Il me connaît ; il sait que, quelque chose qu'il invente, qu'il controuve, qu'il dise, qu'il fasse, je ne donnerai jamais au public le scandaleux spectacle de deux amis qui se déchirent. [...] En un mot, plus lâche encore que cruel, il sait que je garderai le silence[5].

Un silence dont il se départira tout de même, dans dix ans, dans l'*Essai sur la vie de Sénèque*.

Des ennuis plus immédiats lui viennent aussi de Langres où en mai 1768, un acte sous sceau privé met fin à l'indivision relative aux maisons du père de Diderot. Il s'estime lésé par cet arrangement où il voit la mauvaise influence de l'abbé sur leur sœur, tandis que Sœurette proteste, « outrée au vif », et menace de vendre son bien et de se retirer dans un couvent. Famille bourgeoise et propriétaire, où l'on ne néglige pas les questions d'intérêt, et Diderot veille à assurer l'avenir de sa fille, à qui devrait revenir un jour ses biens, mais aussi ceux de sa sœur et de son frère.

Rien d'étonnant si Diderot se sent en août et en septembre dans un « état misérable d'anéantissement », sans goût au travail ni envie de bouger de sa tanière : « Le matin, quand je me lève, c'est un dégoût, un engourdissement, une aversion pour l'encre, les plumes et les livres, qui marque ou bien de la paresse ou bien de la caducité[6]. » Et puis ce Grimm qui le presse, le talonne, le houspille et l'exploite sans vergogne pour la *Correspondance littéraire*, mais aussi pour d'autres services, car Grimm fait carrière, cultive ses relations, ne se prive pas d'exhiber le célèbre Diderot et de se donner ainsi de l'importance aux yeux des grands de passage à Paris.

Les visites, même importunes, ont parfois d'heureux effets. Vers la même époque, Grimm conduisit rue Taranne le cousin du roi de Pologne, et ils trouvèrent le philosophe « paré d'une robe de chambre de ratine écarlate, neuve du jour » et cadeau de Mme Geoffrin. Comme Grimm l'avait taquiné sur ce luxe peu compatible avec le dépouillement d'un philosophe, Diderot lui expédia ses *Regrets sur ma vieille robe de chambre*, qui seront longtemps, dans les anthologies, son texte le plus fameux, inséré le 15 février 1769 dans la *Correspondance littéraire*. « C'est un morceau que j'aime, quoique un peu bavard, dira-t-il à Sophie. Mais ce bavardage est sauvé par la gaieté d'un homme qui s'amuse et qui a résolu d'écrire tant que cela l'amusera[7]. »

Mis à part le *Salon* et les *Regrets*, l'année 1768 n'abonde pas en œuvres personnelles, sauf une, à l'histoire assez singulière. Le prince Galitzine avait pour maîtresse la demoiselle Sire, dite Mlle Dornet, bien connue de la police et pourvue de nombreux protecteurs. En janvier 1768, Galitzine se met en route pour Pétersbourg, séjourne à Aix-la-Chapelle, fait la connaissance d'une charmante comtesse et l'épouse le 14 août 1768. Mais voilà : le prince avait laissé à la Dornet deux ou trois portraits bien compromettants. Jamais elle ne consentirait à les restituer. Diderot eut l'idée d'un stratagème machiavélique et plaisant et monta une supercherie qui devait permettre, en abusant de la crédulité de la sotte, de récupérer les portraits. Il en tira une œuvre bouffonne justement intitulée *Mystification*.

En mai 1769, Grimm partit pour un long périple dans les cours allemandes, laissant sa *Correspondance* aux soins de Mme d'Épinay et d'un Diderot toujours taillable et corvéable à merci. Le service était d'importance, car la besogne est lourde et la reconnaissance de Grimm légère : « Grimm me prend tout mon temps », dit-il en juillet à Sophie. Heureusement, il est seul à Paris : Galiani est parti lui aussi — en lui confiant, comme Grimm, de la besogne —, Mme d'Épinay est aux Ternes, chez son beau-frère, Sophie à Isle, sa femme et sa fille à Sèvres chez son ami, le joaillier Étienne Belle, où il va les voir de temps en temps. Quand la fin de l'été approche, il en a par-dessus la tête : « Je suis tout à fait sur les dents. Il est temps que Grimm arrive et que je lui remette le tablier de sa boutique. » Grimm regagna enfin Paris en octobre.

Il pourrait lui en vouloir, mais non : pour son Grimm, il déborde de tendresse, aspire à se dévouer à lui comme un saint au supplice. Il ne songe qu'à lui prouver son amitié, son affection, son estime. Qu'a-t-il de plus précieux ? Sa fille. Et si Grimm l'épousait ? Angélique avait seize ans, Grimm quarante-six, et traînait depuis des années une liaison reconnue avec Mme d'Épinay. C'était, il faut l'espérer, une boutade, et même l'intéressé n'a pas dû en croire ses oreilles.

Sa fille grandit et compte de plus en plus pour Diderot. Nanette aimait assurément Angélique, mais Diderot, lui — s'il n'a jamais dit un mot des trois enfants qu'il a perdus dont, tout de même, un petit garçon de cinq ans et demi —, est « fou à lier de [sa] fille ». Il surveille l'essor de ses talents — elle est bonne claveciniste —, de sa raison, de son intelligence. Attentif aussi à la préserver des influences qui pervertissent une imagination. Non qu'il soit pudibond, mais il veille à lui faire envisager sainement certaines questions, ce qui l'amènera à aborder avec la jeune fille des sujets réservés. En novembre 1768, il s'est aventuré à lui expliquer la différence entre les sexes et les mystères de la génération, à la mettre en garde contre les graves conséquences d'une faute : « Je ne lui laissai rien ignorer de tout ce qui pouvait se dire décemment. » La petite l'a écouté avec sérieux et Denis en a été tout attendri : « Si je perdais cet enfant, je crois que j'en périrais de douleur. Je l'aime plus que je ne saurais vous dire[8]. »

Quelques mois plus tard, il s'émerveille de son esprit, de sa précocité : « Ah ! mademoiselle Volland, le joli enfant que j'ai là. [...] Il est incroyable le chemin que cette imagination a fait toute seule. Combien cela a rêvé ! Combien cela a réfléchi ! Combien cela a vu de choses ! » Et Angélique se plaît en compagnie de ce père si bon, si savant, qui explique si bien les choses.

Comblé par sa fille, Diderot l'est aussi depuis peu sur un autre plan. Jeanne-Catherine Quinault, née en 1725, avait épousé l'avocat François Alifand de Maux. Elle était la fille naturelle d'un comédien, Abraham Quinault-Dufresne, et d'une actrice, Catherine Dupré, dite Mlle de Seine, et nièce de la célèbre Jeanne-Françoise Quinault et aussi une amie de Mme d'Épinay, chez qui Diderot avait fait sa connaissance. Il l'avait retrouvée au chevet de son ami Damilaville, dont elle était la maîtresse et qu'elle avait soigné dans ses derniers moments. Quelques mois plus tard, au printemps 1769, Diderot devint son amant. Peut-être ses relations avec Sophie, d'ailleurs si souvent absente pour de longues périodes, se sont-elles attiédies ? Depuis quelque temps, ses lettres ne s'adressent plus seulement à elle, mais à « mesdames et bonnes amies ». Dès juillet 1769, il avoue à Grimm l'importance de Mme de Maux : « À vous parler vrai, j'oublie beaucoup de choses auprès d'elle. »

Sans doute n'était-ce pas sa première infidélité à Sophie, mais il est discret sur ce chapitre. On a pu, sans preuves, lui prêter des passades avec des actrices, des danseuses ou Mme Therbouche. A-t-il eu Sophie Arnould ou la Guimard ? A-t-il été l'amant de Mme Legendre, voire de Mme de Blacy, les deux sœurs de Sophie ? A-t-il eu la Dornet, la dupe de *Mystification*[9] ?

En août 1769, la Comédie-Française reprit, avec succès cette fois, son *Père de famille*, qui eut une douzaine de représentations, très suivies. Il en fut ravi et le dit à Sophie avec une fierté naïve : « C'est, je vous assure, un très grand et très bel ouvrage. [...] Marmontel en a pleuré en m'embrassant. Ma fille y a été, et en est revenue stupide d'étonnement et d'ivresse. » Même, une dame a été si impressionnée qu'elle s'est trouvée mal au théâtre ! Quelle revanche sur le demi-succès de 1761.

Cette année-là, l'été fut particulièrement chargé. Diderot s'occupait déjà de la *Correspondance littéraire*, et au mois d'août s'est ouvert un nouveau Salon, dont son compte rendu sera beaucoup moins copieux que pour celui de 1767 : « Le pauvre Salon que nous avons eu cette année ! »

C'est à cette époque qu'un fâcheux est venu le relancer à propos de l'*Encyclopédie*. Le 16 décembre 1768, Charles-Joseph Panckoucke, jeune libraire ambitieux qui devait fonder un véritable empire éditorial, avait acquis les droits de propriété sur l'*Encyclopédie* et fait appel à Diderot pour tenter de persuader le pouvoir d'autoriser une édition entièrement remaniée et le philosophe ne mâche pas ses mots : « L'*Encyclopédie* fut un gouffre, où ces espèces de chiffonniers jetèrent pêle-mêle une infinité de choses mal digérées, bonnes, mauvaises, détestables, et toujours incohérentes et disparates. » On pouvait donc faire mieux avec un directeur capable et en rémunérant correctement les collaborateurs. Ce mémoire ne sera connu que plus tard, lorsqu'un souscripteur mécontent, Luneau de Boisjermain, en révélera des extraits au cours d'un procès intenté par lui aux éditeurs de l'*Encyclopédie*. Le philosophe avait donc envisagé de prendre la tête de l'édition remaniée et, selon Panckoucke, de se faire cette fois payer le prix fort. Peu importe, puisque le projet tourna court, le gouvernement n'autorisant qu'une simple réimpression qu'il arrêta d'ailleurs au début de 1770 après le troisième volume. Panckoucke revint à la charge en proposant quelques volumes de supplément, non dans l'intention d'accentuer la portée « philosophique » de l'ouvrage, mais seulement dans un but commercial. Que ce projet mercantile ait irrité Diderot ou que Panckoucke l'ait agacé, le libraire fut fraîchement reçu : « Allez vous faire f..., vous et votre ouvrage. Je n'y veux point travailler. Vous me donneriez vingt mille louis et je pourrais expédier votre besogne en un clin d'œil, que je n'en ferais rien[10]. »

Diderot reçut mieux un singulier personnage, qui avait su piquer sa curiosité. Dom Léger-Marie

Deschamps, moine bénédictin, professait un matérialisme athée fondé sur une métaphysique d'où découlait un égalitarisme anarchique. Sa pensée n'était pas sans rapport avec celle de Jean-Jacques. Pour Deschamps, quand l'homme aurait accédé à « l'état de mœurs, l'état social sans lois », respectueux de l'ordre naturel, alors s'effaceraient les « lois supposées divines », inventées pour consolider l'inégalité et la propriété. Dès avril 1761, il avait pris contact avec Rousseau pour lui présenter son *Vrai système,* mais Jean-Jacques avait été déconcerté par un « système inquiétant » qui le faisait songer à Spinoza et avait déconseillé au moine de le publier.

Deschamps s'était tourné sans plus de succès vers Helvétius, échaudé par l'affaire de l'*Esprit*, puis vers Diderot, qu'il a rencontré trois fois en août 1769, et qu'il tient pour un homme « qui parle toujours et n'entend guère ». Les deux hommes se revirent et désormais Diderot est séduit par la lecture des « premiers cahiers d'un traité d'athéisme très frais et très vigoureux » dont il ne doute pas que les idées hardies n'attirent bien des ennuis à l'auteur s'il s'avisait de les publier. « Nous nous sommes quittés contents l'un de l'autre, dit Deschamps. Il m'appelait d'abord *homme de bien* et il a fini par m'appeler *son maître*[11]. »

Ces entretiens tombaient à pic au moment où Diderot rédige l'ouvrage qui peut passer pour le sommet de son œuvre philosophique, ce *Rêve de d'Alembert* qui ne verra le jour qu'en 1830 et où il aborde les problèmes les plus épineux sur l'origine de la vie et de la pensée. Il répugnait depuis toujours à la rigueur analytique du traité. Aussi l'œuvre se présente-t-elle comme un triptyque : *Entretien entre d'Alembert et Diderot*, *Le Rêve de d'Alembert* et la *Suite de l'Entretien*, le second, comme il dit, servant « d'éclaircissement au premier ». Il annonce les deux premières parties dès le 31 août 1769 à Sophie et à Mme de Maux. Il avait pensé d'abord à un classique dialogue des morts entre Démocrite, Hippocrate et Leucippe, ce qui l'eût contraint à se renfermer « dans les bornes étroites de la philosophie ancienne ». Il a donc préféré se mettre en scène lui-même et faire entrer dans le jeu d'Alembert, son amie Julie de Lespinasse et le docteur Bordeu : « Cela est de la plus haute extravagance et tout à la fois de la philosophie la plus profonde. Il y a quelque adresse à avoir mis mes idées dans la bouche d'un homme qui rêve. Il faut souvent donner à la sagesse l'air de la folie afin de lui procurer ses entrées. » Quelques jours plus tard, il informe Sophie qu'il a ajouté une troisième partie : « Il n'est pas possible d'être plus profond et plus fou. »

Dans l'*Entretien entre d'Alembert et Diderot*, tout part de la perplexité de d'Alembert à propos du refus de l'hypothèse divine dans les sciences de la vie, car s'il n'est pas de Dieu créateur de la vie, il faut bien que celle-ci soit essentielle à la matière, « il faut que la pierre sente » et « cela est dur à croire ». Pas tellement, réplique Diderot, car il n'y a pas de différence essentielle entre la chair vivante et la pierre, sinon que l'une possède une sensibilité active, l'autre une sensibilité momentanément inerte : « On fait du marbre avec de la chair, et de la chair avec du marbre[12]. » Admettons, mais comment passer de l'une à l'autre ? Simple : par le biais de l'assimilation de la matière inerte par un organisme vivant. Pulvérisons une statue de Falconet, mêlons cette poussière à l'humus, arrosons et laissons putréfier un an ou un siècle et le tour est joué : des plantes aspireront dans le sol les sucs minéraux, l'herbivore broutera le végétal et l'homme mangera l'herbivore. C'est le principe de la « chaîne des êtres », qui n'admet pas de solution de continuité dans la nature. Admettons encore, répond d'Alembert, mais je ne vois toujours pas comment l'être sensible deviendra un être pensant. Réfléchissez, plaisante Diderot. Qu'étiez-vous, d'Alembert, avant l'union de votre père et de votre mère ? *Rien*, ou, plus exactement, vous n'étiez que les molécules qui devaient vous constituer. Rassemblez-les et vous voilà embryon, fœtus, enfin d'Alembert et mathématicien illustre. Vous êtes devenu d'Alembert et le resterez jusqu'à ce que les particules qui vous composent redeviennent matière dissoute dans l'humus originel. Point donc de germes préexistants selon Swammerdam, qui croyait à l'emboîtement des germes dans les organes génitaux du père ou de la mère, depuis la nuit des temps. Diderot, lui, croit à l'épigénèse et à la construction mécanique du fœtus par ajouts successifs. Quant à la vieille question du début de toute chose, elle ne se pose plus si l'on admet le transformisme. N'allez pas vous imaginer que les animaux ont toujours été ce qu'ils sont : « Le vermisseau imperceptible qui s'agite dans la fange, s'achemine peut-être à l'état de grand animal ; l'animal énorme, qui nous épouvante par sa grandeur, s'achemine peut-être à l'état de vermisseau. » Tout se transforme, sans fin comme sans commencement.

Quant au passage de l'être sentant à l'être pensant, qu'a-t-on besoin d'un Dieu créateur, « mot vide de sens » ? Si l'être sentant prend conscience de son unité, c'est tout simplement par la mémoire, qui relie entre elles les sensations éprouvées, et les associe. Une idée en appelle une seconde, celle-ci une troisième et ainsi de suite à l'infini.

Fécondée, la matière inerte acquiert vie et sensibilité sous l'action de la chaleur et à partir de là, le mouvement. L'organisation de l'homme est certes supérieure à celle de l'animal, mais la différence est de degré, non essentielle. Mais l'âme... Eh bien, où l'a-t-on vue ? « Pour ne pas admettre une supposition simple qui explique tout, la sensibilité, propriété générale de la matière, ou produit de l'organisation, vous renoncez au sens commun, et vous vous précipitez dans un abîme de mystères, de contradictions et d'absurdités. » Fatigué, d'Alembert annonce son intention d'aller se coucher, mais demeure sceptique.

Deuxième partie. Dans *Le Rêve de d'Alembert*, le géomètre s'est mis au lit, mais n'a cessé de s'agiter sur son oreiller, tracassé par sa discussion avec Diderot. Mlle de Lespinasse l'a veillé et maintenant rapporte au docteur Bordeu les divagations du dormeur, tout « un galimatias de cordes vibrantes et de fibres sensibles » auquel elle n'entend rien et que le médecin va lui expliquer.

Apparemment incohérents comme ceux d'un homme tourmenté par la fièvre, les propos de d'Alembert reprennent les idées de la première partie. Le passage de l'inerte au vivant le laisse perplexe : « Tenez, philosophe, je vois bien un agrégat, un tissu de petits êtres sensibles, mais un animal !... un tout ! un système un, lui, ayant la conscience de son unité ! » Puis il trouve lui-même la réponse. On suppose la contiguïté là où il y a continuité : rapprochez une goutte de mercure d'une goutte de mercure et les deux se fondront dans une unité, voyez un essaim d'abeilles pourtant constitué de centaines d'individus, amollissez leurs pattes et les voilà agrégés, fusionnés, continus et non plus contigus. C'est ainsi que chacun de nos organes, vivant et distinct, s'intègre dans une totalité parcourue par la même sensibilité.

Le dormeur est passé ensuite à la génération spontanée, niée jadis dans les *Pensées philosophiques*, mais défendue par le naturaliste anglais Needham. Et pourquoi non ? Vision géniale d'un univers en perpétuel devenir et parfaitement hétérogène : « Qui sait les races d'animaux qui nous ont précédés ? qui sait les races d'animaux qui succéderont aux nôtres ? Tout change, tout passe, il n'y a que le tout qui reste. Le monde commence et finit sans cesse ; il est à chaque instant à son commencement et à sa fin ; il n'en a jamais eu d'autre, et n'en aura jamais d'autres. Dans cet immense océan de matière, pas une molécule qui ressemble à une molécule, pas une molécule qui se ressemble à elle-même un instant. » Et poussant plus loin, qui se vantera savoir à quel point de cette évolution nous sommes parvenus et qui fixera son point d'arrêt ? Et reparaît, comme dans la *Lettre sur les aveugles*, l'image d'un chaos s'organisant lui-même :

> Le prodige, c'est la vie, c'est la sensibilité ; et ce prodige n'en est plus un. [...] Lorsque j'ai vu la matière inerte passer à l'état sensible, rien ne doit plus m'étonner. [...] Laissez passer la race présente des animaux subsistants, laissez agir le grand sédiment inerte pendant quelques millions de siècles. Peut-être faut-il, pour renouveler les espèces, dix fois plus de temps qu'il n'en est accordé à leur durée. [...] Garantissez-vous du sophisme de l'éphémère[13].

Mais comment expliquer, demande Mlle de Lespinasse, que j'éprouve l'unité de mon moi ? Parce que, répond Bordeu, vous possédez la conscience d'un tout résultant de l'épigénèse, que « les organes produisent les besoins, et réciproquement les besoins produisent les organes », amorce d'un transformisme que développera plus tard Lamarck, et le dormeur reprend la thèse de la chaîne des êtres, du mouvement perpétuel et de l'unité de la matière vivante au-delà de ses formes transitoires : « Tous les êtres circulent les uns dans les autres, par conséquent toutes les espèces… tout est dans un flux perpétuel… Tout animal est plus ou moins homme ; tout minéral est plus ou moins plante ; toute plante est plus ou moins animal. Il n'y a rien de précis en nature. [...] Il n'y a qu'un seul grand individu, c'est le tout. [...] Vivant, j'agis et je réagis en masse... mort, j'agis et je réagis en molécules... Je ne meurs donc point. [...] Naître, vivre et passer, c'est changer de formes[14]. » Quant à Julie de Lespinasse, elle avance, pour expliquer la conscience qu'elle a de son unité, l'image de l'araignée au centre de sa toile, avertie des moindres mouvements de la périphérie par les fils qu'elle a sécrétés.

S'il n'y a ni création ni préformation des germes, comment se forme l'être humain ? Il accède à l'existence, répond Bordeu, à partir des molécules paternelles et maternelles et des « brins », les premiers éléments vivants, chacun formant un organe doué de ses sensations propres, l'unité se fondant sur la mémoire. Triple forme de vie — celle de la molécule, celle de l'organe, celle de l'être organisé. Qu'un brin fasse défaut, l'individu n'aura pas d'yeux, ou pas d'oreilles, il sera un monstre, comme le Saunderson de la *Lettre sur les aveugles*.

Ce qui détermine les caractères ? Le « diaphragme » ou système nerveux est le centre de la sensibilité instinctive, le cerveau assure le contrôle, le sommeil est l'état dans lequel l'ensemble du réseau se relâche. Les enthousiastes, les hommes de génie dépendent du diaphragme, mais l'individu supérieur est celui qui maîtrise le système nerveux — comme fera le grand acteur dans le *Paradoxe sur le comédien*. Tout est donc déterminé et la liberté n'a pas de sens, l'apparente liberté de choix n'étant que « le dernier résultat de tout ce qu'on a été depuis sa naissance jusqu'au moment où l'on est ». Mais alors, s'inquiète Julie, et la morale, et le vice et la vertu ? La réponse était déjà dans la lettre de 1756 à Paul Landois : on est « heureusement ou malheureusement né » et l'on ne saurait être autre chose que ce que l'on est, bien qu'il soit possible de modifier l'individu par la punition ou l'éducation.

Appelé en consultation, Bordeu s'est absenté, mais il est revenu l'après-midi, et, d'Alembert étant allé dîner en ville, c'est la *Suite de l'Entretien* entre la jeune femme et le médecin. On aborde maintenant des problèmes concernant la sexualité et l'hybridation. Qui nous dira pourquoi diable chasteté et continence seraient des vertus ? L'acte sexuel n'a rien à voir avec la morale ou la religion, la chasteté prive l'individu d'un plaisir naturel et la société d'un citoyen utile et, dans certains cas — comme dans *La Religieuse* —, conduit au dérèglement et à la folie, et l'onanisme même, lorsqu'il y a « rétention du fluide séminal », est comparable à la saignée, pratiquée lorsqu'il y a pléthore. Mais l'homosexualité, ce péché contre nature ? « Tout ce qui est ne peut être ni contre nature ni hors de nature » — réponse qui mène à l'imagination de l'hybridation des espèces, soit la création de chèvre-pieds, sorte de satyres qui prendraient en charge les travaux ignobles qui dégradent l'homme.

Le Rêve de d'Alembert représente, sous le décousu du rêve, l'expression la plus élaborée du matérialisme de Diderot, mais ni Mlle de Lespinasse ni d'Alembert n'apprécièrent d'avoir été mis indiscrètement en scène et d'Alembert, dit Naigeon, exigea la destruction de l'ouvrage. Dans une mystérieuse lettre d'envoi, Diderot assure que *Le Rêve* fut déchiré mais, ajoute-t-il, « vous avez voulu que j'en rapprochasse les morceaux », bien qu'il ne subsiste « que des ressouvenirs décousus » de « cette informe et dangereuse production[15] ».

En 1769, Diderot se mit encore au service de l'abbé Galiani, qui lui fournit l'occasion de réfléchir à une question économique capitale. Depuis quelques années, ceux qu'on appelait les physiocrates dénonçaient le mercantilisme mis en place au siècle précédent par le ministre Colbert, fondé sur les réserves métalliques, les manufactures et la balance du commerce, qui imposait un contrôle rigoureux des importations et exportations. Les disciples de Quesnay, fondateur de l'école, soutenaient au contraire que la nature impose un ordre « évident » et immuable et que la richesse d'un pays réside dans la terre et les productions agricoles, qui doivent être distribuées librement, certaines lois économiques « naturelles » se mettant alors en place, théorie qui avait séduit Diderot. Le gouvernement avait autorisé, en 1763, le transport et la vente des grains de province à province et proclamé, en 1764, la liberté de ce commerce à l'intérieur du royaume, de même que celle de l'importation et de l'exportation. Le principe était intéressant, mais reposait sur des spéculations théoriques, que risquaient de démentir de mauvaises récoltes qui feraient grimper en flèche le prix des grains.

Galiani n'était pas de l'avis des physiocrates et avait fait part de ses idées à Diderot. Qu'arriverait-il, en cas de récoltes insuffisantes, si l'étranger achetait à prix d'or le grain français inabordable pour les nationaux ? On pouvait admettre la libre circulation entre les provinces, mais il fallait maintenir une taxe dissuasive sur les exportations. Le 22 novembre 1768, le philosophe se dit convaincu : « L'exportation est une folie. [...] Je me suis prosterné devant lui pour qu'il publiât ses idées. »

Malheureusement, Galiani avait reçu, en mai 1769, l'ordre de rentrer en Italie et il partit en juin, confiant à Mme d'Épinay et à Diderot le soin de faire la toilette de ses *Dialogues sur le commerce des blés* et de les publier. L'ouvrage a été mis au net, mais retardé par le censeur, Galiani étant en désaccord avec la politique gouvernementale. Le contrôleur général des finances démissionnant le 21 décembre, il est remplacé par l'abbé Joseph-Marie Terray, hostile aux physiocrates, et les *Dialogues* sortent de presse dans les premiers jours de 1770.

Les physiocrates, qui conservaient des appuis dans les hautes sphères, ne se tenaient pas pour battus. On avait confié à l'abbé Morellet le soin de préparer une *Réfutation des Dialogues sur le commerce des blés* et Sartine désigna Diderot comme censeur. Le 10 mars 1770, il déclara qu'il trouvait l'ouvrage de Morellet très inférieur à celui de Galiani, mais qu'il ne voyait pas de motif de l'interdire. De toute manière, Morellet fut bloqué par Terray et son livre ne fut pas publié avant 1774, c'est-à-dire au moment où, Turgot remplaçant Terray, le vent politique eut de nouveau tourné. Entre-temps, Diderot avait préparé sa propre réfutation de Morellet, l'*Apologie de l'abbé Galiani*, achevée en janvier 1771, mais qui demeura dans ses cartons. Il y reprochait à l'abbé son ignorance du monde agricole et des vicissitudes auxquelles il est soumis, les souffrances du petit peuple et de compter pour rien le danger du stockage des grains par les spéculateurs.

L'année avait été bien remplie. Diderot avait besoin de se détendre. En septembre et en octobre, il fait des séjours chez le financier Eugène de Salverte, et aussi au Grandval, où le contact avec la nature lui fait du bien. C'est vrai qu'il est surmené, au point, en novembre, de s'endormir sur sa table de travail. Sa bougie se renversa sur ses papiers et il se réveilla juste à temps pour prévenir un incendie. Mais il lui arrive aussi d'éprouver une lassitude plus pesante, de se découvrir usé, accablé par l'âge, il le confie à Sophie : « Ah ! mademoiselle Volland, que je suis vieux ! [...] J'ai... je n'oserais vous le dire : cet âge est effrayant[16] ! » Tel il se sentait à cinquante-six ans.

Amour déçu, contes et mariage

En 1770, Diderot fut de ceux, réunis dans le salon de Mme Necker, qui résolurent d'élever une statue au champion de la philosophie et à l'héroïque défenseur des Calas et des La Barre. Pigalle ferait la statue, et sur le socle on lirait : *À Voltaire vivant, par les gens de lettres ses compatriotes.* Pigalle s'en fut au mois de juin à Ferney, le temps d'exécuter le buste. Le buste seulement, car Diderot avait eu l'idée, qui ne plaisait pas à tout le monde, de représenter Voltaire à l'antique, nu. Pour le corps, Pigalle prit donc pour modèle un vieux soldat des Invalides. La statue de marbre, achevée en 1776, était en effet si singulière qu'on ne crut pas devoir l'exposer au public. Elle resta dans l'atelier de Pigalle, puis, en 1806, dans la bibliothèque de l'Institut avant de s'installer, à la fin du XXe siècle, au musée du Louvre.

Ce même juin, on parla d'une pièce intitulée *Le Satirique ou l'Homme dangereux*, nouvelle sortie de Palissot, qui gardait un prudent anonymat. Il avait beau prêcher la liberté, Diderot déconseilla à Sartine de l'autoriser : « Les philosophes ne sont rien aujourd'hui, mais ils auront leur tour. On parlera d'eux ; on fera l'histoire des persécutions qu'ils ont essuyées ; [...] et si l'on vous nomme dans cette histoire, comme il n'en faut pas douter, il faut que ce soit avec éloge[1]. » Le 16 juin, la police interdit la représentation de la pièce. Que les temps étaient changés ! Voltaire, indésirable à Paris depuis tant d'années, avait une statue et un ennemi des Encyclopédistes était interdit.

Diderot quitta Paris pour Langres le 2 août afin de régler des affaires de famille et d'entretenir son frère et sa sœur d'un projet de mariage pour Angélique. Avec son frère, l'aventure tourna court, Didier refusant obstinément de recevoir Denis.

« Je ne suis pas venu en province pour mon amusement », dit-il à Sophie. Il avait pourtant un but peu avouable. Bourbonne-les-Bains n'est pas loin de Langres et Mme de Maux y séjournait avec sa fille, Mme de Prunevaux. Le 10 août, Diderot rejoint sa maîtresse et passe une huitaine auprès d'elle.

Le retour dans sa province natale n'a pas manqué de raviver des souvenirs. Son séjour lui inspire une description de Bourbonne, où son père avait jadis fait deux cures, et, plus brièvement, de Langres.

Il a beau être en villégiature, il travaille. Il a achevé de relire la traduction des *Adelphes* de Térence que lui a confiée l'abbé Le Monnier, et rendu le même service au maître de musique d'Angélique, un Allemand installé depuis quelques années à Paris, Antoine Bemetzrieder, auteur de

Leçons de clavecin et principes d'harmonie, qui paraîtront en 1771.

Ces besognes n'avaient rien d'exaltant, mais comment revenir à Langres, dans la vieille maison de la place Chambeau, sans y retrouver la présence d'un père connu dans la ville pour un « homme d'excellent jugement », intègre et droit ? Comment ne pas se rappeler des conversations qui peut-être avaient eu lieu jadis, au coin du feu, seize années auparavant ? C'est ce qu'il reconstitue dans l'*Entretien d'un père avec ses enfants ou Du danger de se mettre au-dessus des lois*, qui lui donne l'occasion de poser des cas de conscience.

L'entretien se déroule dans la vieille maison familiale et roule sur l'épineuse question du légal et du juste. Un curé centenaire décède en laissant un vieux testament oublié de tous qui dépouille une parentèle misérable au bénéfice d'un riche et avare libraire. S'en tenir à la loi qui dépouille des miséreux ou brûler le malencontreux testament ? Un ouvrier chapelier, des années durant, a soigné sa femme malade ; s'il restitue sa dot, il est condamné à la misère et à l'hôpital. Est-ce justice ? Autrefois, un cordonnier de Messine, écœuré, sous la domination espagnole, par la corruption des pouvoirs publics, a choisi d'instruire lui-même les procès et de châtier les coupables. Bien ou mal ? Un médecin doit-il sauver la vie d'un criminel qui, sitôt guéri, recommencera ses brigandages, ou le laisser mourir ? Tort ou raison ? Le débat s'anime par l'intervention du frère, de la sœur, d'un oratorien et d'une dame, chacun prenant parti selon son caractère ou ses convictions.

L'abbé Diderot s'en tient à la lettre de la loi, mais le philosophe proteste. La loi n'est pas toujours juste et surtout, le droit naturel est antérieur au droit positif : « C'est qu'à la rigueur il n'y a point de loi pour le sage. » Y aurait-il alors deux morales, l'une pour l'élite, l'autre pour la foule ? Le vieux coutelier aura le dernier mot : « Je ne serais pas fâché, me répondit-il, qu'il y eût dans la ville un ou deux citoyens comme toi ; mais je n'y habiterais pas, s'ils pensaient tous de même. » Réclamer la réforme d'une mauvaise loi, oui ; se mettre délibérément au-dessus des lois, non. L'*Entretien* parut en mars 1771 dans la *Correspondance littéraire.*

Le séjour à Bourbonne fournit encore l'occasion d'un conte original. En juin 1770 avaient paru *Les Deux Amis*, un « conte iroquois » de Saint-Lambert, dans la ligne de l'exotisme à la mode, conte moral édifiant et factice qui contrastait les valeurs positives de ces bons sauvages aux valeurs dégradées de la civilisation. La fadeur du récit inspira à Diderot une réplique intitulée *Les Deux Amis de Bourbonne* d'abord présentée sous la forme de deux lettres, l'une de Mme de Prunevaux, l'autre d'un curé qui s'indignait de la conduite des deux brigands héros de l'aventure, puis remaniée et transformée en récit à la troisième personne. Diderot s'y offrait le plaisir de faire la leçon à Saint-Lambert en montrant qu'une histoire d'amitié exemplaire pouvait se dérouler dans une campagne française bien réelle, ravagée par la misère et la famine, aussi bien que dans quelque lointain exotique. Les liens qui unissent Félix et Olivier, paysans et braconniers, le dévouement de Félix à la famille d'Olivier abattu dans une échauffourée avec les gendarmes prennent ici un ton d'authenticité autrement saisissant, où les sauvages ou les héros aristocratiques font place à des gens du peuple que ne divisent ni l'avidité ni l'intérêt : « Félix était un gueux qui n'avait rien ; Olivier était un autre gueux qui n'avait rien ; [...] concluez qu'en général il ne peut guère y avoir d'amitiés entières et solides qu'entre des hommes qui n'ont rien. Un homme est alors toute la fortune de son ami, et son ami est toute la sienne[2]. » Concluons-en aussi « qu'il ne faut pas aller jusque chez les Iroquois pour trouver deux amis ». Ces hommes-là sont déjà des hors-la-loi romantiques.

En finale, Diderot inséra une sorte de poétique du conte. Il en existe, dit-il, de trois sortes. La première est le conte merveilleux, où nul ne cherche la vraisemblance. La deuxième est le conte plaisant à la manière de La Fontaine ou de l'Arioste, « où le conteur ne se propose ni l'imitation de la nature, ni la vérité, ni l'illusion ; il s'élance dans les espaces imaginaires ». Reste le conte historique, qui veut donner l'illusion de la vérité : « Comment s'y prendra donc ce conteur-ci pour vous tromper ? Le voici : il parsèmera son récit de petites circonstances si liées à la chose, de traits si simples, si naturels, et toutefois si difficiles à imaginer, que vous serez forcé de vous dire en vous-même : "Ma foi, cela est vrai ; on n'invente pas ces choses-là." C'est ainsi qu'il sauvera l'exagération de l'éloquence et de la poésie ; que la vérité de la nature couvrira le prestige de l'art, et qu'il satisfera à deux conditions qui semblent contradictoires, d'être en même temps historien et poète, véridique et menteur. » On voit à quelle catégorie appartiennent *Les Deux Amis de Bourbonne*. Le conte parut dans la *Correspondance littéraire*, le 15 décembre 1772, deux ans plus tard en volume. En dépit de quelques va-et-vient entre Bourbonne et Langres, Diderot n'avait pas perdu son temps.

Il y avait peut-être perdu ses illusions. En effet, il a trouvé Mme de Maux et sa fille en compagnie d'un M. de Foissy, écuyer du duc de Chartres. Il a trente ans, la dame quarante-cinq. Il le croit d'abord intéressé par la fille, mais ne tarde pas à constater qu'il en veut à la mère, flattée de ses attentions et qui l'encourage. Bref, le philosophe est jaloux, d'autant plus que Mme de Maux reçoit Foissy, le rencontre chez des connaissances, l'autorise à lui écrire. Surtout, le philosophe est malheureux, tout en répétant à Grimm : « Je me suis bien tâté ; je ne souffre point ; je ne souffrirai point. » Réfugié au Grandval, il se décide pour le stoïcisme et la magnanimité : « Si elle s'en va, je la perdrai sans regret ; si elle revient, je la recevrai avec transport ». Il ne souffre donc pas, l'homme qui finit ainsi sa lettre à Grimm : « Aimez-moi, car il est affreux de n'être aimé de personne. J'étais heureux et tranquille. Sa dernière lettre m'a fait un mal incroyable[3]. » À cinquante-sept ans, il ne voit pas sans douleur ce dernier amour lui échapper. Ce qui lui reste ? L'amitié de Grimm et son ancienne tendresse pour Sophie. Il lui écrit comme d'habitude, mais Sophie fait partie à présent d'un trio dont il s'inquiète de ne pas recevoir de nouvelles : « Chères et bonnes amies, vous prenez un bien mauvais moment pour vous refroidir ; je vous en avertis. J'ai besoin, plus besoin que jamais, d'aimer quelqu'un et d'en être aimé. J'ai compté sur vous pour toute ma vie ; si vous me laissez là, je resterai seul. » Il n'y eut pas cependant rupture radicale et c'est à Mme de Maux qu'il dédiera encore la première version de sa pièce *Est-il bon ? Est-il méchant ?*

Rentré à Paris, la politique accapara son attention. À la fin de 1770, une épreuve de force avait eu lieu entre la cour et les parlements. Le ministre d'Aiguillon avait prétendu faire construire, par des forçats, un réseau de routes militaires. Les États de Bretagne avaient tenu cette décision pour une violation de leurs droits provinciaux et avaient été vivement appuyés par Caradeuc de La Chalotais, procureur du parlement de Rennes. Quand la cour veut punir sa désobéissance, les parlements de France s'unissent pour sa défense, contestant ainsi l'autorité royale. Le chancelier Maupeou en profita pour mettre au pas ces institutions trop souvent rebelles. En avril 1771, le parlement de Paris est dissous, la vénalité des charges abolie, le parlement démembré et réduit à l'institution de six conseils supérieurs composés de commissaires révocables, la fonction d'enregistrement des lois ramenée à une simple formalité sans possibilité de discussion. Diderot voit dans ces mesures un pas vers le despotisme et redoute des suites funestes :

> Si la cour revient sur ses pas, ses adversaires apprendront à estimer leur force et c'est ce qui ne pourrait arriver sans amener de graves conséquences. Nous touchons à une crise qui aboutira à l'esclavage ou à la liberté ; si c'est à l'esclavage, ce sera un esclavage semblable à celui qui existe au Maroc ou à Constantinople. Si tous les parlements sont dissous, et la France inondée de petits tribunaux composés de magistrats sans conscience comme sans autorité, et révocables au premier signe de leur maître, adieu tout privilège des États divers formant un principe correctif qui empêche la monarchie de dégénérer en despotisme[4].

Était-ce là le progrès des Lumières ? Il avait aussi un motif de s'indigner de celui du despotisme. En 1770 avait paru, sous le nom du défunt Dumarsais, un *Essai sur les préjugés ou de l'influence des opinions sur les mœurs et sur le bonheur des hommes*, œuvre du baron d'Holbach, qui s'en prenait avec véhémence aux privilèges de la noblesse, réclamait une instruction publique, soutenait que le gouvernement doit la vérité au peuple et mettait les souverains en demeure d'exercer leur autorité selon la morale. Un tel discours déplut à Frédéric II, qui répliqua par un brutal *Examen de l'Essai sur les préjugés* qui se résumait à une négation des acquis des Lumières. La lecture de ce texte suscita chez Diderot une vive colère, dont sortit une *Lettre de M. Denis Diderot sur l'Examen de l'Essai sur les préjugés*, plus connue sous le titre de *Pages contre un tyran*.

Telle était donc la vraie face du roi qui jadis offrait à l'*Encyclopédie* un refuge dans ses États ? De quel droit dénier au peuple l'accès à la vérité et pourquoi emprisonner l'homme dans le carcan d'un code aux commandements contradictoires ? Obéir à la loi ne signifie pas se courber sous le joug de l'arbitraire. Feignant d'ignorer l'identité de l'auteur de l'*Examen*, Diderot lui jetait sans ménagement : « Vous faites bien de n'être pas souverain, car vous seriez un mauvais souverain. » Une exaspération plébéienne gronde dans ce pamphlet où résonnent déjà les tirades qu'on entendra, sous le nom de l'abbé Raynal, dans l'*Histoire des Deux Indes* :

> L'auteur de la critique est un grand seigneur, du moins il plaide la cause des aïeux comme s'il en avait. Quoi qu'il en soit, nous continuerons à croire qu'il y a bien moins d'inconvénient dans l'illustration qui remonte, que dans l'illustration qui descend ; et je n'en souffrirai pas plus patiemment un faquin titré qui m'insulte parce qu'il est le dernier de sa race, moi qui suis peut-être le premier de la mienne.
>
> [...] Qu'ai-je donc appris dans ce livret ? Qu'il ne faut nul talent pour relever les fautes d'un auteur ; que l'homme n'est pas fait pour la vérité ni la vérité pour l'homme ; que nous sommes condamnés à l'erreur ; que la superstition a son bon côté ; que les guerres sont une belle chose, etc., etc., et que Dieu nous préserve d'un souverain qui ressemble à cette sorte de philosophe-ci[5].

Des appréhensions lui venaient aussi de Rousseau. Rentré d'Angleterre, où il s'était querellé avec David Hume, pris sous la protection du prince de Conti, réfugié dans le Dauphiné, Jean-Jacques, convaincu de l'existence d'un complot ourdi pour le perdre, avait reparu à Paris, où la police fermait les yeux. Mais Jean-Jacques n'avait pas l'intention de se tenir tranquille. S'il ne pouvait publier ses *Confessions*, du moins en donnait-il lecture devant des publics choisis. Cela faisait scandale. Mme d'Épinay pria Sartine d'intervenir et Jean-Jacques promit de se taire. Le péril était momentanément conjuré, mais la suite ?

On songea donc à prendre des précautions. Mme d'Épinay avait écrit un roman autobiographique, l'*Histoire de Madame de Montbrillant*. Ne serait-il pas prudent d'en faire une arme défensive au cas où les *Confessions* en viendraient à calomnier gravement d'anciens amis ? Sous des noms d'emprunt — René y est Rousseau, Garnier est Diderot, Volx est Grimm, Mme d'Épinay est Mme de Montbrillant — les personnages authentiques apparaissent dans un récit remanié et truqué pour faire de Rousseau un fourbe, un traître, un scélérat. Ces remaniements sont dictés, parfois écrits, par Grimm et surtout par Diderot lui-même. C'est dire à quel point Diderot, si soucieux de la postérité, redoute la plume de Jean-Jacques. Le roman de Mme d'Épinay ne parut qu'en 1818, lorsqu'un éditeur peu scrupuleux le publia sous le titre de *Mémoires et correspondance de Madame d'Épinay*, puis, dans la seconde édition, *pour servir d'éclaircissement et de correctif aux* Confessions *de Rousseau.* Jean-Jacques subira pendant quatre-vingts ans les conséquences de ces venimeuses retouches.

Il y avait heureusement une bonne nouvelle — du moins Diderot le crut-il un moment. Stimulés par le succès de la reprise du *Père de famille*, les Comédiens-Français lui avaient demandé une autre pièce, et il leur donna *Le Fils naturel*, mis en répétition en juillet. Il fut joué — une seule fois — le 26 septembre 1771 et fit un four. Diderot se le tint pour dit et ne revint plus à la scène.

L'inspiration de l'écrivain était loin pourtant d'être tarie. En 1770 et 1771, il avait été par deux fois, en janvier, roi de la fève, selon la vieille coutume du jour des Rois et, les deux fois, avait composé quelques vers de circonstance pour célébrer sa débonnaire souveraineté. Couronné encore en 1772, ses vers de mirliton prirent soudain l'allure d'un dithyrambe pindarique livré au délire de l'enthousiasme. Cela s'intitulait *Abdication d'un roi de la fève, l'an 1772, ou les Éleuthéromanes*, c'est-à-dire, expliquait-il, *Les Furieux de la liberté*. On pouvait y lire quelques propos inquiétants sur « la Révolte, aux poings ensanglantés » et la colère d'« un peuple furieux » contre « un tyran imbécile », mais deux vers surtout assuraient que si l'homme osait écouter la voix de la nature, « ses mains ourdiraient les entrailles du prêtre, / Au défaut d'un cordon pour étrangler les rois ». Ces vers ne seront connus du public qu'en 1796, en même temps que *La Religieuse*, et il n'en faudra pas davantage pour rendre le philosophe responsable des excès et des violences révolutionnaires. Ce n'est pas tout, car la veine qui avait produit *Les Deux Amis de Bourbonne* ou l'*Entretien d'un père avec ses enfants* n'était pas tarie et trois récits étroitement apparentés devaient encore en naître.

Ceci n'est pas un conte, enchâssé dans un dialogue, juxtapose deux histoires cruelles. Dans la première, le pauvre et sincère Tanié, épris de la belle mais ingrate Reymer, perd la vie à lui offrir luxe et confort. Dans la seconde, Mlle de La Chaux, follement éprise du savant Gardeil, a tout quitté pour lui, s'est usée des années durant à l'aider dans ses travaux, abandonnée enfin à la misère et à la maladie. Qu'en conclure, sinon que « s'il y a des femmes très méchantes et des hommes très bons, il y a aussi des femmes très bonnes et des hommes très méchants » et que d'ailleurs « l'homme et la femme sont deux bêtes très malfaisantes » ? Et peut-être aussi que la vie est mal faite et se soucie peu de la morale[6]. C'est cruel, mais commande-t-on à ses sentiments ? Personnages exceptionnels dans des situations banales et même personnages réels car Jean-Baptiste Gardeil était mathématicien et helléniste, professeur de médecine et de mathématiques, traducteur d'Hippocrate, et Mlle de La Chaux, censée avoir adressé des remarques à Diderot, en 1751, à propos de sa *Lettre sur les sourds et muets*, est sans doute inspirée d'une authentique Louise-Hortense de Lavau[7]. Diderot part du réel et transpose. Composé au cours de l'été 1772, *Ceci n'est pas un conte* parut en mars et en avril de l'année suivante dans la *Correspondance* de Grimm.

Le deuxième récit, *Madame de La Carlière*, y parut aussi, en mai de la même année. Mise en question de l'indissolubilité des liens unissant deux êtres et de l'importance injustifiée accordée à la fidélité physique, c'était en même temps une condamnation de la sottise et de la versatilité de l'opinion publique — « cette foule imbécile qui nous juge » —, ce qui explique le titre explicatif donné par Naigeon : *Sur l'inconséquence du jugement public de nos actions particulières.* Nos codes, nos conventions erronées contrarient la nature, opinion curieusement contemporaine du très bourgeois mariage d'Angélique.

Cette opinion, Diderot la développe enfin dans le *Supplément au Voyage de Bougainville*, qui paraîtra dans la *Correspondance littéraire*, en quatre livraisons, en septembre et octobre 1773, puis en mars et avril 1774, présenté comme la « Suite des contes de M. Diderot », ce qui le reliait expressément à *Ceci n'est pas un conte* et à *Madame de La Carlière*.

Il touchait aussi à l'actualité. Le navigateur Louis-Antoine de Bougainville, revenu en 1768 de Tahiti, avait fait paraître, en mai 1771, son *Voyage autour du monde.* Si l'île était paradisiaque, ses habitants étaient belliqueux, superstitieux, pratiquaient les sacrifices humains et l'esclavage et vivaient dans une société très inégalitaire. Ces réserves furent peu retenues, et l'on ne voulut se souvenir que du récit d'un compagnon de Bougainville, le naturaliste Philibert de Commerson, qui avait donné en 1769 de « la Nouvelle Cythère » une description idyllique[8].

Quant au récit de Diderot, il se présentait comme un inédit, un « supplément » à celui de l'explorateur. Tentation de l'utopie ? Moins peut-être qu'il n'y paraît.

Au départ des Français, un vieux Tahitien leur reproche les maux qu'ils ont introduits dans l'île heureuse et répète les anathèmes de Diderot sur la colonisation, toujours injustifiable. Les Européens ont enseigné aux indigènes la propriété égoïste et le crime, leur religion hypocrite a jeté le doute sur les actes les plus naturels. Quant à la fidélité, à l'engagement définitif envers un seul être exigés par la religion, ce sont des principes absurdes parce qu'ils nient l'évidence universelle. Qu'est-ce « qu'un serment d'immutabilité de deux êtres de chair, à la face d'un ciel qui n'est pas un instant le même, sous des antres qui menacent ruine, au bas d'une roche qui tombe en poudre, au pied d'un arbre qui se gerce, sur une pierre qui s'ébranle[9] » ? Le conquérant a introduit aussi chez ces êtres simples la crainte d'un « grand Ouvrier », alors qu'Orou ne comprend ni l'idée de Dieu ni le mot *religion*, et ne conçoit qu'une morale étrangère à toute transcendance. L'Européen gémit, pour son malheur, sous le joug de codes contradictoires. À Tahiti, seule est écoutée la voix de la nature.

On vit en communauté, comme une grande famille, en évitant de mêler des commandements aux exigences divergentes, car « comment voulez-vous que les lois s'observent quand elles se contredisent » ? Diderot croit bien à l'efficacité des lois comme ressort immédiat de la moralité, mais la seule loi fondamentale est celle de la nature. Autant la morale des Tahitiens est restée proche de cette loi, autant l'Européen est devenu un monstre de contradictions.

La sexualité semble ici étrangement libérée. Femmes et filles sont communes, le mariage n'est que « le consentement d'habiter une même cabane et de coucher dans le même lit, tant que nous nous y trouverons bien », et les Tahitiens s'ébattent sans honte en public, au grand effroi de l'aumônier. Même l'inceste est le bienvenu, puisqu'il est naturel. Du reste, ironise Diderot, ne fut-il pas le lot obligé des enfants d'Adam ? C'est, comme dit le sous-titre, *l'inconvénient d'attacher des idées morales à certaines actions physiques qui n'en comportent pas*. Mais cette liberté a ses lois. Les femmes stériles ou momentanément infécondes sont interdites, les rapports sexuels ne sont permis qu'à vingt-deux ans, âge auquel les jeunes gens sont jugés aptes à procréer. C'est que Tahiti a besoin d'enfants, non de libertins. L'accroissement démographique est la condition de la richesse publique, principe populationniste, le bien général rejoignant ainsi l'impulsion naturelle. Lorsque les Tahitiens offrent aux Européens leurs femmes et leurs filles, c'est qu'ils ont besoin de bras et espèrent améliorer la race. En somme, le *Supplément* ne fonde pas un mythe primitiviste en opposant la nature à la société : il oppose seulement une société régie par les lois de la nature à une société dénaturée. Tout comme le nôtre, le monde tahitien a ses règles, ses interdits et ses devoirs, mais conformes aux exigences de la nature, alors que l'univers social européen est fait de contraintes injustes et mal fondées.

Revenir à Tahiti ? Non, car l'histoire ne régresse pas et même Tahiti s'inscrit inéluctablement dans ce devenir puisque, conformément à un principe organiciste, les sociétés vieillissent et se dégradent. Tahiti invite à la réflexion par la comparaison de deux états de civilisation : « Le Tahitien touche à l'origine du monde et l'Européen touche à sa vieillesse[10]. » Les Européens, prédit le vieillard, annoncent la fin de l'éden : « Un jour, ils reviendront [...] vous enchaîner, vous égorger et vous assujettir à leurs extravagances et à leurs vices. Un jour vous servirez sous eux. » Qu'y faire, puisque l'espèce est condamnée au progrès comme l'individu au vieillissement ? La conclusion n'a rien d'anarchique ni de révolutionnaire et surtout, se tourne vers l'avenir, non vers le passé. Il faut faire confiance au progrès des lumières, à la volonté de réforme, un peu comme à la fin de l'*Entretien d'un père avec ses enfants* :

> Nous soumettrons-nous aux lois ? Nous parlerons contre les lois insensées jusqu'à ce qu'on les réforme ; et, en attendant, nous nous y soumettrons. [...] Imitons le bon aumônier, moine en France, sauvage en Tahiti. Prendre le froc du pays où l'on va, et garder celui du pays où l'on est[11].

Le *Supplément* affronte ainsi deux représentations de la société, Tahiti servant à critiquer l'ordre existant, dénaturé, non à édifier sur les nuages une utopie qui transcenderait la réalité.

Si le philosophe n'a pas chômé pendant les huit premiers mois de 1772, pour le père de famille, la grande affaire était évidemment le mariage d'Angélique. Il avait songé à lui dénicher un mari dans la bonne société langroise et a élu l'un des fils de ses vieux amis Caroillon, mi-hobereaux, mi-bourgeois enrichis dans l'épicerie et que l'acquisition de charges ou d'offices avait parés de la particule. L'élu était Abel Caroillon de Vandeul, âgé de vingt-quatre ans, méthodique, ambitieux et acharné, qui deviendra un capitaine d'industrie en vue, lorsqu'en 1777, lui et ses trois frères fonderont une société s'occupant de la régie des forêts et des forges et feront fortune[12]. En juin 1770, Diderot s'est donc rendu à Langres pour entamer les négociations. Son frère Didier, persuadé que Denis continue d'écrire sur ou plutôt contre la religion et que le gendre envisagé est de la même boutique, a refusé de le rencontrer, mais on s'est mis d'accord avec les Vandeul.

Les choses d'abord iront un peu cahin-caha. En janvier 1771, Diderot s'inquiète d'un soupçon de fraude pesant sur les affaires de son futur gendre[13]. Il craint aussi que Vandeul ne tienne pas sa promesse de s'établir à Paris, le séparant ainsi de sa fille. Il a le sentiment qu'il est avide et intéressé, qu'il « marchande ». Ce monsieur ne songe-t-il pas plus à ses intérêts qu'à l'amour ? Car il se montre âpre au contrat, Denis s'en plaint à sa sœur : « Diable, il a l'appétit bien éveillé. » Conclusion amère : « Je crois que Caroillon n'aime pas ta nièce[14]. » Il se démène pourtant pour lui faire une situation, frappe à toutes les portes. Surtout, il a peur du jour où il sera éloigné d'Angélique : « Mon cœur souffre, dit-il à Grimm. Il me semble que l'avenir s'avance vers moi avec un cortège infini de peines[15]. »

Il faut encore compter avec la famille. Diderot a prié son frère de venir bénir l'union de sa nièce, et Angélique elle-même a écrit à l'oncle une lettre touchante. L'abbé ne voulait rien entendre et concluait sans appel. Si vous épousez Vandeul, « je vous déclare [...] que je vous regarde comme une fille sans religion, que vous n'êtes pas et que vous ne serez jamais ma nièce et que l'entrée de ma maison vous sera interdite et à M. Caroillon comme elle est à votre père pour le même motif de religion[16] ».

Enfin ce 9 septembre tant appréhendé fut là. Dix jours plus tard, il parle à Grimm de ce moment déchirant : « Mon âme est devenue si douloureuse que je ne vois rien, n'entends rien, sans émotion. Tout m'affecte. [...] Je n'oublierai jamais l'instant de la cérémonie ; mon enfant, qui ne manque ni de raison ni de courage, perdit la tête et se trouva mal à plusieurs reprises. Je vous laisse à penser ce que je devins[17]. »

Le jeune couple s'établit rue des Saints-Pères, non loin de la rue Taranne. À Angélique, son père a écrit, le 13, une lettre digne et attendrie pour lui donner ses derniers conseils, lui recommander l'obéissance à son époux et de veiller à conserver toujours une réputation intacte. On est loin de *Madame de La Carlière* et du *Supplément au Voyage de Bougainville*, mais Diderot ne confondait pas, pour Angélique, philosophie et bourgeoisie. Sa fille, il la chérie par-dessus tout : « Je vous aime de toute mon âme. [...] Je te laisse aller avec une peine que tu ne saurais concevoir. [...] Du moins, au lieu de causer avec toi, comme autrefois, quand je causerai seul avec moi, que je puisse me dire en essuyant mes larmes : Je ne l'ai plus, il est vrai ; mais elle est heureuse[18]. »

Sa solitude et son chagrin, il les dit à tout le monde. Pour avoir prétexte à aller chez eux, il les comble de petits cadeaux. Encore cela ne compense-t-il guère : « Je n'ai plus d'enfant, je suis seul, et ma solitude m'est insupportable. » Il ne lui reste que le tête-à-tête avec Nanette. Du moins a-t-il la consolation de savoir les mariés heureux — « Ils s'aiment à la folie tous les deux » — et se réjouit de voir Angélique tenir sa maison en bonne ménagère. Lui continue de se décarcasser pour trouver un état à Vandeul et, pour qu'Angélique ne perde pas ses bonnes habitudes, il lui paie deux maîtres de musique.

Il prit enfin la résolution d'en finir avec son frère, qui le tourmentait depuis trente ans. Le 25 septembre, il lui reproche de prêcher à sa fille la haine de son père, de croire qu'on en veut à sa succession. Angélique est pieuse et Vandeul n'est pas un incrédule. Quand Didier deviendrait-il un frère digne de ce nom, honnête, tolérant ? Pourtant, Didier pouvait revenir, Denis l'accueillerait toujours les bras ouverts.

L'abbé demeura plus intraitable que jamais. Le dialogue était impossible. Diderot répondit pourtant longuement au début de novembre, mais sur un ton qui ne laissait plus percer aucun espoir de réconciliation. Je ne suis pas chrétien ? disait-il. Il l'était plus, peut-être, que Didier, pour la morale et la conduite. Et il s'emportait une dernière fois contre ce frère qui n'en était pas un :

Je ne sais si, au Jugement dernier, vous serez gourmandé pour les raisons que vous dites ; mais vous vous verrez certainement avant ce départ mauvais prêtre, parce que vous aurez eu l'âme féroce, la conduite injuste, le caractère orgueilleux, inflexible, implacable, la fureur d'un enragé persécuteur ; mauvais chrétien parce que vous aurez appelé, sinon le feu du ciel, du moins le feu de la terre contre vos antagonistes ; mauvais citoyen, parce que vous aurez professé et suivi des principes perturbateurs de toute société, de toute famille ; mauvais fils, parce que vous avez contristé votre père et manqué à ses dernières volontés ; mauvais frère parce que vous avez tourmenté votre frère, et fait verser des larmes à votre sœur ; méchant homme, parce que vous avez été ingrat, menteur, calomniateur, faux, soupçonneux, avide de scandale, insupportable à vos supérieurs, à vos inférieurs, à vos égaux. Mauvais frère et mauvais oncle pour avoir renié votre frère et votre nièce.

Désormais, tout était fini entre eux : « Plus de lettres à recevoir, plus de réponses à faire[19]. » L'abbé répliqua pourtant, le 14 novembre, dans une grinçante et aigre missive où il ne cédait pas d'un pouce, mais cette lettre, Diderot refusa de l'ouvrir et la renvoya toute cachetée.

Trente ans que Diderot reprochait à l'abbé son intolérance, son fanatisme, sa méchanceté ; trente ans que l'abbé reprochait à Diderot son irréligion et son inconduite. Entre eux, l'opposition était fondamentale et les engageait totalement.

Pour tromper sa peine, Diderot passe souvent rue des Saints-Pères. Il ne tarda pas à nourrir de nouvelles inquiétudes : le 14 octobre, il annonce à Grimm que la jeune femme a fait une fausse couche, que le mari a été sérieusement malade.

Trois mois plus tard, Diderot croit entrevoir des choses qui lui déplaisent. Vandeul ne semble guère se soucier de voir sa femme cultiver son esprit et ses talents. Ce qu'il veut, c'est une poupée bien parée pour recevoir ses amis et relations d'affaires. Jusqu'ici elle se cabre, mais combien de temps faudra-t-il pour qu'elle perde les bonnes habitudes que lui avait inculquées son père ? « On travaille à faire de mon enfant une sotte petite, plate, impertinente, qui incessamment ne saura rien faire que bien placer un pompon, minauder, médire, et sourire. Cela me désole. » À quoi bon ses efforts ? « Je paie à Eckardt des leçons fort chères. Le mari s'en fout. »

Que lui reste-t-il à attendre ? Diderot le sent bien, il n'a plus rien à faire là-dedans. Pour Sophie, l'amour s'est mué en tendresse et sa flambée pour Mme de Maux est éteinte, Angélique est mariée. Le temps n'est-il pas venu de faire ce voyage de

Russie qu'il n'a plus de raison de différer ? Je pars, écrit-il à Falconet le 30 mai, mais reviendrai-je ? Après tout, qu'importe : « Cependant je laisse ma femme, ma sœur, mon gendre, ma fille, ma fille grosse. Tenez, puisqu'en y pensant, cela me fait un si grand mal, n'y pensons plus. [...] Cependant, mon ami, je suis bien vieux. [...] Mais je me dis que la terre est aussi légère à Pétersbourg qu'à Paris ; que les vers y ont aussi bon appétit, et qu'il est assez indifférent en quel endroit de la terre nous les engraissons. » Il a donc mis ses affaires en règle. Fin avril, il a signé une procuration à sa femme et, le 3 juin, il a fait de Naigeon le légataire de ses manuscrits.

Le 11 juin, il quitta Paris pour La Haye, où l'attendait son ami Galitzine, et d'où il repartirait pour Saint-Pétersbourg. C'était bien loin pour un homme qui détestait les voyages et n'aimait que ses amis, ses livres, son grenier et sa robe de chambre. Mais les dés étaient jetés.

Chez « Catherine le Grand »

Le 15 juin 1773, Diderot fut chaleureusement accueilli à l'hôtel du prince Galitzine où il devait attendre l'arrivée d'Alexis Vassilievitch Narichkine, chambellan de Catherine II, qui le convoierait vers Saint-Pétersbourg.

Dès le surlendemain, il visita Leyde, siège d'une célèbre université, s'entretint avec les professeurs et fit savoir à Marc-Michel Rey, libraire à Amsterdam, qu'il souhaitait publier en Hollande une collection de ses ouvrages qui comprendrait divers inédits.

En dépit du mauvais temps, il parcourut les rues d'Amsterdam et visita Zaandam. Il accompagna encore Galitzine à Utrecht pour accueillir sa femme de retour de Prusse. Très vive, intelligente, cultivée, aimant la discussion, elle lui plut beaucoup, mais, de son côté, elle se défiait des idées radicales de son hôte. Il est vrai que Diderot avait tendance à se montrer un peu trop libre et choquait pas mal de gens.

On l'a aussi présenté aux frères Charles-John et Willem de Bentinck, représentants d'une aristocratie fidèle à la maison d'Orange et qui l'impressionnèrent par leurs allures de vieux Romains. Il se plaisait à La Haye, disait à Sophie l'excellence des turbots et des perches, l'agrément des promenades, le bon sens rassis des hommes et l'air sage des femmes qui ont « toutes l'air de revenir du salut ou d'aller à confesse ». On comptait qu'il s'arrêterait une quinzaine en Hollande, mais il ne semblait pas pressé de se remettre en route.

D'ailleurs il y travaillait, lisait les *Recherches philosophiques sur les Égyptiens et les Chinois* de l'historien hollandais Corneille De Pauw, récemment parues, et s'était remis à sa table. D'abord, il tenait à tirer tout le profit possible de son voyage et à consigner ses observations et impressions. Il a donc accumulé les notes en vue d'un *Voyage de Hollande* rédigé en 1773-1774 et achevé à Paris après son retour de Russie. Il conseillait aux voyageurs d'avoir quelque connaissance préalable du pays, d'écouter « l'homme instruit et expérimenté » et d'avoir lu tout ce qu'on a publié d'intéressant sur le pays.

Diderot fit de son mieux pour suivre ce programme. Il a visité les musées, assisté à Haarlem à un opéra de Grétry joué par une troupe flamande. À Scheveningen, la mer agitée, sauvage, l'a fasciné comme dans les marines de Vernet. Il évoque les pêcheurs luttant contre les vagues tandis que les femmes, sur le rivage, attendent le retour de leurs hommes. Belle description, comme celle aussi du Hollandais la pipe rivée au coin des lèvres — « On le prendra pour un alambic vivant qui se distille lui-même » — ou celle des Hollandaises, « belles si l'on peut l'être avec des gorges et des fesses énormes ». Comme d'habitude, il aborde rapidement tous les sujets, le climat, le terrain, la médecine, la physique, les digues, la propreté des villes…

République au siècle des monarchies, la Hollande éveille sa curiosité. Il y a des universités, mais aussi des écoles publiques où les enfant apprennent à lire, à écrire, à calculer, et leurs pères lisent les journaux, curieux de l'histoire du pays et jaloux de leurs libertés. Il dira en partant : « J'ai fait mes adieux au pays de la liberté. » Séduit par le mythe hollandais, il n'aperçoit pas le déclin économique et moral et l'affaiblissement des valeurs républicaines. En réalité, les membres des États généraux, des États provinciaux et des municipalités représentaient la caste des gros bourgeois dont le népotisme rendait la plupart des charges plus ou moins héréditaires et qui appuyaient un pouvoir oligarchique[1]. Mais pour quelqu'un venant du pays où l'on avait supprimé les parlements, le climat demeurait tout de même rafraîchissant : « C'est là qu'on voit des commerçants, des bourgeois prendre le ton imposant et l'air majestueux des rois[2]. » Ces citoyens sont les représentants de la classe moyenne propriétaire car, cela va sans dire pour Diderot comme pour Voltaire, « il n'y a point de patrie pour celui qui n'a rien ou qui peut emporter tout ce qu'il a[3] ».

Démocratique, la Hollande a l'organisation économique convenable à ce type de société fondée sur le négoce, qui lui-même exige la plus grande liberté et répugne à l'interventionnisme de l'État. Hélas, toute médaille a son revers : favorable au commerce, la démocratie ne l'est guère aux beaux-arts et même entraîne la dégradation du goût. La nation est « superstitieuse » et déteste les matérialistes, qui y vivent cependant en paix, parce que la persécution est bannie, le gouvernement n'autorisant d'autres moyens que la prédication. Aussi y tolère-t-on toutes les religions. Liberté et tolérance : cet idéal était aussi, peut-être, plus apparent que réel. En 1764, l'*Émile* et *Du contrat social*, *La Pucelle* et le *Dictionnaire philosophique* avaient été condamnés, comme aussi le *Traité sur la tolérance* et la *Philosophie de l'histoire*. Quelques réflexions mises à part, le *Voyage de Hollande* n'est pas une œuvre originale.

Sans doute accordait-il plus de prix à un autre écrit. En 1757, dans les *Entretiens sur le Fils naturel*, il avait fait l'éloge de la passion, source de la création et de la vérité au théâtre : « Les poètes, les acteurs, les musiciens, les peintres, les chanteurs de premier ordre, les grands danseurs, les amants tendres, les vrais dévots, toute cette troupe enthousiaste et passionnée sent vivement, et réfléchit peu. Ce n'est pas le précepte, c'est autre chose de plus immédiat, de plus intime, de plus obscur et de plus certain qui les guide et qui les éclaire[4]. » Le grand acteur vit passionnément son rôle. À cette conception du comédien a cependant succédé une réflexion plus approfondie. Non seulement, en 1763, il a connu Garrick, « le Roscius anglais », qui l'a amené à scruter les secrets du métier, mais il a lu aussi une brochure intitulée *Garrick ou les Acteurs anglais*, dont il a rédigé le compte rendu pour Grimm en octobre-novembre 1770. De là le *Paradoxe sur le comédien*. Il est revenu sur son texte à La Haye, l'a remanié et développé et le retouchera encore en 1777 ou 1778.

Réfléchissons, dit-il. Si le comédien brûlait lui-même des passions qu'il exprime, comment pourrait-il jouer un rôle dix fois de suite avec la même conviction : « Très chaud à la première représentation, il serait épuisé et froid comme un marbre à la troisième. » En réalité il ne *sent* pas, il imite le modèle idéal proposé par le poète. L'art de l'acteur ? Créer l'illusion, car la scène n'est pas la vie, conformer ses gestes, sa voix, son discours au personnage qu'il représente. Le comédien calcule ses effets : « Les gestes de son désespoir sont de mémoire, et ont été préparés devant une glace. Il sait le moment précis où il tirera son mouchoir et où les larmes couleront ; attendez-les à ce mot, à cette syllabe, ni plus tôt ni plus tard. [...] Il n'est pas le personnage, il le joue. » Voilà ce qui permet à un acteur de jouer Britannicus à soixante ans, à une actrice de faire les ingénues à cinquante. Pensez-vous que ce serait possible s'ils vivaient leurs rôles ? Trop de sensibilité rend le comédien maladroit. Ou alors, comment ferait Garrick pour exprimer, en quelques secondes, toute la gamme imaginable des sentiments et des émotions ? Moins l'acteur a de personnalité propre, plus il est capable d'endosser tous les rôles. Et ce n'est pas vrai seulement de l'acteur : « La sensibilité n'est guère la qualité d'un grand génie. [...] La sensibilité n'est jamais sans faiblesse d'organisation[5]. »

Le grand comédien est... un comédien : « Les larmes du comédien descendent de son cerveau ; [...] il pleure comme un prêtre incrédule qui prêche la Passion ; comme un séducteur aux genoux d'une femme qu'il n'aime pas, mais qu'il veut tromper[6]. » L'homme de génie a « l'esprit observateur », il est intelligence et maîtrise, non débordement incontrôlé. Sans volonté, sans maîtrise, on n'est pas créateur. Enfin, ces acteurs qu'on excommunie, pourquoi n'en ferait-on pas des « prédicateurs laïques » enseignant le bien et la vertu ? Alors que l'acteur selon Jean-Jacques, dans la *Lettre à d'Alembert*, s'exclut de l'ordre social, celui de Diderot s'y insère et y accomplit une mission.

À côté du théâtre, il y avait la philosophie. Chez les Galitzine, Diderot a rencontré le philosophe François Hemsterhuis, qui lui a confié sa *Lettre sur l'homme et ses rapports*, parue un an auparavant. Il l'a abondamment annotée et remettra ses observations à Hemsterhuis à son retour de Pétersbourg. Hemsterhuis, idéaliste, peu favorable à la Révélation, mais convaincu de l'existence d'une âme spirituelle et éternelle, « organe moral » procédant directement de Dieu et qui nous découvre le vrai, le beau, le bien, s'attire évidemment les remarques d'un Diderot matérialiste, qui ironise sur cette âme volatile et insaisissable et la prétendue liberté de l'homme. Il reprochait aussi à Hemsterhuis de nier la possibilité d'un athéisme vertueux et dénonçait dans la morale chrétienne « une échelle de devoirs chimériques élevés au-dessus des devoirs réels » qui écartent l'homme de ses devoirs de sociabilité et d'humanité.

Au même moment, Diderot s'attardait encore à réfuter un autre auteur. Il venait de paraître à La Haye un ouvrage posthume d'Helvétius. *De l'Homme* avait été publié par les soins de Galitzine et dédié à Catherine II. « J'ai lu trois fois le posthume d'Helvétius », écrit Diderot le 22 juillet à Mme d'Épinay, et il poursuit, le 18 août : « J'ai barbouillé toutes les marges du dernier ouvrage d'Helvétius. C'est, ma foi, un excellent ouvrage ; plein de réflexions fines qu'il n'est pas donné à tout le monde de trouver, et d'inconséquences que tout le monde corrigerait d'un trait de plume. Cet ouvrage fera bien autant de besogne que de bruit. »

Il avait pourtant bien des remarques à faire. D'accord, quand Helvétius nie le libre arbitre, dénonce les religions asservissantes qui entravent l'aspiration au bonheur, et d'accord lorsqu'il entend séparer l'Église de l'État et autoriser la liberté des cultes, mais halte-là lorsqu'il dit que « l'éducation peut tout », que l'homme dépend des circonstances et du hasard. Ce matérialisme-là n'est-il pas bien sommaire ? Oui, l'homme, comme l'animal, dépend de ses sens, mais s'ensuit-il qu'il n'y ait entre eux aucune différence ? « Je suis homme et il me faut des causes propres à l'homme[7]. » Helvétius soutient que « sentir, c'est juger », ce qui revient à confondre sensations et raisonnement et à négliger la fonction essentielle du cerveau, puisque le jugement suppose la comparaison de deux idées. Surtout, disait Helvétius, l'esprit est à l'origine une table rase sur laquelle se gravera l'expérience ; donc, placés dans le même environnement et soumis à la même éducation, les hommes seraient semblables et égaux. C'était faire bon marché des différences héréditaires et génétiques, de la « molécule paternelle ».

Bien sûr, les hommes sont semblables, si l'on entend par là qu'ils sont constitués des mêmes éléments, mais attention : l'« organisation » de ces éléments n'est pas identique chez tous et vous ne ferez jamais d'un cheval de labour un cheval de course. La pédagogie est-elle si infaillible ? Alors, à quand la production de génies à volonté ? Et Diderot rappelait ce condisciple de Langres, le brave Garnier, qui suait sang et eau sans arriver à rien, quand lui, Diderot, apprenait en se jouant. L'homme étant modifiable, l'éducation peut certes beaucoup, mais elle ne pourra jamais que renforcer des tendances préexistantes. Diderot regrettait aussi le manque de nuances lorsque Helvétius faisait du plaisir et de la douleur les seuls mobiles des actions humaines. Il ne niait pas le principe, mais contestait un hédonisme vulgaire : « N'y a-t-il que du plaisir physique à posséder une belle femme ? N'y a-t-il que de la peine physique à la perdre ou par la mort ou par l'inconstance ? » Enfin, il reprochait à Helvétius de compter, pour fonder une société où le mérite personnel l'emporterait sur la richesse ou la naissance, sur l'intervention du « bon » despote qui dispose du pouvoir pour appliquer ses principes : « Et c'est vous, Helvétius, qui citez en éloge cette maxime d'un tyran ! Le gouvernement arbitraire d'un prince juste et éclairé est toujours mauvais. Ses vertus sont la plus dangereuse des séductions : elles accoutument insensiblement un peuple à aimer, à respecter, à servir son successeur, quel qu'il soit, méchant et stupide[8]. » Ces restrictions n'ôtaient rien à l'importance de l'ouvrage, à condition d'en « restreindre un peu les conclusions trop générales » et d'éviter de traiter d'un homme abstrait. Ce que Diderot récuse, c'est un matérialisme mécaniste simplificateur. Il n'ignore pas le déterminisme social, mais insiste sur le déterminisme biologique qui fonde l'irréductible originalité de chaque individu et rend compte du génie des êtres d'exception. Ce qu'il voulait, lui, c'était montrer que le matérialisme peut être un humanisme. Il emporta ses notes en Russie, les reprit à La Haye et y travailla jusqu'en 1776 ou 1777 et la *Réfutation* parut dans la *Correspondance littéraire* de 1783 à 1786.

Narichkine étant arrivé à La Haye, il fallait tout de même songer à la suite du voyage. Il allait durer sept longues semaines.

Parti le 20 août 1773, Diderot était quatre jours plus tard à Düsseldorf, où il visita la galerie de tableaux de l'Électeur palatin et fut reçu par le philosophe Friedrich Heinrich Jacobi à Pempelfort, au bord du Rhin. Puis il reprit la route par Duisbourg, Hamm, Paderborn, Cassel, Mülhausen et parvint le 2 septembre à Leipzig.

Il s'y fit remarquer. Prudent en France, il se laisse aller à l'étranger et affiche un peu trop librement des opinions philosophiques qui scandalisent des protestants rationalistes, mais hostiles au matérialisme.

L'itinéraire choisi montre qu'il évitait Berlin, où se trouvait Grimm, mais aussi Frédéric II, qu'il détestait, et qui prit fort mal ce dédain. Il roulait donc, interminablement. Le 14, à Dresde, il a visité la Galerie royale. Pour distraire son compagnon et lui-même, il rime poèmes badins et gaulois, comme son *Madrigal sur la belle et spirituelle de Memel*, ou, souvenir de Riga, *La Servante de l'auberge du Pied fourchu*, qui brave franchement l'honnêteté. Vers la fin de septembre, à Narva, en Finlande, il fut pris de coliques si violentes qu'il crut un moment devoir laisser Narichkine continuer sans lui. Le 8 octobre enfin, dans l'après-midi, « plus mort que vivant », il entra dans Saint-Pétersbourg.

Une déception l'y attendait. Il avait compté gîter chez son ami Falconet, mais le sculpteur avait reçu, imprévue, la visite de son fils et déclara sans trop s'émouvoir qu'il ne pouvait le loger. Blessé de cette offense à l'amitié, Diderot se tourna vers Narichkine, qui lui offrit aussitôt une chaleureuse hospitalité, dont Diderot profitera jusqu'à la fin de son séjour.

À peine est-il arrivé que déjà il évoque son retour, soit dans un mois au cas où Grimm, qui est lui aussi à Pétersbourg, reprendrait le chemin de

Paris, soit au début du printemps s'il ne peut faire autrement. C'est que la perspective de passer un hiver russe à quelque trois mille kilomètres des siens ne l'enchante guère. De plus, il s'inquiète d'Angélique, qui devait accoucher en septembre. En effet, la jeune femme a donné le jour à une fille, Marie-Anne.

Au bout de quelques jours, le philosophe a été présenté à Catherine II au cours d'un bal masqué au Palais d'Hiver. Il y fait assez piètre mine dans sa tenue bourgeoise au milieu des diplomates et des courtisans et on le regarde avec curiosité. Heureusement, Catherine lui a fait bon accueil. Avant même la fin d'octobre, il a visité, en compagnie de la tsarine, le Smolnyi Monastir, la maison d'éducation pour jeunes filles, dont elle tire une grande fierté.

Les honneurs ne manquent pas non plus. Le peintre Dimitri Levitski fera son portrait et, le 5 novembre, Grimm et Diderot sont élus membres étrangers de l'Académie des sciences et le philosophe remercia comme il convenait le secrétaire perpétuel, Johann-Albrecht Euler, le fils de l'illustre mathématicien. Présent à la séance du 12, il y lut un questionnaire concernant les productions de la Sibérie, sur lesquelles il souhaitait quelques informations, qu'il n'obtint pas.

Les entretiens avec l'impératrice commencèrent le 15 octobre et se poursuivront jusqu'à la fin de février. Chaque après-midi, il passe deux ou trois heures en tête à tête avec la souveraine dans son cabinet de travail, ce qui ne manque pas de susciter la jalousie des courtisans, qui chuchotent bientôt — il en est parfaitement conscient — que le philosophe n'est venu de si loin que pour quémander des faveurs.

Que se passe-t-il au cours de ces longues entrevues ? Elles ont fait beaucoup jaser. On raconte que Diderot, oublieux des plus élémentaires convenances, se montre familier comme s'il était chez son ami d'Holbach. François-Louis d'Escherny colporte que Catherine aurait même écrit à Mme Geoffrin qu'elle sortait de ces discussions « les cuisses meurtries et toutes noires » et qu'elle avait dû pousser entre eux une table pour se « mettre à l'abri de sa gesticulation[9] ». Dans le feu de la conversation, peut-être Diderot oublie-t-il un peu en face de qui il se trouve, mais l'impératrice le met à l'aise et ces heures ne se passent pas en bavardages. « Je travaille prodigieusement, dit-il à sa femme et à sa fille, et avec une facilité qui m'étonne[10]. »

Sur quoi roulent leurs propos ? Il y a beau temps que Diderot s'intéresse à la réflexion politique. C'était déjà le cas en 1751, dans son article « Autorité politique », puis dans « Pouvoir », « Puissance », « Représentants » ou « Souverains », où il préconisait une monarchie limitée par la consultation de la nation et, comme chez Locke ou Voltaire, une liberté fondée sur la propriété.

Curieux thème à développer devant une autocrate, mais Catherine avait joué le grand jeu devant l'opinion européenne en convoquant les États généraux de son empire. Cette commission chargée de rédiger un « code » de lois ouvrit ses travaux à Moscou le 10 août 1767 et se réunit fréquemment avant de passer à Saint-Pétersbourg en février 1768 et d'être suspendue en décembre en raison de la guerre contre les Turcs. À partir de Montesquieu et Beccaria, Catherine avait préparé une *Instruction préparatoire* — en russe, le *Nakaz* — destinée à orienter les travaux, qui avait été publiée en français en 1771 et dûment censurée en France. De quoi lui donner les allures d'une souveraine libérale.

Tant mieux, car Diderot ne croyait pas à l'absolutisme bienfaisant ou despotisme éclairé qui séduisait Voltaire et dont Frédéric II avait joué la comédie. Mais Catherine ne semblait-elle pas s'engager vraiment dans une voie nouvelle ?

Que sait le philosophe de la réalité russe ? Il a fréquenté de près Galitzine, conversé avec Narichkine, rencontré des Russes à Paris, lu le récit de voyage en Sibérie de Chappe d'Auteroche et rassemblé des informations. Il disait déjà à Falconet en 1767 : « Ramassez tout ce qui viendra à votre connaissance de l'administration impériale. [...] Recueillez toujours, et soyez sûr que vos mémoires serviront[11]. » La preuve qu'avant même de quitter Paris, il a des idées bien à lui, il l'a donnée en 1772 dans ses *Fragments politiques* sous le titre *Qu'il faut commencer par le commencement*. Catherine, qui veut civiliser son empire, importe des artistes, des intellectuels, des savants, des œuvres d'art. Mais à quoi bon attirer des hommes de génie qui n'auront pas leur place dans un pays arriéré et où les artistes, fissent-ils des chefs-d'œuvre, ne trouveraient pas d'acquéreurs : « C'est qu'en tout il faut commencer par le commencement, et que le commencement c'est de mettre en vigueur les arts mécaniques et les conditions basses[12]. » Et si l'on commençait par stimuler l'agriculture et la propriété, par créer un tiers état instruit, par faire naître le goût de la liberté ? Il serait bien temps après cela de fonder académies et écoles des beaux-arts[13]. On civilisera la Russie en lui faisant tirer parti de la longue expérience de l'Occident, tout en lui en épargnant les erreurs[14].

Diderot s'y est attelé en préparant, pendant son voyage, un long *Essai historique sur la police de la France*, c'est-à-dire sur ses institutions, où il montre, depuis Clovis, l'irrépressible croissance de l'absolutisme jusqu'à la dissolution des parlements par Maupeou, dénonce l'influence du clergé, l'absence d'une éducation nationale, une situation financière désastreuse. Si la suppression des parlements est néfaste, ce n'est pas parce qu'ils étaient parfaits, mais parce qu'elle a renversé le dernier rempart de la liberté et la tyrannie s'est montrée depuis à visage découvert, ôtant même au peuple jusqu'à l'illusion de sa liberté. Tout cela s'est détérioré au fil des siècles et aurait pu être au moins retardé par des lois sages et prudentes. Pour éviter cette dégénérescence, que la Russie ait la sagesse de rendre permanente la Commission législative qui veillera à la conservation des lois et que Catherine songe à ôter « à ses successeurs le pouvoir d'en disposer ou de l'anéantir[15] ». Alors se constituera durablement une classe moyenne intelligente et productive ; et que des lois somptuaires contiennent les privilèges et le luxe dispendieux qui dépouille les pauvres.

Bien d'autres sujets devaient être abordés dans ces *Mélanges philosophiques, historiques, etc.* discutés jour après jour et soigneusement préparés : les projets d'éducation en Russie, l'instruction générale pour créer des élites, la formation d'artisans spécialisés, le problème de la succession au trône, l'implantation de colonies de gens libres, l'affranchissement des serfs, les travaux d'urbanisation nécessaires, questions politiques, juridiques, littéraires, économiques, élection à toutes les places, développement du commerce et de l'agriculture, création d'une banque nationale. C'est bien de tout un programme de réformes selon les principes des Lumières qu'il s'agit.

Fort bien, mais ce sont là sujets sensibles en face d'une autocrate et Diderot comprit vite qu'il fallait éviter de jouer les mentors ou les trublions. De là une adroite stratégie. Au lieu de discourir et de conseiller, il choisit de retenir l'attention par d'innocentes formes littéraires — fables, anecdotes, comédie, dialogue philosophique — qui lui permettent d'insinuer ses idées sans braquer l'impératrice, surtout à un moment où gronde l'insurrection paysanne menée par Pougatchev[16]. Comme on n'attrape pas les mouches avec du vinaigre, il ne s'interdit pas un compliment, une flatterie. Quelle souveraine que celle qui réunit « l'âme d'une Romaine et les séductions de Cléopâtre » ! Ou bien : « Ah ! mes amis ! supposez cette femme sur le trône de la France ! Quel empire ! Quel terrible empire elle en ferait, et en combien peu de temps[17] ! » Manière de convier Catherine à ressembler au portrait qu'il lui présente. Lui d'ailleurs ne conseille rien — comment oserait-il ? —, il expose ses chimères de philosophe, abandonnant à la haute intelligence de Catherine le soin de picorer, ici et là, un grain de bon sens. Mais puisque la tsarine est bonne et indulgente, « l'enfant gâté va continuer de bégayer », car c'est là tout ce qu'il est, « un enfant bien né qui balbutie sur des matières importantes ».

Tout doux sur certaines matières comme la religion, par exemple, car Catherine est croyante. Mais si vous m'y autorisez, madame, je vous dirai tout de même qu'« un pays est menacé des plus grands désastres où toute la théologie n'est pas réduite à deux pages ». Un code — c'est-à-dire une constitution — doit se réclamer des hommes, non de Dieu. Confiez donc le jeune prince à des philosophes, non à des soutanes. Sourdine aussi sur l'épineuse question du servage, sur laquelle il sait la noblesse sourcilleuse.

Avant tout, convaincre l'impératrice de rendre permanente la Commission législative, gardienne des lois, car « c'est la nation même qui doit en être la conservatrice d'âge en âge », ne serait-ce que parce qu'on ne saurait se fier au hasard des successions : « Il est bien grand, bien courageux, bien humain dans une souveraine de former elle-même une digue à la souveraineté[18]. »

Un autre sujet réclamait encore de la prudence. Le ministre français à Pétersbourg comptait sur lui pour persuader Catherine de se rapprocher de la France et non de la Prusse, et Diderot faisait de son mieux. Il faut croire qu'il donnait satisfaction, puisque le ministre se frotte les mains en constatant l'inquiétude des diplomates étrangers. C'était peut-être pousser un peu loin la liberté ? Adroitement, Diderot mit le problème sur le compte de la *Rêverie de Diderot le philosophe*. Le roi de Prusse, « l'éternel boute-feu de l'Europe », n'est pas un allié sûr, alors qu'en France, tout le monde admire la grande Catherine et personne ne songe plus à lui reprocher le partage de la Pologne. Bref : « Votre ennemi naturel, c'est le Prussien. » En somme, « je serais transporté de joie de voir ma nation unie avec la Russie, beaucoup de Russes à Paris, beaucoup de Français à Pétersbourg[19] ». Une alliance naturelle pour le plus grand bonheur des Français et des Russes.

Diderot tenait aussi à s'informer pour son compte et il pose à l'impératrice des questions sur la population, la situation des juifs, le nombre des religieux, les classes sociales, les privilèges des propriétaires, la « servitude des cultivateurs », le prix des terres et des grains, la production d'huile ou de miel, les moyens de transport, le labourage, les laines, l'imprimerie, la liberté de la presse, l'état des routes, le service des postes, les mendiants. Catherine répond et, lorsqu'elle ignore la réponse, adresse Diderot au comte Münnich, directeur des douanes — qui ne répond pas[20].

Quelle impression conservèrent les deux interlocuteurs ? Diderot a été impressionné par la personnalité de Catherine, par sa curiosité intellectuelle et son intelligence, fasciné aussi par l'idée qu'un pouvoir tel que le sien pourrait rendre immédiate la réalisation de certains de ses rêves, et ne tarit pas d'éloges dans sa correspondance. Dès le 23 octobre, il a écrit à Mme de Vandeul : « C'est un homme, et un très grand homme. » Catherine se lève et se couche tôt, travaille dur, passe peu de temps à table, s'accorde à peine une couple d'heures de délassement. Elle a aboli avec lui les distances : « Elle aime éperdument la vérité ; et quoiqu'il m'en soit venu souvent qui n'arrivent guère à l'oreille des rois, jamais elle n'en a été blessée[21]. »

Quant à Catherine, le savoir, le génie, l'étendue des connaissances de l'Encyclopédiste ont dû la séduire, mais l'a-t-elle vraiment écouté ? Elle dira plus tard au comte Philippe de Ségur :

Je m'entretins longtemps et souvent avec lui, mais avec plus de curiosité que de profit. Si je l'avais cru, tout aurait été bouleversé dans mon empire ; législation, administration, politique, finances, j'aurais tout renversé pour y substituer d'impraticables théories.

[...] Au bout de quelque temps, voyant qu'il ne s'opérait dans mon gouvernement aucune des grandes innovations qu'il m'avait conseillées, il m'en montra sa surprise avec une sorte de fierté mécontente.

Alors, lui parlant franchement, je lui dis : [...] Vous oubliez dans tous vos plans de réforme la différence de nos deux positions : vous, vous ne travaillez que sur le papier, qui souffre tout ; il est tout uni, souple, et n'oppose pas d'obstacles ni à votre imagination ni à votre plume ; tandis que moi, pauvre impératrice, je travaille sur la peau humaine, qui est bien autrement irritable et chatouilleuse.

Je suis persuadée que dès lors il me prit en pitié, me regardant comme un esprit étroit et vulgaire. Dès ce moment, il ne me parla plus que de littérature, et la politique disparut de nos entretiens[22].

Les mois avaient passé et Diderot souffrait de nostalgie. Il n'aime pas la vie de cour et n'a pas suivi l'impératrice à Tsarskoïe-Selo. Il espère quitter la Russie en janvier, puis en février. Il n'est pas gai, ses parents, ses amis lui manquent, il souffre de coliques provoquées par l'eau de la Néva et au début de 1774, se plaint d'un « mal effroyable de poitrine » qu'il attribue au froid intense.

De plus, il ne se sent pas le bienvenu dans certains milieux, Grimm le constate lui-même. Il y a des partis, des factions, le grand-duc déteste sa mère et certains jalousent Diderot, les diplomates autrichiens et prussiens s'inquiètent de son influence sur la souveraine. Sans compter que beaucoup s'indignent de l'athéisme du philosophe. L'Académie aussi lui fait grise mine. Le secrétaire perpétuel, Johann-Albrecht Euler, était en correspondance avec le journaliste Formey, à Berlin, depuis longtemps hostile au philosophe et encouragé par Frédéric II lui-même. Or Euler, croyant et surtout soucieux de sa dignité, estime que Diderot et Grimm ne lui témoignent pas les égards qui lui sont dus. Selon lui, lorsque le directeur Vladimir Orlov a proposé l'élection des deux Français, les académiciens ont bien compris qu'on ne leur demandait pas leur avis. En outre, Formey lui a fait parvenir un « petit feuillet » où l'on prétendait que Diderot s'était vanté d'avoir roulé l'impératrice en lui vendant très cher sa bibliothèque. Euler se hâta de mettre le billet en circulation. Il aime aussi à rapporter des anecdotes où Diderot se ridiculise. On dit que Catherine, découvrant le buste de Diderot chauve par Mlle Collot, avait déclaré qu'il ne ressemblait pas à l'original. Mais si, s'était écrié Diderot : et de jeter sa perruque par terre pour prouver la ressemblance. Et son irréligion[23] ! On dit donc encore que Diderot est resté pantois devant un philosophe russe dit Aepinus, spécialiste de l'électricité et du magnétisme, qui se serait approché de lui en lui jetant : « Monsieur, $a + b^{a}/z = X$; donc Dieu existe : répondez[24]. » Vrais ou faux, ces ragots montrent que les intellectuels ne lui étaient guère plus favorables que les aristocrates.

On comprend que Denis ait eu hâte de rentrer chez lui. Il se prépare donc au départ, sans Grimm, qui demeurait à Pétersbourg. Il prit poliment congé de l'Académie et, à la fin de ses *Mélanges*, remerciait Catherine II de ses bontés. Il s'engageait à faire publier à La Haye les *Plans et statuts* rédigés par le général Betzki et à arranger quelques comédies et tragédies destinées aux pensionnaires de Smolnyi Monastir. Il osait aussi prier l'impératrice de lui conserver son appui en cas de besoin et elle lui répondit : « Mon ami (ce sont ses mots), comptez sur moi ; vous me trouverez en toute occasion, en tout temps[25]. » Quant à lui, il ne souhaitait emporter qu'un petit quelque chose qui eût appartenu à Catherine, comme sa tasse et sa soucoupe. Elle préféra ôter de son doigt une bague portant une pierre gravée à son effigie. Elle lui fit aussi remettre, pour ses frais, trois mille roubles dont il dépensa une bonne partie pour faire quelques présents à l'impératrice elle-même et à ses hôtes, les Narichkine. Enfin, elle lui donna pour compagnon de voyage un jeune diplomate grec qui l'escorterait jusqu'en Hollande.

Le 5 mars 1774, sur les quatre heures de l'après-midi, Diderot laissa derrière lui Catherine et Saint-Pétersbourg.

Rentrer chez soi

Diderot était bien décidé cette fois encore à éviter Berlin. À la fin de ses *Mélanges* pour Catherine II, il a écrit sans détour : « Je n'irai point à Berlin. Et qu'irais-je faire là ? Ou blesser par ma sécheresse un monarque prévenu ; ou donner aux vérités honnêtes et douces que j'ai adressées à Votre Majesté parce que je les pensais, l'air de la flatterie et du mensonge, en les répétant sans les penser à ce grand Frédéric qui est quelquefois bien petit[1]. » Il fit donc un crochet, en passant par Stettin et Hambourg, Dantzig et Königsberg, infligeant ainsi à Frédéric un nouvel affront.

Chemin faisant, comme à l'aller, il a tué le temps en composant quelques poèmes et des traductions ou adaptations d'Horace. Le voyage ne fut pas de tout repos. Le froid, la mauvaise qualité de l'eau ont ébranlé sa santé et il a fallu rouler par des chemins épouvantables, embourbés par la fonte des neiges et deux ou trois fois changer les voitures qui se brisaient sur les pierres ou dans les fondrières. À Riga, en passant la Dvina, il a connu la peur de sa vie lorsque la glace a commencé de se fissurer sous les roues de la berline.

À Hambourg, il a écrit un mot au maître de chapelle Carl Philipp Emmanuel Bach, le fils de Jean-Sébastien, pour le prier de lui envoyer quelques sonates inédites — pas trop chères — qu'il souhaitait ramener à sa fille[2]. Il pénétra enfin en Hollande et parvint à La Haye le 5 avril, dans la matinée, accueilli par les Galitzine.

Il mit quelque temps à se remettre de ses fatigues, vivant en bonne intelligence avec le prince et sa femme, dormant beaucoup et travaillant peu. Il fallait aussi raconter ses aventures, parler de ses entretiens avec la tsarine et louer ses bienfaits. Il n'y manque pas. J'ai été comblé d'honneurs, dit-il à Sophie : « C'est l'âme de César, avec toutes les séductions de Cléopâtre. » Le 6 septembre, à Mme Necker, c'est pourtant un autre ton, qui laisse entendre que Diderot a aussi tiré de son expérience une leçon moins positive :

Je vous confierai *tout bas* que nos philosophes, qui paraissent avoir le mieux connu le despotisme, ne l'ont vu que par le goulot d'une bouteille. Quelle différence du tigre peint par Oudry ou du tigre dans la forêt !

[...] Quant au climat, aux mœurs, aux lois, aux coutumes, aux usages, je vous en dirai, comme Corneille du fameux cardinal : [...] Je serais un ingrat si j'en disais du mal ; / Je serais un menteur si j'en disais du bien. Vous ne pourriez répéter cette parodie à qui que ce soit sans me compromettre[3].

Reposé, Diderot s'est remis au travail. Il complète ses remarques sur Helvétius, mais surtout s'occupe de la publication de l'ouvrage du général Betzki, les *Plans et statuts des différents établisse-*

ments ordonnés par Sa Majesté Impériale Catherine II pour l'éducation de la jeunesse et l'utilité générale de son empire, écrits en langue russe par M. Betzki et traduits en langue française d'après les originaux par M. Clerc. Il fait de son mieux, mais le libraire traîne, retardant ainsi son départ. Il songe à confier à Marc-Michel Rey une édition de ses œuvres, enrichie de textes inédits, mais il a aussi un autre projet qui lui tient davantage à cœur : sa « pyramide », ce rêve de publier en Russie et sous les auspices de Catherine, une nouvelle version de l'*Encyclopédie*. Il s'était engagé à remettre à l'impératrice un manuscrit complet en six ans, à garantir un appréciable bénéfice financier et à ne demander d'autre rétribution que l'honneur de servir la souveraine. Il y est revenu à plusieurs reprises, mais Betzki traîne, lui aussi. En avril, une lettre vient ranimer ses espérances et il s'empresse de dire sa joie à Catherine, à qui il est impatient de consacrer « le reste de sa vie[4] ». On devrait, pour lancer l'affaire, lui expédier quarante mille roubles dont il aurait la rente pendant six ans. Espoir bientôt déçu, car il a beau insister, il ne voit rien venir.

Le 13 septembre, Diderot annonce à Catherine qu'il a achevé sa mission d'éditeur des *Plans et statuts* et fait une ultime tentative pour lui rappeler la grande entreprise. Il fallut bien se rendre à l'évidence : la pyramide ne verrait pas le jour. Sans doute Catherine ne se souciait-elle pas trop d'une *Encyclopédie* peu orthodoxe publiée sous sa haute protection et Betzki avait dû être chargé de faire lanterner le philosophe.

Diderot avait d'autres motifs de penser à l'impératrice. À la fin de ses *Mélanges*, il lui demandait la permission de lui communiquer ses réflexions griffonnées dans « les marges de son bréviaire », c'est-à-dire l'*Instruction* de Catherine destinée à la Commission législative : le commentaire intitulé *Observations sur l'Instruction de l'Impératrice de Russie aux députés pour la confection des lois*, ou *Observations sur le Nakaz*, dont une première version a été achevée fin août 1774 à La Haye. Le début annonçait le point de vue :

> Il n'y a point de vrai souverain que la nation ; il ne peut y avoir de vrai législateur que le peuple. [...] La première ligne d'un code bien fait doit lier le souverain ; il doit commencer ainsi : « Nous peuple, et nous souverain de ce peuple, jurons conjointement ces lois par lesquelles nous serons également jugés ; et s'il nous arrivait, à nous souverain, de les changer ou de les enfreindre, ennemi de notre peuple, il est juste qu'il soit le nôtre, qu'il soit délié du serment de fidélité, qu'il nous poursuive, qu'il nous dépose et même qu'il nous condamne à mort si le cas l'exige ; et c'est là la première loi de notre code. Malheur au souverain qui méprisera la loi, malheur au peuple qui souffrira le mépris de la loi[5]. »

La nation dépositaire du pouvoir, le souverain n'en a que l'usufruit et la rupture du contrat entraîne pour le peuple le droit à la révolte. Sur quoi Diderot s'interrogeait sur les véritables intentions de la souveraine : « Si en lisant ce que je viens d'écrire et en écoutant sa conscience, son cœur tressaillit de joie, elle ne veut plus d'esclaves ; si elle frémit, si son sang se retire, si elle pâlit, elle s'est crue meilleure qu'elle n'était. »

Sincère, que devrait-elle faire ? Bien des choses. Éloigner le clergé du pouvoir temporel, donner des philosophes pour conseillers au prince héritier. Le souverain sera soumis aux lois, la législation étant faite précisément pour limiter son pouvoir : « L'action héroïque d'un bon despote, c'est de lier un bras à son successeur. » Tous seront égaux devant la loi, ce qui entraîne l'abolition des privilèges, et l'État aura pour mission de veiller à la préservation de la liberté et de la propriété. Pour la justice, Diderot demandait aussi la prescription des crimes anciens, de proportionner les peines au délit tout en maintenant la peine de mort si nécessaire, et surtout d'instruire le peuple pour prévenir les crimes ; on devrait abolir la servitude, veiller à l'accroissement de la population, favoriser l'agriculture, fonder un impôt proportionnel, créer des maisons d'éducation et construire des hôpitaux publics, répandre les lumières. Était-ce bien là l'intention de Catherine ? Diderot se permettait d'en douter : « Je vois dans l'*Instruction* de Sa Majesté Impériale un projet d'un code excellent ; mais pas un mot sur le moyen d'assurer la stabilité de ce code. J'y vois le nom de despote abdiqué ; mais la chose conservée, mais le despotisme appelé monarchie[6]. » Il voulait cependant espérer, la souveraine étant jeune encore.

Les *Observations sur le Nakaz* n'en étaient pas moins assez sévères pour déplaire. Diderot s'en était-il entretenu avec Galitzine, inquiet qu'un tel brûlot ait été allumé sous son toit ? En 1786, Naigeon affimera que le prince « a volé l'original à Diderot en forçant ses malles comme un voleur de grands chemins[7] ». Le philosophe en avait heureusement gardé copie, puisque, dans ses lettres, il espère que Catherine lui demandera ses réflexions. Il n'en fut rien. Quant à lui, il remaniera ses remarques en été 1775 et rouvrira encore son dossier entre 1777 et 1780.

L'impératrice prendra cependant connaissance des *Observations*, mais en 1785, lorsque les livres et papiers du philosophe lui furent expédiés à Saint-Pétersbourg et elle ne dissimule pas son irritation dans une lettre à Grimm, le 23 novembre :

> Cette pièce est un vrai babil, dans lequel on ne trouve ni connaissance des choses, ni prudence, ni prévoyance, si mon instruction avait été du goût de Diderot, elle aurait été propre à mettre toutes les choses sens dessus dessous. Or je soutiens que mon instruction a été non seulement bonne mais même excellente et bien appréciée.

Courtisan comme toujours, Grimm ne songea qu'à convaincre qu'il n'était pour rien dans ces « rêvasseries d'un imbécile, car Diderot qui avait une tête d'aigle quand il restait dans sa sphère, l'était lorsqu'il en sortait[8] ». Bel exemple de fidélité à la mémoire de celui qui avait été son ami pendant trente-cinq ans.

Après l'expérience russe et les basses manœuvres de Frédéric II, Diderot est obsédé par le despotisme, qui lui inspire un autre ouvrage, édité en 1798 par Naigeon comme *Principes de politique des souverains*, mais la première version, plus brève, avait paru en août et septembre 1775 dans la *Correspondance littéraire* comme *Notes écrites à la marge de Tacite*.

C'était une succession de brefs aphorismes, nourris de Tacite, maximes du despotisme censées rédigées par un Frédéric II avouant un cynisme qui dénonçait le leurre du prétendu despotisme éclairé. Diderot s'y montre impitoyable : « Il n'y a qu'une personne dans l'Empire, c'est moi » — « Point de ministres chez moi, mais des commis » — « Un roi n'est ni père, ni fils, ni frère, ni parent, ni époux, ni ami. Qu'est-il donc ? Roi, même quand il dort ». Son appui ? L'armée : « Je me soucie fort peu qu'il y ait des lumières, des poètes, des orateurs, des peintres, des philosophes, etc. Je ne veux que de bons généraux ; la science de la guerre est la seule utile. » Les sujets ? « Mes sujets ne seront que des ilotes sous un nom plus honnête. » Tout cela, bien sûr, sous le manteau de la ruse : « Toujours mettre le nom du sénat avant le sien. [...] On n'y manque guère, quand le sénat n'est rien. » À ce prix, la voie est libre vers la « monarchie universelle ».

Plus encore que dans les *Pages contre un tyran* où il avait déjà pris Frédéric à partie, Diderot donne libre cours à sa haine du despotisme. Le despote ne croit qu'au despote, au pouvoir pour le pouvoir, à la guerre et à la conquête, à la force. L'autocrate bienfaisant est un mythe. Quelle naïveté d'imaginer qu'on puisse « organiser » le despotisme puisqu'il s'incarne toujours dans un individu qui n'a pour loi que son bon plaisir.

Diderot avait enfin composé un bref entretien d'un ton très différent, l'*Entretien d'un philosophe avec la maréchale de****. Rendant visite au maréchal de Broglie, absent, Diderot converse avec son épouse, croyante sincère toute surprise de rencontrer un athée déclaré qui n'en a pas moins l'air d'un honnête homme : « Quoi ! vous ne volez point, vous ne tuez point, vous ne pillez point ? — Très rarement. » Mais qu'attendez-vous de votre incrédulité ? Et Diderot de liquider le pari pascalien : « Est-ce qu'on croit, parce qu'il y a quelque chose à gagner ? » Qui est heureusement né éprouve du bonheur à faire le bien et croire n'a jamais retenu de mal agir. Mais, proteste la maréchale, la religion empêche bien des maux. De petits, oui, chez les simples, mais elle a causé des guerres et des massacres, prêché l'intolérance et la haine. Et si vous vous trompiez, si Dieu existe ? Le philosophe répond par un apologue. Un jeune Mexicain n'avait pas cru aux contes de sa mère-grand sur l'existence d'un pays au-delà des mers. Lorsqu'il en découvre la réalité, il est pardonné par le souverain magnanime. Comme Pierre Bayle, Diderot invoque le droit de la « conscience errante » : si Dieu est juste, il pardonnera l'erreur de bonne foi. Du reste, je ne prétends convaincre personne : « Je permets à chacun de penser à sa manière, pourvu qu'on me laisse penser à la mienne. » Confesseriez-vous vos principes au magistrat, s'inquiète la maréchale ? Eh non, car il n'a pas la vocation du martyre : « Je ferais de mon mieux pour leur épargner une action atroce. » Et *in articulo mortis*, se soumettrait-il aux cérémonies de l'Église ? « Je n'y manquerais pas. — Fi ! le vilain hypocrite. » Le récit confirme, avec sérénité, les convictions de Diderot, qui campe, inversant la tradition, le personnage de l'athée tolérant qui soutient la validité d'une morale laïque. Diderot donnera son *Entretien* en avril et mai 1775 à la *Correspondance littéraire*.

Les Galitzine ont beau être des hôtes charmants, le temps maintenant lui paraît long et il peste contre le libraire chargé d'imprimer les instructions de Betzki. Le 3 septembre, dans un billet aux dames Volland, perce la conscience du vieillissement : « Enfin je vais regagner mes foyers, pour ne les plus quitter de ma vie. Le temps où l'on compte par années est passé ; et celui où il faut compter par jours est venu. Moins on a de revenu, plus il importe d'en faire un bon emploi. J'ai peut-être encore une dizaine d'années au fond de mon sac. » En effet : il lui reste tout juste dix ans à vivre. Cette lettre est aussi la dernière à Sophie. Pourquoi s'écrire encore, puisqu'elle ne quitte plus Paris ? D'ailleurs, il ne demeure entre eux qu'une tendre amitié qui subsistera, elle, jusqu'au bout.

Le 15 ou le 16 octobre, Diderot fait ses adieux aux Galitzine. Grimm l'ayant rejoint à La Haye, il voyage avec lui jusqu'à Bruxelles, où son ami, qui accompagne deux jeunes aristocrates russes, doit faire halte. Diderot traverse alors les Pays-Bas autrichiens, parvient enfin à Paris : « Mais voilà, je crois, ma femme et ma fille qui viennent au devant de moi. Ah ! qu'il est doux, mes amis, de se trouver entre les bras de ceux qui vous sont chers après en avoir été séparés si longtemps[9] ! » On était le 21 octobre 1774.

« Je le trouvai maigre et changé, écrit Mme de Vandeul. [...] Il revint le même, mais il avait perdu les jambes. Un si long temps en voiture, et peut-être le germe de la maladie qui nous en a séparés, lui avait donné une oppression de poitrine sitôt qu'il marchait longtemps[10]. »

Diderot s'est acquitté des commissions qu'on lui avait confiées en Russie, a reçu amis et connaissances, impatients d'entendre le récit de son odyssée dans les steppes. Il fait la connaissance de Minette, la petite-fille qui lui était née pendant son voyage et dont il ne tardera pas à raffoler.

Le 10 décembre 1774, Diderot informe Catherine qu'il est assailli de questions sur la souveraine, les lois, les mœurs, le gouvernement, les prêtres, les sciences, les arts, et que lui ne se lasse pas de chanter ses louanges. Il ne souffle plus mot du projet d'une *Encyclopédie* russe, enterré, mais glisse une allusion à ses *Observations sur le Nakaz*. Catherine, elle, n'était pas pressée de voir publier son « bavardage » avec Diderot et en avertissait Grimm : « Je crains l'impression comme le feu. [...] Point de copie, s'il vous plaît, à âme qui vive. » En revanche, elle souhaitait « un plan d'étude pour les jeunes gens depuis l'a.b.c. jusqu'à l'université inclusivement[11]. »

Diderot se mit sans retard à la tâche pour rédiger un *Plan d'une Université pour le gouvernement de Russie*. Son organisation sera confiée à l'État, seul habilité à veiller à l'éducation publique. Car elle sera vraiment publique, ouverte à tous : « Une université est une école dont la porte est ouverte indistinctement à tous les enfants d'une nation et où des maîtres stipendiés par l'État les initient à la connaissance élémentaire de toutes les sciences. Je dis indistinctement, parce qu'il serait aussi cruel qu'absurde de condamner à l'ignorance les conditions subalternes de la société. Dans toutes il est des connaissances dont on ne saurait être privé sans conséquence[12]. » On distribuera des bourses, mais sans encourager les médiocres : « Il ne faut pas perdre du temps et des soins à cultiver l'esprit bouché d'un enfant à qui la nature n'a donné que des bras qu'on enlèverait à des travaux utiles[13]. » Pas de prêtres dans l'enseignement, des concours pour les postes de professeurs qu'on stimulera par des distinctions et des gratifications, l'étude stérile de la théologie et de la métaphysique sera remplacée par celle des sciences naturelles. Bref, un plan applicable visant à former « des hommes vertueux et éclairés » qui tous concourront, chacun à sa place, au bonheur général. Diderot repoussait au terme des études l'enseignement des langues mortes, utiles à bien peu de gens, prônait l'enseignement des langues vivantes et insistait sur le critère de l'utilité sociale : « Plus de philosophes que de médecins, plus de médecins que d'hommes de lois ; plus d'hommes de lois que d'orateurs ; presque point de poètes. » En revanche, on ne saurait aborder trop tôt les mathématiques et les sciences, rempart contre le fanatisme, sans oublier la physique, la botanique, la chimie, ni la logique. Les élèves travailleront dans des bâtiments clairs et spacieux, la rédaction de livres classiques indispensables sera confiée à « tous les savants de l'Europe ». Le bénéfice ne se fera pas attendre : « Instruire une nation, c'est la civiliser. Y éteindre les connaissances, c'est la ramener à l'état primitif de barbarie[14]. »

Son travail achevé, Diderot le confia en juillet-août 1775 à Grimm pour qu'il le remît à Catherine, qui négligea d'en accuser réception. En décembre, elle répondit seulement à Grimm : « J'ai reçu le traité de M. Diderot sur les écoles. » Elle lui répétera, le 31 janvier 1776 : « J'ai reçu le gros livre de Denis Diderot. Je le lirai lorsque l'article des universités sera mis sur le tapis[15]. » Et le temps passa. Catherine avait rangé ses instructions pédagogiques avec les autres conseils qu'elle n'était guère pressée de suivre.

Au plan familial, Diderot s'inquiète toujours de la carrière de son gendre, pour qui il multiplie les démarches auprès de ses relations bien placées. C'est que la famille s'agrandit, sa fille l'ayant, le 27 juin 1775, à nouveau « grand-périsé » en mettant au monde un garçon, Simon-Denis. Mais somme toute, les affaires des Caroillon, maîtres de forges, marchent bien, Diderot en informe sa sœur avec satisfaction à la fin de 1776.

C'est ce que Grimm appelle perdre son temps. En février 1775, rassurant la princesse Galitzine sur la santé de Diderot, il laisse percer son mépris pour celui qui l'a servi avec tant de dévouement pendant tant d'années : « Quand je pense quel génie cet homme avait reçu et l'usage qu'il en a fait, je pleure, non je ne pleure plus, mais c'est à force d'en avoir pleuré. Il ne tenait qu'à lui de s'asseoir à côté de Voltaire au temple de Mémoire, et il a dissipé tous ses dons avec une telle folie qu'il mourra confondu dans la foule des gens médiocres. » Bon Grimm !

Absent de Paris pour le Salon de 1773, Diderot a repris le collier pour celui de 1775, mais son compte rendu, beaucoup plus bref que les précédents, se fera attendre jusqu'en été 1776. En revanche, il donna plus de soins à ses *Pensées détachées sur la peinture, la sculpture, l'architecture et la poésie pour servir de suite aux Salons*, qui parurent dans la *Correspondance littéraire* de février à juin 1777 et où il traite du goût, des procédés techniques du dessin, de la composition ou surtout du clair-obscur et débat des mérites des différentes écoles de peinture.

Depuis son retour de Russie, Diderot semble avoir perdu de sa vitalité. Sa correspondance se raréfie et l'on n'y trouve plus trace de ces repas pantagruéliques où l'incorrigible glouton gagnait de monstrueuses indigestions. Attentif, le grand-père va voir son petit-fils chez sa nourrice, dîne avec sa femme chez les Vandeul et « cela va le mieux du monde[16] ».

À partir de la mi-mai, Diderot passe à Sèvres, chez son vieil ami l'orfèvre Belle avec qui il joue d'interminables parties de piquet et de tric-trac, la plus grande partie de 1776 et s'accorde encore, de la mi-octobre à la mi-novembre, un séjour au Grandval. Il s'en trouve bien : « Pour moi, dégoûté de la ville, explique-t-il à Grimm, j'habite la campagne. C'est là que je vis comme l'ours en hiver, de ma propre substance, en me léchant la patte[17]. »

Commence à se faire jour en lui une conscience obsédante du vieillissement à mesure que disparaissent ses amis. Julie de Lespinasse n'est plus et Mme Geoffrin pourrait bien la suivre sous peu, comme d'Holbach d'ailleurs, à qui la goutte fait souffrir le martyre. Lui se voit à « un âge où l'on compte les années, et qui touche de fort près à l'âge où l'on compte les mois, et qui est tout voisin de l'âge où l'on vit au jour la journée[18] ». Il s'en plaint sans trop d'amertume à sa sœur, en octobre 1776 : « Pour moi, je déménage petit à petit ; j'envoie devant moi le gros bagage, comme les dents dont les unes tombent et les autres chancellent ; les yeux qui ne peuvent plus me servir la nuit ; les oreilles qui commencent à se racornir ; et les jambes qui aiment mieux le repos que l'exercice[19]. »

L'année 1777 confirme les tendances de la précédente. Pigalle fait alors de Diderot un buste en bronze : le visage est fatigué, empâté, des poches alourdissent les yeux, le regard est pensif. Nanette, parfois, l'accompagne à Sèvres où les grands-parents cajolent le petit Denis-Simon, qui s'y trouve en nourrice et « commence à devenir un peu moins criard ». Mais le sentiment d'une fin de vie continue de hanter le philosophe : « Nous tombons tous en ruine les uns à côté des autres. Le baron est devenu sujet à des coliques néphrétiques accompagnées des symptômes les plus effrayants. Il est quelquefois dix-sept heures de suite entre la vie et la mort. [...] Mme de Maux est dans un état misérable. [...] Moi, j'ai toujours l'âme et l'esprit dans le berceau ; mais le reste du corps se traîne vers Saint-Sulpice[20]. » Aussi se dégage-t-il de son mieux d'obligations ou d'invitations auxquelles il n'eût pas manqué, autrefois, de donner suite.

Il ne reste pourtant pas oisif et ses facultés créatrices sont intactes. Il a toujours le projet de publier chez Rey une collection complète de ses œuvres et s'intéresse à nouveau au théâtre, son ami le conseiller genevois François Tronchin lui ayant demandé, en avril 1775, de remanier son *Catilina* qui devint une *Térentia*. À partir de Salluste et de Cicéron, il situe une tragédie domestique sur arrière-plan de coup d'État et de guerre civile, dans une action simplifiée, conforme aux principes de son traité *De la poésie dramatique*. Il en profite pour faire l'apologie de Shakespeare, que Le Tourneur traduit en 1776 : « Ah, monsieur, ce Shakespeare était un terrible mortel ; ce n'est pas le gladiateur antique ni l'Apollon du Belvédère ; mais c'est l'informe et grossier saint Christophe de Notre-Dame, colosse gothique, mais entre les jambes duquel nous passerions tous, sans que le sommet de notre tête touchât à ses testicules[21]. » C'est encore l'Antiquité qui l'inspirera à une époque où il travaille à sa *Vie de Sénèque* pour un autre plan, intitulé *Les Deux Amis*, où il met en évidence à la fois la noblesse de l'amitié et l'arbitraire de la tyrannie.

Ce n'était pas tout. Diderot avait encore broché, en trente et une scènes, le *Plan d'un divertissement domestique*, inséré en novembre 1775 dans la *Correspondance littéraire*. Il le développa en trente-sept scènes dans une nouvelle version, *La Pièce et le prologue*, composée en 1776 et parue, elle aussi, en juillet-août 1777, dans la *Correspondance littéraire*.

L'essai aboutira à *Est-il bon ? Est-il méchant ?*, « pièce de société en quatre actes et en prose », que Diderot remaniera jusqu'à ses derniers jours. Dans cette pièce amusante et vivante rondement menée — théâtralement, la meilleure de Diderot —, c'est lui-même que le philosophe met en scène sous les traits de Hardouin, celui qui ne peut résister au désir de résoudre les problèmes d'autrui, fût-ce en recourant à la tromperie et à la mystification, et laisse finalement tout le monde mécontent de lui : « Est-il bon ? Est-il méchant ? — L'un après l'autre. — Comme vous, comme moi, comme tout le monde. »

Ce n'était pas mal pour un homme qui se voyait un pied dans la tombe. Mais il remaniait encore l'une de ses œuvres capitales, un roman cette fois, et l'un des plus surprenants de l'histoire du genre.

Les premières traces de *Jacques le Fataliste* remontent à 1771, mais peut-être l'idée première date-t-elle de 1765, au moment de sa lecture du *Tristram Shandy* de Laurence Sterne. Une première version parut en quinze livraisons dans la *Correspondance littéraire*, de novembre 1778 à juin 1780. Dès juillet 1780 s'y ajoutent quatre « Addition faites à *Jacques le Fataliste* », mais le travail se poursuivra jusqu'à la fin de sa vie. En avril 1786, la *Correspondance* offrira encore à ses lecteurs une vingtaine de fragments supprimés et c'est seulement en 1796 que l'œuvre paraîtra en volume.

Roman peu conventionnel, qui dérouta les contemporains, tant il multiplie ruptures, digressions, anecdotes, récits enchâssés, retours en arrière. Deux personnages, Jacques et son Maître, voyagent, mais combien de temps et dans quelle région au juste ? Le lecteur est désorienté par un *incipit* désinvolte qui est peut-être une allégorie de la vie et de la condition humaine, à moins qu'il ne s'agisse, d'entrée de jeu, d'une charge ironique contre le romancier omniscient :

> Comment s'étaient-ils rencontrés ? — Par hasard, comme tout le monde. — Comment s'appelaient-ils ? — Que vous importe ? — D'où venaient-ils ? — Du lieu le plus prochain. — Où allaient-ils ? — Est-ce que l'on sait où l'on va ? — Que disaient-ils ? — Le maître ne disait rien ; et Jacques disait que son capitaine disait que tout ce qui nous arrive de bien et de mal ici-bas était écrit là-haut[22].

La formule narrative est à peu près celle du récit de voyage et du roman picaresque, ou de *Don*

Quichotte. Diderot se souvient des procédés de Sterne, mais aussi de Rabelais, de Voltaire dans *Zadig* ou *Candide*. Deux hommes cheminent, bavardent, font halte dans des auberges, rencontrent des gens, font et entendent des récits. Un agaçant narrateur intervient à tout bout de champ, interrompt le fil, interpelle le lecteur, le prend à témoin ou fait mine de répondre à ses questions, parfois l'envoie tout simplement promener. Jacques a entrepris le récit de ses amours, mais on n'en connaîtra jamais la fin, les aventures narrées s'interrompant pour faire place à d'autres récits, comme la fameuse histoire du marquis des Arcis et de Mme de La Pommeraye, ou celle de Desglands, ou celle du père Hudson.

Jacques se présente ainsi comme une parodie des procédés romanesques traditionnels. Tenez, dit le narrateur, j'aurais pu inventer ceci ou cela, à ma guise. Diderot refuse au romancier le droit d'accommoder les faits à sa convenance en soulignant l'infinité des possibles. Si je voulais, qui m'empêcherait d'expédier Jacques où bon me semble et de l'en faire revenir quand cela me chanterait ? « Qu'il est facile de faire des contes ! »

Ce roman, par quel bout le prendre ? Réalisme ? *Jacques* est au moins un roman où la réalité extérieure est présente. Reste que son sens n'est pas dans une peinture des mœurs ni dans la représentation des conditions sociales, les personnages relevant d'ailleurs de types littéraires plutôt que de l'individualisation. Surtout, dans cette œuvre expérimentale sur les limites et les possibilités du romanesque, la forme est en soi porteuse de sens.

En 1796, critiques et lecteurs sont déconcertés par un récit apparemment sans queue ni tête, mais ils s'interrogent aussi sur un titre qui semble annoncer des réflexions sur le déterminisme, la liberté, la providence et autres sujets métaphysiques alors qu'on se perd dans les « bavardages » de Jacques. Or le sens de l'œuvre était dans son déroulement même, dans sa démarche heuristique et son essentielle ambiguïté.

L'incertitude de la destination finale suppose un trajet à découvrir : « Ces Messieurs vont-ils loin ? — Nous n'en savons rien. » Si le récit est initiatique, les étapes du voyage constituant autant d'épreuves, de quelle initiation s'agit-il puisque, dans un univers sans transcendance, l'homme ignore vers quel avenir il se dirige ? À moins qu'il ne s'agisse d'une parodie du récit initiatique, puisqu'il n'y a rien à atteindre sinon, peut-être, certaine sagesse dans la conduite de la vie.

Du moins le roman posait-il la question du fatalisme — le déterminisme —, que Diderot traite avec quelque ironie. Jacques est matérialiste et déterministe, mais il agit ; le maître est spiritualiste, croit au libre arbitre, mais demeure passif. C'est que déterminisme n'est pas prédestination. Oui, tout est écrit sur le « grand rouleau », mais tout n'y est pas écrit d'avance, car le « destin » se fait au fur et à mesure[23], chaque acte modifiant un tracé qu'on ne peut connaître d'avance. Parler de hasard signifie seulement que nous ignorons tout de la nécessité que nous découvrons au contraire a posteriori, lorsque nous considérons le passé, où elle nous devient intelligible[24]. L'apparent désordre d'un roman où le romancier se refuse à jouer les démiurges et prétend ignorer ce que feront ses personnages reproduit celui du monde réel. Diderot peut donc dire et répéter qu'il ne fait pas un roman, puisqu'il dédaigne les procédés qu'un romancier ne manquerait pas d'employer. Tout ce qu'il y a de sûr, c'est qu'il faut accepter la nécessité universelle.

En dépit de son activité, Diderot continue à se plaindre des atteintes de l'âge et même à éprouver la nostalgie de Langres, c'est-à-dire de sa jeunesse. À la fin de 1778, il reprend l'antienne avec sa sœur Denise : « Je me porte assez bien ; mais je commence à sentir que je vieillis[25]. » Ses amis vieillissent eux aussi, ou disparaissent. Sans doute voit-il encore Sophie, mais il n'y a plus trace d'elle dans ses rares lettres. Seule la famille compte encore vraiment. Diderot passe trois jours par semaine à Sèvres, les quatre autres à Paris et, ces jours-là, prend ses repas avec les siens. Une bonne nouvelle : Mme de Vandeul, qui a séjourné à Langres, est rentrée dans les grâces de l'abbé Didier.

Diderot a-t-il rencontré Voltaire, arrivé à Paris le 10 février 1778 et aussitôt happé dans un tourbillon d'honneurs, d'hommages, de visites ? Le 30 mars, la Comédie-Française devait donner *Irène,* sa dernière tragédie. Ce jour-là, Voltaire fut d'abord à l'Académie. Dans la rue, la foule acclamait le champion des Calas, des Sirven, des La Barre. Puis ce fut une marche triomphale jusqu'au théâtre, où la salle lui fit une formidable ovation quand l'acteur Brizard couronna le vieillard de lauriers. *Irène* était une mauvaise pièce, mais on l'entendit à peine, tant tonnaient les applaudissements. Le buste de Voltaire porté sur la scène, on l'entoura de guirlandes, on le noya sous les fleurs.

Se sont-ils vus ? Il serait étonnant que Diderot se soit abstenu. On en a douté cependant, en dépit de témoignages sérieux, et l'on ignore de quoi ils s'entretinrent, mais Diderot lui-même fera allusion à leur rencontre dans sa *Vie de Sénèque*. Du moins fut-elle discrète, Diderot ne tenant peut-être pas à payer publiquement tribut au roi Voltaire, et Voltaire ne se souciant pas de cautionner un philosophe par trop radical.

Cette année 1778 qui voit disparaître deux géants des lettres — Voltaire le 30 mai, Rousseau le 2 juillet — fut aussi celle où Diderot, qui n'avait plus rien donné d'important au public depuis *Le Père de famille*, publia une apologie de Sénèque. Ce stoïcien, précepteur de Néron, n'avait pas trop bonne réputation et Diderot lui-même avait été autrefois sévère à son égard dans son commentaire de Shaftesbury.

L'occasion de relire Sénèque lui avait été offerte par la traduction de Lagrange, précepteur des enfants du baron d'Holbach. Lagrange. décédé en octobre 1775, son travail avait été continué par Naigeon, et l'on avait chargé Diderot de rédiger une introduction, l'*Essai sur la vie de Sénèque, sur ses écrits et sur les règnes de Claude et de Néron* fut publié en décembre 1778, daté de l'année suivante.

Sénèque devient ici l'exemple de l'homme engagé dans son temps et qui, devenu conseiller d'un tyran, a fait de son mieux pour contenir ses excès dans des circonstances pas si différentes de celles où vit son commentateur : « La conformité de nos mœurs et de celles de son temps est quelquefois si singulière, qu'on revient de la traduction à l'original pour s'en assurer. » C'est pourquoi Sénèque est bien « le philosophe derrière lequel je me tiens caché ».

Ce philosophe, il fallait le laver des accusations portées contre lui depuis l'Antiquité. Sénèque a eu au moins le mérite d'empêcher le mal autant qu'il était en son pouvoir. Il a choisi le compromis entre la résistance et la prudence, retardé de cinq années le déchaînement de la folie meurtrière de Néron, « muselé l'animal féroce ». Sénèque a mené la politique du possible ou du moindre mal. Diderot le sait, sa propre conduite peut paraître équivoque. Le héraut de la liberté n'est-il pas redevable à une autocrate, sans que pour autant ses principes en soient moins valables ? L'*Essai* pose la question de l'attitude de l'intellectuel en face d'un pouvoir qui risque de le prendre en otage. Sénèque devant Néron, Diderot devant Catherine ont fait de leur mieux pour les amener à changer. Peut-on en demander davantage à l'homme de bien ?

L'accueil à l'*Essai* fut mitigé, mais Sénèque n'était pas seul en cause. Ne lisait-on pas, à propos de la calomnie, quelques lignes qui, sans nommer personne, s'en prenaient clairement à Rousseau dénoncé comme « un artificieux scélérat » — charge malencontreuse au lendemain de la mort du grand homme.

Ce n'était pas de la veille que Diderot redoutait les indiscrétions ou les calomnies des *Confessions*. Sans doute, mais les *Confessions* n'avaient pas encore paru, Rousseau n'était plus et ne pouvait se défendre. Quelle lâcheté, quelle bassesse de la part d'un ancien ami ! En essayant de se prémunir, Diderot avait surtout confirmé pour le public l'existence d'une ligue acharnée à perdre Jean-Jacques. Et Diderot, disaient les *Mémoires secrets*, « est un de ceux qui craignent le plus la publicité des mémoires de Rousseau ».

Parfois contestable, cette apologie conjuguée de Sénèque et de Diderot prouvait au moins que le philosophe n'avait rien perdu de sa vitalité intellectuelle.

Vers la fin

Peu à peu, la correspondance de Diderot se raréfie. Où sont les longues lettres d'autrefois à Sophie ? Le philosophe sait que le temps lui est désormais compté et met en ordre ses œuvres dispersées ou inachevées, cherche le calme et la retraite studieuse, rend visite à ses enfants, s'abandonne davantage au train-train domestique. Nanette n'est pas moins revêche et les vieux époux se querellent encore mais, pour l'instant, Diderot va bien, songe à se réinstaller à la campagne et même à faire, un jour ou l'autre, le voyage de Langres. Au printemps, il est à Sèvres avec sa femme pour trois mois, se réservant tout de même de passer la moitié de la semaine à Boulogne, chez Mme de Maux.

Au début de 1780, Diderot fit la connaissance de Miguel Gijon, ami de Pablo de Olavide, lié avec Voltaire, partisan des Lumières et martyr de l'Inquisition espagnole, condamné en 1778 à huit années de prison comme hérétique. Les informations de Gijon lui permirent de retracer la carrière d'Olavide dans un article biographique qui parut dans la *Correspondance littéraire* en février et s'achevait sur ces mots : « Nous avons écrit cet abrégé des malheurs d'Olavidès, pour apprendre aux hommes combien il est dangereux de faire le bien contre le gré de l'Inquisition, et à s'observer partout où ce tribunal subsiste. »

Vers avril, Diderot soigne des maux d'estomac en prenant du « bouillon blanc », mais ne se porte pas mal. Un peu plus tard, il dispense ses conseils à François Tronchin qui lui a demandé son avis sur de nouvelles tragédies et qu'il informe de son projet de passer le mois d'août au Grandval[1].

Il eut aussi une heureuse surprise. À Langres, pourtant bastion clérical, un notable a offert à la ville la collection complète de l'*Encyclopédie*. Pour donner à ce cadeau une portée plus considérable, la municipalité a décidé, dans sa séance du 29 août, d'offrir à Diderot de faire faire son portrait qu'on exposerait dans une des salles de l'Hôtel de ville. Flatté, le philosophe répondit qu'il se ferait une joie d'offrir à sa cité natale son buste en bronze exposé au Salon de 1773 par Houdon. Quelques mois plus tard, le 30 avril 1781, un banquet se tint à Langres pour fêter l'événement. Après le café, officiels et notables portèrent le buste, en grande pompe et « avec admiration », dans la chambre du Conseil[2]. L'abbé Diderot, convié, avait naturellement décliné, mais, rapporte Mme de Vandeul, « quelque temps après, sous prétexte de voir quelque chose à l'Hôtel de ville, il fut le voir ».

Pendant qu'on l'honorait, Diderot travaillait ou révisait des œuvres anciennes. En septembre, il propose à Meister sa *Religieuse*, qui commencera dès octobre à paraître dans la *Correspondance littéraire*. En revanche, il opposa un refus catégorique à la proposition de Falconet de publier leur longue correspondance de naguère au sujet de la peinture antique et de la postérité. C'était, disait Diderot, un échange privé, qu'il n'avait pas le temps de mettre en forme.

Vers la fin de l'année et au début de la suivante, la Russie se rappela à son souvenir. En novembre, il reçut la visite d'Andreas Lexell, académicien de Pétersbourg, et, en décembre, celle de Grigori Orlov, qu'il n'avait guère apprécié cinq ans auparavant, mais qui vint le saluer, ainsi que Grimm. En janvier 1781, ce fut la charmante princesse Dachkov qui lui rendit visite.

Mais autre chose se préparait. Depuis longtemps, Diderot était lié avec Guillaume-Thomas Raynal qui, sorti des ordres, s'était rangé aux côtés des philosophes et fréquentait Rousseau, Helvétius ou d'Holbach. Il avait compté parmi les collaborateurs de l'*Encyclopédie*, dirigé un temps le *Mercure de France* et, jusqu'en 1753, la *Correspondance littéraire*, passée ensuite aux mains de Grimm. Assez piètre écrivain quoique vivant de sa plume, il pratiquait surtout la compilation. L'œuvre qui devait fonder sa réputation s'intitulait *Histoire philosophique et politique des établissements et du commerce des Européens dans les Deux Indes*. Une première édition, anonyme, parut en

1770, une autre, augmentée, en 1774, une autre enfin, celle à laquelle Diderot a le plus collaboré, en 1780. Raynal proposait une sorte d'encyclopédie du colonialisme où, défenseur du commerce, il comptait sur le développement économique pour adoucir et éradiquer l'esclavage. Mais la critique s'étendait aussi aux institutions politiques, religieuses et sociales de l'Europe et surtout de la France, dénonçait l'intolérance, le despotisme et les guerres de conquête comme les méthodes coloniales de toutes les nations, le ton polémique se durcissant d'édition en édition, de même que s'amplifiaient les appels à la révolte.

L'*Histoire des Deux Indes* était le produit d'un travail d'équipe, dont le principal artisan est Diderot. Dans les deux premières versions, il livre surtout des échos de ses conversations au Grandval sur les Iroquois, les jésuites au Paraguay, l'Angleterre ou la Chine, ainsi que les fragments politiques parus en 1772 dans la *Correspondance littéraire*, tandis que les thèmes qu'il introduit dans la troisième sont ceux qu'il développe, ces années-là, dans les *Observations sur le Nakaz*, le *Supplément au Voyage de Bougainville*, la *Réfutation d'Helvétius* ou l'*Essai sur la vie de Sénèque*[3]. Au cours de l'hiver 1776-1777, il travaille pour Raynal pendant trois ou quatre mois, revoit et corrige encore fin mars ou début avril 1777, puis y revient du milieu de 1778 jusqu'à janvier 1780. C'est à ce travail que fait allusion Mme de Vandeul. Il œuvrait, dit-elle, jusqu'à « quatorze heures de suite », effort qui, avec la refonte de l'*Essai sur la vie de Sénèque*, acheva de ruiner « le reste de ses forces ».

Sous le manteau de Raynal, Diderot s'abandonne à toute sa fougue contestataire[4]. Il exècre l'intolérance, l'ingérence de l'Église dans les affaires temporelles, n'admet qu'une morale universelle, celle qui a pour objet « la conservation et le bonheur commun de l'espèce humaine », stigmatise, comme dans le *Supplément*, les insupportables contradictions des trois « codes » : « La religion ne devrait nous défendre ou nous prescrire que ce qui nous serait prescrit ou défendu par la loi civile, et les lois civiles et religieuses se modeler sur la loi naturelle qui a été, qui est, et qui sera toujours la plus forte[5]. » Des réformes sont-elles possibles ? Il conjure Louis XVI de remédier aux banqueroutes et à l'indigence de ses sujets, d'alléger les impôts qui écrasent le travail, de protéger l'agriculture, de promulguer des lois somptuaires, de renoncer aux fêtes dispendieuses, d'abolir de scandaleux privilèges, de convoquer des états généraux. Il adjure le roi de Prusse, le soi-disant « roi philosophe », de veiller au bonheur de ses sujets plutôt qu'à sa gloire personnelle. N'est-il pas déjà trop tard ? « Les grands hommes qui peuvent former et mûrir une nation naissante, ne sauraient rajeunir une nation vieillie et tombée. [...] Une nation ne se régénère que dans un bain de sang. C'est l'image du vieil Éson, à qui Médée ne rendit la jeunesse qu'en le dépeçant et en le faisant bouillir. Quand elle est déchue, il n'appartient pas à un homme de la relever. Il semble que ce soit l'ouvrage d'une longue suite de révolutions[6]. » Durs propos, qui trouveront dans peu d'années leur écho.

La colonisation est en soi un scandale, d'où la vibrante apostrophe aux indigènes : « Fuyez, malheureux Hottentots, fuyez ! [...] Ou si vous vous en sentez le courage, prenez vos haches, tendez vos arcs, faites pleuvoir sur ces étrangers vos flèches empoisonnées. Puisse-t-il n'en rester aucun pour porter à leurs citoyens la nouvelle de leurs désastres ! » L'envahisseur est un prédateur sans pitié, « un tigre domestique », car « conquérir ou spolier avec violence, c'est la même chose. Le spoliateur et l'homme violent sont toujours odieux ». On comprend que le philosophe épouse avec ardeur la cause des *insurgents* américains, qui offre un « asile contre le fanatisme et la tyrannie ».

« Humaniser » l'esclavage ? Et comment, quand son principe même est inhumain : « Tout mon sang se soulève à ces images horribles. Je hais, je fuis l'espèce humaine, composée de victimes et de bourreaux ; et si elle ne doit pas devenir meilleure, puisse-t-elle s'anéantir ! » Remaniant une tirade de Louis-Sébastien Mercier dans *L'An 2440*, Diderot appelait de tous ses vœux le héros noir, ce Toussaint Louverture qu'il ne devait pas connaître, qui affranchirait ses frères de l'oppression : « Où est-il, ce grand homme, que la nature doit à ses enfants vexés, opprimés, tourmentés ? Où est-il ? Il paraîtra, n'en doutons point. » Propos qui iront jusqu'à l'appel aux armes : « Peuples dont les rugissements ont fait trembler tant de fois vos maîtres, qu'attendez-vous ? Pour quel moment réservez-vous vos flambeaux et les pierres qui pavent vos rues ? Arrachez-les. [...] Partout le riche exploite le pauvre. [...] Pendez-les, ces perfides riches, et recouvrez votre dignité ! »

C'est la rhétorique exaltée qui grondera dans peu d'années dans les assemblées révolutionnaires. Diderot dit dans l'*Histoire des Deux Indes* ce que Raynal acceptait courageusement de mettre sous son nom. Car ce nom, il l'avait mis, l'imprudent, et même avec son portrait, sur la page de titre de la troisième édition, ce qui lui valut l'exil en mai 1781. Pourtant, Raynal devait désavouer ces tirades incendiaires dans une *Adresse à l'Assemblée nationale* qui y fut lue le 31 mai 1791. Condamnant l'anarchie, réclamant le rétablissement de l'autorité légitime, l'abolition des clubs et dénonçant comme criminelle la violence populaire, le vieillard se désolidarisa d'une Révolution qu'il refusait d'accepter comme une conséquence de ses propos. Robespierre dénonça l'*Adresse* comme le produit d'une conspiration royaliste et aristocratique et balaya la rétractation de Raynal en l'attribuant à la sénilité. Naguère exilé par la monarchie, l'abbé, menacé par la foule, quitta Paris le soir même et demeura terré en province jusqu'à sa mort, cinq ans plus tard.

À ce moment déjà, ce brûlot ne plut pas à tout le monde. En avril 1781, la *Correspondance littéraire* en donna un compte rendu peu chaleureux et regretta « la folie avec laquelle l'abbé Raynal vient de compromettre si gratuitement le bonheur et le repos de sa vieillesse ». Lorsqu'en mai l'ouvrage fut condamné, la *Correspondance* parla de la sotte provocation d'un homme épris de « l'amour violent de la célébrité[7] ».

Il y avait pis. Avec le temps, Grimm est devenu de plus en plus conservateur et avide d'honneurs. Arriviste, soucieux avant tout de sa carrière, Grimm a su acquérir titres et dignités. Diderot a longtemps voulu s'aveugler sur le vrai caractère de son ami, mais cette fois la coupe est pleine, car Grimm s'en est pris à Raynal chez Mme de Vandeul, et le philosophe explose et rédige, datée du 25 mars, la *Lettre apologétique de l'abbé Raynal à Monsieur Grimm.*

Vous accusez Raynal, monsieur, de lâcheté ou de folie. C'est donc que vous pensez qu'il faut garder le silence devant tous les abus. Des hommes ont préféré la persécution au silence, qui n'étaient ni lâches ni fous : « Vous riez, je crois ?... Ah ! mon ami, je vois bien, votre âme s'est amenuisée à Pétersbourg, à Potsdam, à l'Œil-de-bœuf et dans les antichambres des grands. [...] Mon ami, je ne vous reconnais plus ; vous êtes devenu, sans vous en douter peut-être, un des plus cachés, mais un des plus dangereux antiphilosophes. Vous vivez avec nous, mais vous nous haïssez[8]. » Aux ordres des puissants, vous avez « l'âme étroite et rampante », vous ne savez plus ce que c'est que courage, dignité, héroïsme. Et Diderot montrait qu'il n'avait rien oublié de certains méfaits de Grimm. Au temps du *Père de famille*, ces *Épîtres dédicatoires* à Mme de La Marck et à Mme de Robecq qui avaient failli expédier Diderot en prison, « est-ce de lâcheté ou de folie qu'elles vous accusent » ? Oui, c'est vrai, Raynal n'est pas un historien impartial : « Raynal est un historien comme il n'y en a point encore eu, et tant mieux pour lui, et tant pis pour l'histoire. [...] Le livre que j'aime et que les rois et leurs courtisans détestent, c'est le livre qui fait naître des Brutus[9]. » Il mesurait enfin la médiocrité et la bassesse de Grimm.

Sans doute Diderot n'expédia-t-il pas cette lettre virulente : les deux hommes auraient-ils pu continuer à se fréquenter si elle avait été à son adresse ? Deux mois plus tard, le 25 mai, Diderot ajoutera ce post-scriptum impitoyable : « J'entends crier sous ma fenêtre la condamnation de l'abbé. [...] Mon ami, on est incapable des actions héroïques, quand on les blâme ; et on ne les blâme que parce qu'on en est incapable. » La trahison de Grimm fut sans doute la pire déception de la vie de Diderot.

En juin, Diderot a été élu membre d'honneur de la Société des antiquaires d'Écosse — c'est-à-dire des amateurs d'antiquités. Mais pour le reste, le temps s'assombrit. Tandis que sa fille est à Langres avec son mari et ses enfants, Nanette a eu une sorte d'attaque et, pour la distraire, Denis lui lit des romans de Lesage, qui la dérident.

Lui n'est pas gai, et toutes ses anciennes liaisons lui semblent « se découdre ». Il n'ira plus à Sèvres, parce qu'on a cédé sa chambre à la nièce de son hôte. À Boulogne, chez Mme de Maux, il ne va plus que si on l'y appelle. Paris est désert. D'Holbach soigne sa colique néphrétique à Contrexéville, Grimm est à Spa pour prendre les eaux et chez Mme d'Épinay, négligée par Grimm, tout le monde a une mine sinistre. En août, sa femme étant à Sèvres, il ne va pas trop bien, souffre d'une « maladie plus incommode que douloureuse ». C'est sans doute de cette époque que parle Mme de Vandeul : « Il commença alors à se plaindre tout à fait de sa santé ; il trouvait sa tête usée ; il disait qu'il n'avait plus d'idées ; il était toujours las ; c'était pour lui un travail de s'habiller ; ses dents ne le faisaient point souffrir, mais il les ôtait doucement comme on détache une épingle ; il mangeait moins, il sortait moins : pendant trois ou quatre ans il a senti une destruction dont les étrangers ne pouvaient s'apercevoir, ayant toujours le même feu dans la conversation et la même douceur[10]. »

Après une interruption de six ans, Diderot a traîné au Salon de 1781, mais l'enthousiasme n'y est plus. Il rédige en septembre un sec compte rendu qui paraît dans la *Correspondance littéraire* d'octobre à décembre. Il y a du moins découvert le jeune Jacques David, dont il admire un *Saint-Roch*, des *Funérailles de Patrocle* et surtout le *Bélisaire*, révélateur d'un art noble dans le genre antiquisant.

Il le sait, le temps commence à presser et il rassemble ses œuvres et ses inédits, fait exécuter trois copies des manuscrits — une pour lui, une pour Catherine II, une pour sa fille.

Il pensait aussi à reprendre son *Essai sur la vie de Sénèque* qui avait essuyé de dures critiques, et avait entrepris de refondre et d'augmenter son ouvrage en répondant à ses détracteurs. En juin 1780, son travail est à peu près achevé.

Ce qui était devenu l'*Essai sur les règnes de Claude et de Néron et sur les mœurs et les écrits de Sénèque* paraîtrait cette fois sous l'anonymat et sans privilège, prétendument à Londres, en réalité à Bouillon, à la Société typographique, dont s'occupe le journaliste Pierre Rousseau, rédacteur du *Journal encyclopédique*. L'ouvrage sortit de presse en février 1782.

Diderot répondait bien à ses critiques à propos de Sénèque, mais il avait cru nécessaire de se justifier de ce qu'il avait laissé entendre à propos de Rousseau. En mars ou avril 1780 avait paru le premier des trois dialogues de *Rousseau juge de Jean-Jacques*, ouvrage inquiétant propre à faire redouter plus que jamais la publication imminente des *Confessions*. Cet homme était fou, aucun doute là-dessus, et que ne pouvait-on craindre d'un homme à l'esprit dérangé ?

Aussi ne s'agit-il plus ici d'une brève sortie, mais de plusieurs pages d'explications. Comment avait-on deviné qu'il s'agissait de Rousseau, puisqu'il ne l'avait pas nommé ? « Censeurs, à qui donc en voulez-vous ? S'il y a quelqu'un à blâmer, c'est vous ; j'ai ébauché une tête hideuse, et vous avez écrit le nom du modèle au-dessous[11]. » J'ai été dur ? Mais que penser de celui qui laisse, sans qu'on puisse désormais lui répondre, un « ouvrage diffamatoire » qui déchire des gens honorables, et qui était « sujet à voir mal », comme l'a prouvé sa conduite avec Voltaire, d'Alembert, Hume et d'autres ? Bref : « Trop d'honnêtes gens auraient tort, s'il avait eu raison. » On a dit que Diderot avait peur de certaines révélations. Non pas, car il sait, par ceux qui ont entendu les lectures publiques des *Confessions*, qu'il n'a rien à redouter : « Je n'étais que le vengeur d'autrui[12]. »

Quant à l'œuvre de Rousseau, il disait les choses sans mâcher ses mots. Sa thèse du *Discours sur les sciences et les arts* n'était « qu'une vieille querelle réchauffée », les principes du *Contrat social* traînaient partout, son *Héloïse* ne saurait rivaliser avec les romans de Richardson, *Le Devin du village* « n'est aujourd'hui que de la très petite musique » et les gens raisonnables ont compris qu'il fallait abandonner l'*Émile* pour revenir à Locke. Et cependant on porte Jean-Jacques aux nues. Pourquoi ? « La réponse est facile : c'est qu'il s'était fait antiphilosophe. » Et pourquoi encore ? Parce qu'il a bâti sa renommée sur la contradiction et le paradoxe, comme il s'est fait catholique parmi les protestants, protestant parmi les catholiques, et déiste parmi les uns et les autres. Qu'est-ce que cet homme qui écrivait contre les spectacles en faisant des comédies, contre la musique française en en composant, contre les lettres qu'il a pratiquées toute sa vie, contre la licence des mœurs en écrivant « un roman licencieux » ! On s'est scandalisé de l'entendre accuser d'ingratitude, mais « il me l'a dit vingt fois : "Je me sens le cœur ingrat, je hais les bienfaiteurs" ». Diderot ne l'a ni persécuté ni haï : simplement, « j'estimais l'écrivain mais je n'estimais pas l'homme ». Diderot ne saurait en dire davantage sans indiscrétion, mais la publication du premier dialogue de *Rousseau juge de Jean-Jacques* a dû ouvrir les yeux de bien des lecteurs : « Le temps achèvera, et justice sera faite du mort, lorsqu'on le pourra sans affliger les vivants[13]. » Venant après le *Dialogue*, la justification de Diderot fit moins de tapage que sa note de 1778. Après l'amère déception infligée par Grimm, le faux ami, lui aussi « antiphilosophe », Diderot accusait Jean-Jacques, mais gardait au fond de son cœur la nostalgie d'une amitié autrement profonde et sincère qui avait éclairé quinze années de sa vie.

La publication d'un ouvrage illicite méritait tout de même réprimande. Le magistrat le convoqua en présence du lieutenant de police et l'admonesta. Denis fit amende honorable et, pour faire bonne mesure, adressa encore au lieutenant de police un acte de contrition en forme, comme jadis à Vincennes. Lui qui avait jugé sévèrement « la conduite pusillanime » d'Helvétius reniant son œuvre et exalté Socrate avalant la ciguë, ne crut pas devoir afficher un héroïsme intempestif. Mais Socrate ? N'est pas Socrate qui veut. Il avait écrit, dans l'article « Socratique » de l'*Encyclopédie* : « Ah ! Socrate ! je te ressemble peu ; mais du moins tu me fais pleurer d'admiration et de joie. »

Puis, Diderot s'est remis à la tâche, car rien n'est moins oisif que ses dernières années.

Pourtant, sa santé donne des inquiétudes. Quelques années plus tard, un médecin rapportera qu'en 1782, Diderot s'était plaint à lui des « symptômes d'une affection pénible » qui lui a fait diagnostiquer une angine de poitrine[14]. L'état de sa femme, souffrante en août, n'est pas brillant non plus, mais elle est rétablie en octobre pour fêter la Saint-Denis.

L'année 1783 commença mal. Le philosophe avait été un homme robuste, mais il a longtemps abusé de la table. Ses goinfreries au Grandval, ses monstrueuses indigestions, le voyage de Russie ont ébranlé sa vigoureuse constitution. En mars, on a dû le saigner trois fois en moins de douze heures et il est resté épuisé par des vomissements de sang, mais a récupéré en mai et, en juin, a retrouvé le sommeil et une bonne digestion.

Ses forces revenues, il reprend les manuscrits de *La Religieuse* et de la *Réfutation d'Helvétius* et use ses dernières énergies à mettre au point ses *Éléments de physiologie*, une tâche à laquelle il s'est attelé, avec des interruptions, depuis 1774, et qu'il n'aura pas le temps de mener à son état définitif. Une fois pour toutes, il liquide l'âme, ce mythe spiritualiste, affirme sa foi dans le déterminisme et la sélection naturelle, dans l'épigénèse et la continuité des espèces. Sa conclusion enseigne à ne pas redouter le retour à la matière universelle qu'on appelle la mort.

L'automne ne lui réussit pas mieux, au point que Meister note en septembre dans la *Correspondance littéraire* qu'on se croit sur le point de perdre Diderot d'une « hydropisie » — c'est-à-dire d'un œdème pulmonaire. Il a été très mal et la saison qui s'annonce n'est pas favorable. Malgré cela, il va mieux en novembre et même en décembre, mais les médecins conseillent la vigilance. Triste année 1783 : Mme d'Épinay a succombé à un cancer en avril, Falconet a été frappé de paralysie en mai, le prince Galitzine est mort en octobre, comme d'Alembert. Pour Diderot aussi, l'huile commence à baisser dans la lampe.

À la mi-janvier, puis à la mi-février, son état inspire de vives inquiétudes. Le 19 février, Diderot est pris d'un violent crachement de sang. Il dit à sa fille : « Voilà qui est fini, [...] il faut nous séparer ; je suis fort, ce ne sera peut-être pas dans deux jours, mais deux semaines, mais deux mois, un an[15].... » On le saigne trois fois en vingt-quatre heures et son état s'améliore. Il était à peine remis de son hémoptysie qu'il apprend la mort de Sophie Volland, le 22 février. « Mon père, dit Mme de Vandeul, lui donna des larmes, mais il se consola par la certitude de ne pas lui survivre longtemps. » Par testament, elle lui laissait un petit Montaigne relié en maroquin rouge et une bague qu'elle appelait sa pauline.

Le 26, tard dans la soirée, Diderot trébuche sur une phrase, recommence et se trompe encore. Sa bouche légèrement déformée, une main inerte, il dit à Angélique : « Une apoplexie. » On lui applique des vésicatoires au dos et aux jambes et, trois jours et trois nuits durant, il fut pris d'un singulier délire où il dissertait sur les épitaphes grecques et latines et récitait Virgile et Horace. Puis il en sortit, se plaignant seulement d'une grande faiblesse et de la pesanteur de ses jambes gorgées d'eau. Un traitement à base d'ellébore lui fit du bien et, une fois de plus, il parut tiré d'affaire. On attendait le printemps pour le mener à la campagne. Pour le ménager, peut-être lui a-t-on tu la mort de Marie-Anne, « Minette », sa petite-fille, décédée vers le 15 mars.

Au début de mai, les Diderot gagnèrent Sèvres, chez le brave Belle, qui soigna son ami avec dévouement. Le changement d'air le requinqua et le mal sembla lui accorder une rémission. Il a recouvré un peu d'appétit, dort mieux.

Il fallait tout de même songer à prendre des précautions pour ses funérailles car, athée notoire, Diderot ne pouvait espérer une sépulture chrétienne à moins d'une rétractation en règle. Par malchance, il dépendait de la paroisse de Saint-Sulpice, où officiait le curé Joseph Faydit de Tersac, le prêtre qui avait échoué à obtenir de Voltaire la même rétractation et s'était opposé à des funérailles chrétiennes.

Tersac se trouva donc — appelé par qui ? — au chevet de Diderot. Selon son gendre, c'est Nanette qui a déterminé son mari à recevoir les visites du curé, dont on espère le « succès ». Diderot s'installa à Sèvres au début de mai, ce qui donna lieu à une rumeur propagée par l'abbé Barruel. Le curé était sur le point de le convertir, mais ses disciples l'expédièrent au loin sous surveillance et attendirent sa mort pour le ramener discrètement à Paris pour faire croire que l'impie avait trépassé fidèle à ses affreuses convictions. En fait, pour épargner à sa famille un scandale, Diderot a pu songer à sauver au moins les apparences.

Pour un homme souffrant de la poitrine, l'escalade des quatre étages de la rue Taranne était un calvaire. Informée par Grimm, Catherine II ordonna de louer pour Diderot un appartement convenable et, le 19 juillet, le philosophe put prendre possession de son nouveau logis, au 39 de la rue de Richelieu. Pas pour longtemps : « La veille de sa mort, dit sa fille, on lui apporta un lit plus commode ; les ouvriers se tourmentaient pour le placer. Mes amis, leur dit-il, vous prenez là bien de la peine pour un meuble qui ne servira pas quatre jours. Il reçut le soir ses amis ; la conversation s'engagea sur la philosophie et les différentes routes pour arriver à cette science ; le premier pas, dit-il, vers la philosophie, c'est l'incrédulité. Ce mot est le dernier qu'il ait proféré devant moi ; il était tard, je le quittai, j'espérais le revoir encore[16]. »

Elle ne devait plus le revoir. Le lendemain, samedi 31 juillet, Diderot, raconte Meister, reçut encore d'Holbach et s'entretint avec lui. Mme de Vandeul, qui rapporte le récit de Nanette, raconte une fin subite et paisible : « Il se mit à table, mangea une soupe, du mouton bouilli et de la chicorée ; il prit un abricot ; ma mère voulut l'empêcher de manger ce fruit : “Mais quel diable de mal veux-tu que cela me fasse ?” Il le mangea, appuya son coude sur la table pour manger quelques cerises en compote, toussa légèrement. Ma mère lui fit une question ; comme il gardait le silence, elle leva la tête, le regarda, il n’était plus[17]. »

L’autopsie eut lieu le lendemain de son décès. On trouva le foie durci, la vésicule biliaire encombrée de vingt et une pierres, les reins avaient doublé de volume, les poumons contenaient de l’eau, le cœur était d’un tiers plus grand que la normale, le cerveau ne présentait aucune lésion[18].

Restaient les funérailles. Le déménagement de Diderot à la rue de Richelieu avait eu pour conséquence de le faire changer de paroisse. L’abbé Marduel, de la paroisse de Saint-Roch, fut appelé pour l’extrême-onction mais, ayant constaté la mort, ne l’administra pas. On n’ergota pas sur le succès de la catéchisation de l’abbé de Tersac, et Marduel autorisa une sépulture chrétienne, d’autant plus, insinue la *Correspondance littéraire*, qu’il ne fut pas insensible à la promesse d’obsèques de quinze cents à dix-huit cents livres. Le dimanche 1er août, à sept heures du soir, le philosophe fut donc inhumé dans la chapelle de la Vierge. Qui était présent ? Naigeon semble avoir été le seul homme de lettres à suivre le convoi de Diderot.

Le 1er septembre, Mme de Vandeul écrivit à Catherine II pour la remercier de ses bontés et l’assurer de la reconnaissance de son père. En juin 1785, la bibliothèque du défunt fut expédiée à Saint-Pétersbourg, avec ses manuscrits, par les soins de Grimm. Inquiet du sort des papiers de son frère, l'abbé Didier les réclama à sa nièce pour les détruire, mais Angélique lui répondit qu'ils étaient partis en Russie, sans lui révéler qu'elle en possédait une copie. Catherine pria Grimm de verser à la veuve, en cinq ans, une somme de mille roubles. Soucieux de ménager les deniers impériaux, Grimm expliqua que ni Nanette ni sa fille n'étaient dans le besoin, et rabota le don à six cents livres[19].

Anne-Toinette Champion, veuve Diderot, expira le 10 avril 1796, suivie, le 26 mars 1797, par Denise Diderot. Grimm mourut à Gotha, le 19 décembre 1807 et Jacques Naigeon en 1810. Angélique de Vandeul s'éteignit le 5 décembre 1824. Quant à Denis-Simon Caroillon de Vandeul, petit-fils du philosophe, il sera député de 1827 à 1839 et pair de France et mourut le 5 avril 1850.

Il était écrit que Diderot ne reposerait pas longtemps en paix. Pendant la Révolution, les tombes de Saint-Roch furent profanées et les restes de l'auteur du *Rêve de d'Alembert*, comme ceux de tant d'autres, jetés dans une fosse commune. Il eût probablement pensé qu'il était aussi bien là qu'ailleurs.

ANNEXES

REPÈRES CHRONOLOGIQUES

1713. *5 octobre* : naissance, à Langres, de Denis Diderot, fils d'Angélique Vigneron et de Didier Diderot, maître coutelier.
1726. Diderot reçoit la tonsure par provision.
1728. Diderot poursuit ses études à Paris.
1732. Diderot est reçu maître ès arts de l'université de Paris.
1735. Diderot est reçu bachelier en théologie.
1742. Rencontre de Jean-Jacques Rousseau.
1743. Publication de la traduction de l'*Histoire de Grèce* de Temple Stanyan. Mariage avec Antoinette Champion.
1744. Rencontre de Condillac. Diderot travaille, avec Eidous et Toussaint, à la traduction du *Dictionnaire de médecine* de Robert James.
1745. Traduction de l'*Essai sur le mérite et la vertu* de Shaftesbury. Premiers contacts avec Le Breton pour l'*Encyclopédie.*
1746. Publication des *Pensées philosophiques.*
1747. Diderot et d'Alembert prennent la direction de l'*Encyclopédie. Promenade du sceptique.*
1748. Publication des *Bijoux indiscrets* ; *Mémoires sur différents sujets de mathématiques.*
1749. Publication de la *Lettre sur les aveugles*. En juillet, Diderot est incarcéré à Vincennes, relâché au début de novembre.
1750. Diffusion du *Prospectus de l'Encyclopédie.*
1751. *Février* : *Lettre sur les sourds et muets.*
Juin : sortie de presse du premier volume de l'*Encyclopédie.*
Décembre : condamnation en Sorbonne de la thèse de l'abbé de Prades.
1752. Deuxième volume de l'*Encyclopédie*. Les deux premiers volu-

mes sont interdits en février, de nouveau autorisés en mai. Publication de la *Suite de l'Apologie de M. l'abbé de Prades.*

1753. Naissance de Marie-Angélique Diderot. *Encyclopédie*, tome III ; publication de *De l'interprétation de la nature.*

1754. *Encyclopédie*, t. IV.

1755. *Encyclopédie*, t. V. Début de la correspondance avec Sophie Volland.

1756. *Encyclopédie*, t. VI.

1757. *Encyclopédie*, t. VII, contenant l'article « Genève » de d'Alembert. Publication du *Fils naturel* et des *Entretiens sur le Fils naturel*. Début de la collaboration à la *Correspondance littéraire* de Grimm.

1758. Publication du *Père de famille* et du *Discours sur la poésie dramatique*. Rousseau rompt publiquement avec Diderot dans la *Lettre à d'Alembert sur les spectacles.*

1759. *Juin* : mort du père de Diderot. L'*Encyclopédie* est condamnée par le parlement. Rédaction du *Salon de 1759.*
Rédaction de *La Religieuse.*

1761. Rédaction du *Salon de 1761* et de l'*Éloge de Richardson*. Début de la rédaction du *Neveu de Rameau.*

1763. *Salon de 1763. Lettre sur le commerce de la librairie.*

1765. *Salon de 1765* suivi des *Essais sur la peinture*. Diderot vend sa bibliothèque à Catherine II.

1766. Publication des dix derniers volumes de l'*Encyclopédie*, amputés par Le Breton par crainte de la censure. Correspondance avec Falconet sur les Anciens et la postérité.

1767. *Salon de 1767.*

1768. Rédaction de *Mystification.*

1769. *Salon de 1769, Rêve de d'Alembert.*

1770. Rédaction de l'*Entretien d'un père avec ses enfants. Les Deux Amis de Bourbonne*. Voyage à Bourbonne et à Langres. *Principes philosophiques sur la matière et le mouvement. Apologie de l'abbé Galiani.*

1771. Première version de *Jacques le Fataliste. Salon de 1771.*

1772. *Ceci n'est pas un conte. Madame de La Carlière. Supplément au Voyage de Bougainville. Les Éleuthéromanes*. Diderot collabore à l'*Histoire des Deux Indes* de l'abbé Raynal.

1773. *Paradoxe sur le comédien*. Diderot travaille à la *Réfutation d'Helvétius*. Rédaction des notes des *Mémoires pour Catherine II.*

1773-1774. Voyage en Russie.

1774. Diderot travaille à l'*Entretien d'un philosophe avec la maréchale de***. Voyage de Hollande. Principes de politique des souverains.* Il commence les *Observations sur le Nakaz* et les *Éléments de physiologie.* Catherine II lui demande le *Plan d'une Université pour le gouvernement de Russie.*

1775. *Salon de 1775.* Rédaction du *Plan d'une Université.*

1777. *Est-il bon, est-il méchant ?*

1778. *Essai sur la vie de Sénèque.* La *Correspondance littéraire* commence la publication de *Jacques le Fataliste.*

1780. La *Correspondance littéraire* commence la publication de *La Religieuse.*

1781. *Lettre apologétique de l'abbé Raynal, Salon de 1781.*

1782. *Essai sur les règnes de Claude et de Néron.*

1784. 22 *février* : mort de Sophie Volland.
31 *juillet* : mort de Diderot.

RÉFÉRENCES BIBLIOGRAPHIQUES

Cette bibliographie n'est nullement exhaustive. Voir F.A. Spear, *Bibliographie de Diderot*, Genève, Droz, 1980 et 1988.

ŒUVRES

Contes et romans, édition publiée sous la direction de M. Delon, Gallimard, coll. « Bibliothèque de la Pléiade », 2004.

Correspondance, édition établie, annotée et préfacée par G. Roth et J. Varloot, 16 vol., Éditions de Minuit, 1955-1970. [*C*]

Œuvres complètes, édition chronologique. Introductions de R. Lewinter, Club français du livre, 1969-1973, 15 vol. [*Lew*]

Œuvres complètes, Hermann, 1975 sv, 23 vol. [*DPV*]

Œuvres, édition établie par L. Versini, Robert Laffont, 1994-1997, 5 vol. [*OV*]

OUVRAGES DE RÉFÉRENCE

Autour du « Neveu de Rameau » de Diderot. Études réunies par A.-M. Chouillet, Genève, Slatkine, 1991.

J.-C. BOURDIN, *Diderot. Le matérialisme*, PUF, 1998.

E.M. BUKDAHL, *Diderot critique d'art*, Copenhague, Rosenkilde et Bagger, 1980-1982, 2 vol.

A.-M. CHOUILLET, « Dossier du *Fils naturel* et du *Père de famille* », *Studies of Voltaire and the Eighteenth century*, 208, 1982. [*SV*]

J. Chouillet, *La Formation des idées esthétiques de Diderot*, A. Colin, 1973.

—, *Diderot poète de l'énergie*, PUF, 1984.

R. Darnton, *L'Aventure de l'« Encyclopédie » (1775-1800)*, Perrin, 1982.

R. Mortier et R. Trousson (éd.), *Dictionnaire de Diderot*, Champion, 1999.

B. Didier, *Diderot dramaturge du vivant*, PUF, 2001.

M. Duchet, *Anthropologie et histoire au siècle des Lumières*, Maspero, 1971.

C. Duflo, *Diderot philosophe*, Champion, 2003.

J. Fabre, « Deux frères ennemis : Diderot et Jean-Jacques », *Diderot Studies*, III, 1961.

P.N. Furbank, *Diderot. A Critical Biography*, New York, A.A. Knopf, 1992.

A. Garnier, « Des adversaires irréconciliables : les frères Diderot », dans *Autour de Diderot*, numéro spécial du *Bulletin de la Société historique et archéologique de Langres*, 1984.

B.T. Hanna, « Diderot théologien », *Revue d'histoire littéraire de la France*, LXXVIII, 1978.

P. Lepape, *Diderot*, Flammarion, 1991.

E. Lizé, « Mémoires inédits de Diderot à Catherine II », *Dix-huitième siècle*, 10, 1978.

D. Masseau, *Les Ennemis des philosophes. L'antiphilosophie au temps des Lumières*, Albin Michel, 2000.

R. Mauzi, « La Parodie romanesque dans *Jacques le Fataliste* », *Diderot Studies*, 1964.

G. May, *Diderot et « La Religieuse » : étude historique et littéraire*, New Haven, Yale University Press, 1954.

J. Mayer, *Diderot homme de science*, Rennes, Imprimerie bretonne, 1959.

F. Moureau, *Le Roman vrai de l'« Encyclopédie »*, Gallimard, 1990.

J.-A. Naigeon, *Mémoires historiques et philosophiques sur la vie et les ouvrages de Denis Diderot*, Genève, Slatkine Reprints, 1970.

J. Proust, *L'« Encyclopédie »*, A. Colin, 1965.

—, *Diderot et l'« Encyclopédie »*, A. Colin, 1967.

F. Pruner, *L'Unité secrète de « Jacques le Fataliste »*, Minard, 1970.

P. Quintili, *La Pensée critique de Diderot. Matérialisme, science et poésie à l'âge de l'« Encyclopédie » (1742-1782)*, Champion, 2001.

Rameau le Neveu. Textes et documents, réunis et commentés par A. Magnan, Publications de l'Université de Saint-Étienne, 1993.

B.G. Rodgers, *Diderot and Eighteenth Century French Press*, Banbury, Voltaire Foundation, 1973 (*SV* 107).

J. Roger, *Les Sciences de la vie dans la pensée française du* XVIIIe *siècle*, Albin Michel, 1993.

J. Smietanski, *Le Réalisme dans « Jacques le Fataliste »*, Nizet, 1965.

J.S. Spink, « Un abbé philosophe : l'affaire de J.-M. de Prades », *Dix-huitième siècle*, 3, 1971.

G. Stenger, « Sur la chronologie des premières œuvres de Diderot », *Dix-huitième siècle*, 25, 1993.

—, *Nature et liberté chez Diderot après l'« Encyclopédie »*, Universitas, 1994.

A. Strugnell, *Diderot's Politics. A Study of the Evolution of Diderot's Political Thought after the « Encyclopédie »*, La Haye, Martinus Nijhoff, 1973.

R. Trousson, *Denis Diderot ou le vrai Prométhée*, Tallandier, 2005.

—, *Diderot jour après jour. Chronologie*, Champion, 2006.

M. Van Strien-Chardonneau, *Le Voyage de Hollande : récits de voyageurs français dans les Provinces-Unies, (1748-1795)*, Oxford, Voltaire Foundation, 1994 (*SV* 318).

F. Venturi, *Jeunesse de Diderot (de 1713 à 1753)*, trad. J. Bertrand, Skira, 1939.

—, *Le Origini dell'« Enciclopedia »*, Rome, Edizioni U, 1946.

L. Versini, *Denis Diderot alias Frère Tonpla*, Hachette, 1996.

A.M. Wilson, *Diderot. Sa vie et son œuvre*, trad. G. Chahine, A. Lorenceau et A. Villelaur, Laffont, 1985.

CHERCHER SA VOIE

1. L. Marcel, *Le Frère de Diderot*, Champion, 1913.

2. *DPV* XX, p. 147.

3. *C* II, p. 195, 3 août 1759.

4. *DPV* XX, p. 146.

5. *DPV* I, p. 10.

6. L. Marcel, « Diderot écolier », *Revue d'histoire littéraire de la France*, XXXIV, 1927, p. 377-402 ; A.M. Wilson, *Diderot*, Laffont, 1985.

7. B.T. Hanna, « Diderot théologien », *Revue d'histoire littéraire de la France*, LXXVIII, 1978.

8. *OV* IV, p. 730.

9. *OV* I, p. 877.

10. *C* I, p. 23.

11. *DPV* I, p. 12. Naigeon dit « quelques mois ». On verra plus loin comment peut s'expliquer cette contradiction.

12. Voir B.T. Hanna, « Le Frère Ange, carme déchaussé, et Denis Diderot », *Revue d'histoire littéraire de la France*, LXXXIV, 1984, p. 372-389.

13. *DPV* I, p. 15.

14. *OV* II, p. 759-760.

15. *OV* III, p. 440. A.M. Wilson, *op. cit.*

16. *C* V, p. 74, 1er août 1765.

17. *OV* IV, p. 487.

18. *DPV* X, p. 445-446.

19. *OV* IV, p. 730-731.

20. *C* I, p. 28.

21. *C* I, p. 32-33.

22. Sur cet épisode, voir A. Garnier, « La Séquestration arbitraire de Diderot en janvier 1743 », *Recherches sur Diderot et l'Encyclopédie*, 2, 1987, p. 46-52.

PHILOSOPHER... À SES RISQUES ET PÉRILS

1. Voir J. Roger, *Les Sciences de la vie dans la pensée française du* XVIIIe *siècle*, Albin Michel, 1993.

2. Voir R. Mortier, « Diderot et le problème de l'expressivité : de la pensée au dialogue heuristique », *Cahiers de l'Association internationale des études françaises*, 13, 1961.

3. Voir l'analyse de A. Vartanian, « Érotisme et philosophie chez Diderot », *Cahiers de l'Association internationale des études françaises*, 1961.

4. J. Chouillet, *Diderot, poète de l'énergie*, PUF, 1984.

5. Cité par A. Vartanian, *DPV* III, p. 7.

EN PRISON

1. *OV* I, p. 148.

2. *OV* I, p. 168.

3. *OV* I, p. 169.

4. J.-C. Bourdin, *Diderot. Le matérialisme*, PUF, 1998.

5. J. Roger, *Les Sciences de la vie dans la pensée française du* XVIIIe *siècle, op. cit.*

6. Voir B.G. Rodgers, *Diderot and the Eighteenth Century French Press*, Banbury, Voltaire Foundation, 1973.

7. Mme de Vandeul, *Mémoires*, *DPV* I, p. 21-22.

8. Cité par P. Bonnefon, « Diderot prisonnier à Vincennes », *Revue d'histoire littéraire de la France*, VI, 1899, p. 202-203. Voir aussi J. Delort, *Histoire de la détention des philosophes et des gens de lettres à la Bastille et à Vincennes*, Paris, Firmin-Didot, 1829, 3 vol., t. II.

9. R. Darnton, « Les Encyclopédistes et la police », *Recherches sur Diderot et l'« Encyclopédie »*, I, 1986, p. 103.

10. *C* I, p. 92-94, 3 septembre 1749.

11. *DPV* V, p. 23-26.

12. Marmontel, *Mémoires*, I, éd. J. Renwick, Clermont-Ferrand, Bussac, 1972, t. I, p. 204 ; Morellet, *Mémoires*, Paris, 1821, 2 vol., t. I, p. 115-116 ; Mme de Vandeul, *DPV* I, p. 37. Voir R. Trousson, *Socrate devant Voltaire, Diderot et Rousseau. La conscience en face du mythe*, Paris, Lettres modernes, 1967.

13. *OV* I, p. 784.

14. *OV* IV, p. 1034.

L'*ENCYCLOPÉDIE*

1. *C* IV, 47, 14 juillet 1762.

2. *C* IV, p. 44.

3. Voir B. G. Rodgers, *Diderot and the Eighteenth Century French Press*, *op. cit.*

4. Voir B.G. Rodgers, *ibid.*

5. Voir M.F. Morris, *Le Chevalier de Jaucourt*, Genève, Droz, 1979 ; F.A. Kafker, *The Encyclopedist as Individuals*, Oxford, Voltaire Foundation, 1988 ; J. Haechler, *L'« Encyclopédie » de Diderot et de... Jaucourt*, Champion, 1995.

6. Sur ces contributions, voir : J. Le Gras, *Diderot et l'« Encyclopédie »*, Paris, Malfère, 1928 ; J. Proust, *L'« Encyclopédie »*, A. Colin, 1965 ; *Diderot et l'« Encyclopédie »*, A. Colin, 1967 ; J. Lough, *Essays on the « Encyclopédie » of Diderot and d'Alembert*, Londres, Oxford University Press, 1968 ; M. Pinault, *L'« Encyclopédie »*, PUF, 1993. Pour l'utilisation des dictionnaires antérieurs et Diderot grammairien, voir : M. Leca-Tsiomis, *Écrire l'« Encyclopédie ». Diderot : de l'usage des dictionnaires à la grammaire philosophique*, Oxford, Voltaire Foundation, 1999 (*SV* 375).

7. Pour une liste de leurs articles, voir : R.N. Schwab et W. Rex, *Inventory of Diderot's « Encyclopédie »*, *SV* 80, 83, 85, 91-93, 1971-1984.

8. Sur les rapports Voltaire-Diderot, voir : J. Fabre, « Deux définitions du philosophe : Voltaire et Diderot », *La Table ronde*, février 1958, 122 ; J. Chouillet, « Être Voltaire ou rien : réflexions sur le voltairianisme de Diderot », *SV* 185, 1980 et surtout J.-M. Moureaux, « La place de Diderot dans la correspondance de Voltaire : une présence d'absence », *SV* 242, 1986.

9. A.M. Wilson, *Diderot, op. cit.*

10. Cité par A.M. Wilson, *ibid.*

11. Voir J. Dagen, « Crébillon fils gazetier à *La Bigarrure* », dans *Le Siècle de Voltaire. Hommage à R. Pomeau*, Oxford, Voltaire Foundation, 1987, I.

TRAVERSES

1. Sur le déroulement général de l'affaire, voir J.S. Spink, « Un abbé philosophe : l'affaire de J.-M. de Prades », *Dix-huitième siècle*, 3, 1971.

2. E. Mass, *Le Marquis d'Adhémar : la correspondance inédite d'un ami des philosophes à la cour de Bayreuth*, Banbury, Voltaire Foundation, 1978 (*SV* 109).

3. J. Proust, *L'« Encyclopédie »*, A. Colin, 1965.

4. Sur l'histoire de la querelle, voir : L. Richebourg, *Contribution à l'histoire de la Querelle des Bouffons*, Nizet, 1937 ; A.R. Oliver, *The Encyclopedists as Critics of Music*, New York, Columbia University Press, 1947 ; G. Snyders, *Le Goût musical en France aux XVIIe et XVIIIe siècles*, Vrin, 1968. On trouvera la soixantaine de textes issus de la dispute dans *La Querelle des Bouffons*, texte des pamphlets, avec introduction, commentaires et index par Denise Launay, Genève, Minkoff, 1973, 3 vol.

5. Voir les développements de C. Duflo, *Diderot philosophe*, Champion, 2003.

6. F. Venturi, *Jeunesse de Diderot*, Skira, 1939.

7. Sur cet appartement et la date du déménagement, voir L.L. Bongie, *Diderot and the rue Taranne, SV*, 189, 1980.

8. *DPV* IX, p. 257-258.

9. J. Chouillet, *La Formation des idées esthétiques de Diderot*, A. Colin, 1973.

10. B. Didier, *Diderot dramaturge du vivant*, PUF, 2001.

11. *OV* IV, p. 1137-1138.

12. *OV* IV, p. 1166.

13. Pour la réception du *Fils naturel*, voir A.-M. Chouillet, « Dossier du *Fils naturel* et du *Père de famille* », *SV* 208, 1982 ; B.G. Rodgers, *Diderot and Eighteenth Century French Press, op. cit.*

DÉBUT D'UN AMOUR ET FIN D'UNE AMITIÉ

1. Consulter un excellent dossier dans *L'Affaire des Cacouacs. Trois pamphlets contre les philosophes des Lumières*, présentation et notes par G. Stenger, Publications de l'Université de Saint-Étienne, 2004.

2. L.-Cl. Hartman, « Esquisse d'un portrait de Sophie Volland », *Diderot Studies*, 16, 1973 ; « À propos de Sophie Volland », *Diderot Studies*, 12, 1969.

3. *C* IV, p. 151, 16 septembre 1762.

4. Pour un portrait de Mme Legendre, voir G. Daniel, « Visages d'Uranie », *Diderot Studies*, 23, 1988.

5. Pour des analyses formelles et stylistique de ces lettres, voir : B. Melançon, *Diderot épistolier*, Québec, Fides, 1996 ; A.-M. Boilleau, *Liaison et liaisons dans les lettres de Diderot à Sophie Volland*, Champion, 1999.

6. Publiées en 1795 par Henri Meister dans la *Correspondance littéraire*. Voir J. Pappas et G. Roth, « Les *Tablettes* de Diderot », *Diderot Studies*, III, 1961.

7. *DPV* I, p. 37.

8. *OV* IV, p. 1302.

9. *C* II, p. 68-71, 20 octobre 1758.

10. *OV* IV, p. 1331.

11. *Sur Térence, DPV* XIII p. 457.

12. J. Chouillet, *La Formation des idées esthétiques de Diderot*, *op. cit.*

DE LA CRITIQUE D'ART À LA CRITIQUE DES COUVENTS

1. *DPV* IX, p. 310-312.

2. *C* II, p. 123, fin avril - 1er mai 1759.

3. *C* II, p. 130, 1er mai 1759.

4. *C* II, p. 150, 5 juin 1759.

5. *C* II, p. 119, 1er mai 1759.

6. *C* II, p. 157, 9 juin 1759.

7. *C* II, p. 200, 3 ou 4 août 1759.

8. *C* II, p. 202, 4 ou 5 août 1759.

9. *C* II, p. 204-206, 11 août 1759 ; *C* II, p. 208-210, 12 août 1759.

10. Voir P. Grosclaude, *Malesherbes témoin et interprète de son temps*, Paris, Fischbacker, 1961, p. 127-137.

11. *C* II, p. 264-265, 1er octobre 1759.

12. *C* II, p. 245-246, 3e semaine de septembre.

13. *C* II, p. 272-275, 14 octobre 1759.

14. *OV* IV, p. 196.

15. *OV* IV, p. 200.

16. Sur les *Salons*, voir : G. May, *Diderot et Baudelaire, critiques d'art*, Genève, Droz, 1957 ; J. Chouillet, *La Formation des idées esthétiques de Diderot*, *op. cit.* ; E.M. Bukdahl, *Diderot critique d'art*, Copenhague, Rosenkilde et Bagger, 1980-1982, 2 vol.

17. *OV* IV, p. 1015-1016.

18. *OV* IV, p. 846.

19. *OV* IV, p. 102.

20. *OV* IV, p. 275.

21. *OV* IV, p. 257.

22. *OV* IV, p. 701.

23. *OV* IV, p. 531-532.

24. *C* II, p. 263, 1er octobre 1759.

25. *C* II, p. 283-284, 15 octobre 1759.

26. *C* II, p. 286-288, 18 octobre 1759 ; *C* II, p. 290-291, 20 octobre 1759.

27. *C* IX, p. 32, 4 mars 1769.

28. Voir : M. Pinault, *L'« Encyclopédie »*, *op. cit.*, p. 97 ; G. Huard, « Les Planches de l'*Encyclopédie* et celles de la *Description des arts et métiers* de l'Académie des sciences », *Revue d'histoire des sciences*, juillet-décembre 1951 ; J. Proust, « La documentation technique de Diderot dans l'*Encyclopédie* », *Revue d'histoire littéraire de la France*, 57, 1957, p. 341-346 ; A.M. Wilson, *Diderot*, *op. cit.*

29. Sur cet épisode, voir J.-M. Moureaux, « La place de Diderot dans la correspondance de Voltaire : une présence d'absence », *op. cit.*

30. Pour l'histoire détaillée de Marguerite Delamarre, voir G. May, *Diderot et « La Religieuse »*, New Haven-Paris, PUF, 1954.

31. *C* III, p. 40, 63, 221.

32. Sur l'accueil fait aux œuvres de Diderot, voir J. Proust, *Lectures de Diderot*, A. Colin, 1974. Sur les circonstances de l'interdiction du film, voir J.-C. Bonnet, « Revoir *La Religieuse* », dans *Interpréter Diderot aujourd'hui*, Colloque de Cerisy, juillet 1983,

Paris, Le Sycomore, 1984. Pour le XIXe siècle, voir R. Trousson : *Images de Diderot en France (1784-1913)*, Champion, 1997.

AU JOUR LE JOUR

1. *C* III, p. 52, 265, 2 septembre et 25 novembre 1760.

2. *C* III, p. 76, 104, 169, 20, 30 septembre, 20 octobre 1760. Sur les rapports Diderot-Galiani, voir R. Davison, *Diderot et Galiani : étude d'une amitié philosophique*, Oxford, Voltaire Foundation, 1985 (*SV* 27).

3. *C* III, p. 73, 17 septembre 1760. Voir aussi III, p. 93-94, 27 septembre 1760.

4. *C* III, p. 256, 270, 21, 25 novembre 1760.

5. Voir A.-M. Chouillet, *Dossier du « Fils naturel » et du « Père de famille », op. cit.* ; *C* III, 280, 1er décembre 1760. *Le Père de famille* a été joué en avril 1759 à Toulouse et à Bordeaux, en novembre 1760 à Marseille, en janvier 1761 à Hambourg, deux fois à Lyon en février 1761 (A.M. Wilson, *Diderot, op. cit.*, p. 337).

6. *C* III, p. 291-292, 23 février 1761.

7. *C* III, p. 300, 12 septembre 1761.

8. *C* III, p. 305-306, 17 septembre 1761.

9. *C* III, p. 313, 315, 22, 28 septembre 1761.

10. Tout ce qu'on sait de Jean-François Rameau se trouve dans l'excellent dossier publié par A. Magnan, *Rameau le Neveu. Textes et documents*, Publications de l'Université de Saint-Étienne, 1993.

11. *C* IV, p. 97, 8 août 1762.

12. *C* IV, p. 98-99, 12 août 1762.

13. *C* IV, p. 70-72, 25 juillet 1762.

14. *C* IV, p. 176-177, 29 septembre 1762.

15. *C* IV, p. 75-76, 28 juillet 1762.

16. *C* IV, p. 172, 26 septembre 1762.

17. R. Mortier, « Les philosophes français et l'éducation publique », dans *Clartés et ombres du siècle des Lumières*, Genève, Droz, 1969.

18. *C* IV, p. 171, 26 septembre 1762.

19. *C* IV, p. 57-59, 84, 103, 18, 31 juillet, 15, 29 août, 16 septembre 1762.

20. *C* IV, p. 70, 144-145, 156, 165, 182, 183, 187, 200, 25 juillet, 9, 19, 23, 30 septembre, 3, 7, 10, 17 octobre 1762.

21. *C* IV, p. 86, 154, 31 juillet, 16 septembre 1762.

22. *C* IV, p. 156, 166, 19, 23 septembre 1762.

« LE GRAND ET MAUDIT OUVRAGE EST FINI »

1. Voir Diderot, *Sur la liberté de la presse*, texte établi et présenté par J. Proust, Éditions sociales, 1964.

2. *CL* IX, p. 299-300, janvier 1771.

3. *C* IV, p. 300-306, 12 novembre 1764.

4. D.H. Gordon et N.L. Torrey, *The Censoring of Diderot's « Encyclopédie » and the Re-etablished Text*, New York, Columbia University Press, 1947.

5. *C* V, p. 24, 25, 26, 32.

6. *C* V, p. 217, 10 décembre 1765.

7. *C* VI, p. 354, 355-358, 30 octobre, 29 novembre 1766.

8. *C* V, p. 39-40, 42, 5 juin, mi-juin 1765.

9. *C* V, p. 69-70, 28 juillet 1765.

10. *C* V, p. 214, 10 décembre 1765.

11. Marmontel, *Mémoires*, t. I, *op. cit.* ; *OV* IV, p. 410.

12. *C* V, p. 144, 178, 191, 20 octobre, 17, 21 novembre 1765.

13. *C* V, p. 110, 193, 8 septembre, 30 novembre 1765.

14. *C* V, p. 129-133, 169-173, 6 octobre, 12 novembre 1765.

15. *C* V, p. 173, 12 novembre 1765.

16. *C* V, p. 64, 25 juillet 1765.

17. *C* V, p. 206, 211-212, 3, 5 décembre 1765.

18. *C* V, p. 245-254, fin janvier 1766.

19. *OV* III, p. 539-540.

20. *C* V, p. 213, 223-224, 10, 20 décembre 1765.

21. *Essai sur les règnes de Claude et de Néron*, *OV* I, p. 1036.

22. *C* V, p. 64-65, 25 juillet 1765.

23. *C* VI, p. 352-353, 27 novembre 1766. Il le rappellera encore le 28 décembre 1769 (*C* IX, p. 242).

24. Voir F.A. Kafker, « Les ventes de l'*Encyclopédie* », dans *Sciences, musiques, Lumières*. Mélanges offerts à A. -M. Chouillet, Ferney-Voltaire, Centre international d'étude du XVIIIe siècle, 2002.

25. Voir R. Darnton, *L'Aventure de l'« Encyclopédie » (1775-1815)*, trad. M.-A. Revellat, Perrin, 1982 ; *Notable Encyclopedias of the Late Eighteenth Century : Eleven Successors of the « Encyclopédie »*, F.A. Kafker (éd.), Oxford, Voltaire Foundation, 1994.

DÉVOUEMENT, AMOUR ET PHILOSOPHIE

1. *C* VI, p. 334-337, vers le 8 octobre 1766.
2. *C* VII, p. 68, 15 mai 1767.
3. *OV* IV, p. 726.
4. *C* VII, p. 156, début octobre 1767. Mêmes propos encore à Mme d'Épinay vers le 10 octobre (*C* VII, p. 170).
5. *C* VIII, p. 197, 6 septembre 1768.
6. *C* VIII, p. 92, 151, 24 août, 10 septembre 1768.
7. *C* IX, p. 207, 12 novembre 1769.
8. *C* VIII, p. 231-232, 22 novembre 1768.
9. L. Versini, *Denis Diderot*, Hachette, 1996.
10. *C* IX, p. 123-124, 31 août 1769. Sur cet épisode, voir R. Darnton, *L'Aventure de l'« Encyclopédie »*, Perrin, 1982.
11. *DPV* XVIII, p. 325.
12. *OV* I, p. 611. Voir C. Duflo, *Diderot philosophe, op. cit.*
13. *OV* I, p. 632-633.
14. *OV* I, p. 636-637.
15. *C* IX, p. 156-158.
16. *C* IX, p. 166, 1er octobre 1769.

AMOUR DÉÇU, CONTES ET MARIAGE

1. *C* X, p. 75, juin 1770.
2. *OV* II, p. 481.
3. *C* X, p. 151-152, 155-156, 2 novembre 1770.
4. *C* XI, p. 20-21, 3 avril 1771.
5. *OV* III, p. 170-172.
6. *OV* II, p. 519.
7. Au terme d'une étude approfondie (*Diderot's Femme Savante*, Oxford, Voltaire Foundation, 1977), L.L. Bongie avait conclu à un personnage inventé. Grâce à d'autres recherches poursuivies dans

les archives, il a pu modifier ses conclusions et identifier le modèle (« Retour à Mademoiselle de la Chaux ou faut-il encore marcher sur des œufs ? », *Recherches sur Diderot et l'« Encyclopédie »*, 6, 1989).

8. Voir J. Proust, « Diderot, Bougainville et les mirages de la Mer du Sud », *Romanische Zeitschrift für Literaturgeschichte*, in Memoriam E. Köhler, Heidelberg, Carl Winter-Universitätsverlag, 1984.

9. *OV* II, p. 555.

10. *OV* II, p. 546.

11. *OV* II, p. 577.

12. Voir J. Massiet du Biest, *Monsieur de Vandeul, gendre de Diderot, capitaine d'industrie, 1746-1813*, Langres, Société historique et archéologique, 1967.

13. *C* X, p. 209-211, 7 janvier 1771.

14. *C* XI, p. 137-144, 27 août 1771.

15. *C* XII, p. 102, 15 août 1772.

16. *C* XII, p. 17-18, 27 août 1772.

17. *C* XII, p. 128, 19 septembre 1772.

18. *C* XII, p. 123-127, 13 septembre 1772.

19. *C* XII, p. 158-176, début novembre 1772.

CHEZ « CATHERINE LE GRAND »

1. Voir M. Van Strien-Chardonneau, *Le Voyage de Hollande : récits de voyageurs français dans les Provinces-Unies (1748-1795)*, Oxford, Voltaire Foundation, 1994 (*SV* 318) ; A. Strugnell, *Diderot's Politics*, La Haye, Martinus Nijhoff, 1973.

2. *DPV* XXIV, p. 72.

3. *DPV* XXIV, p. 76.

4. *OV* IV, p. 1146.

5. *OV* IV, p. 1382-1383.

6. *OV* IV, p. 1384-1385.

7. *OV* I, p. 796.

8. *OV* I, p. 862.

9. F.L. d'Escherny, *Mélanges de littérature, d'histoire, de morale et de philosophie*, Paris, Bossange et Masson, 1811, t. III.

10. *C* XIII, p. 143, 30 décembre 1773.

11. *C* VII, p. 60, 15 mai 1767.

12. *Lew* X, p. 103.

13. Voir : G. Dulac, « Diderot et la “civilisation” de la Russie », dans *Denis Diderot, 1713-1784*, Colloque international, publié par A.-M. Chouillet, Paris, Aux Amateurs de livres, 1985, p. 161-172 ; « Dans quelle mesure Diderot a-t-il dialogué avec Catherine II, dans *Catherine II et l'Europe*, A. Davidenkoff (éd.), Paris, Institut d'études slaves, 1997, p. 147-161 ; « Diderot et le “mirage russe” : quelques préliminaires à l'étude de son travail politique de Pétersbourg », dans *Le Mirage russe au XVIIIe siècle*, textes publiés par S. Karp et L. Wolff, Ferney-Voltaire, Centre international d'étude du XVIIIe siècle, 2001.

14. G. Goggi, « Diderot et le concept de civilisation », *Dix-huitième siècle*, 29, 1997 ; B. Binoche, « Diderot et Catherine II, ou les deux histoires », dans *Sens du devenir et pensée de l'histoire*, B. Binoche et F. Tinland (éd.), Seyssel, Champ Vallon, 2000.

15. *OV* III, p. 215-217.

16. G. Dulac, *Diderot et le « mirage russe », op. cit.*, p. 179-180.

17. *OV* IV, p. 232.

18. *OV* III, p. 212, 204, 209.

19. *OV* III, p. 228-232.

20. Voir S. Karp, « Le questionnaire de Diderot adressé à Catherine II », *Recherches sur Diderot et l'« Encyclopédie »*, 33, 2002.

21. *C* XIII, p. 143-144, 30 décembre 1773.

22. Ph. de Ségur, *Histoire et mémoires*, t. III, Firmin-Didot, 1877.

23. Voir G. Dulac, « Un nouveau La Mettrie à Saint-Pétersbourg : Diderot vu de l'Académie impériale des sciences », *Recherches sur Diderot et l'« Encyclopédie »*, 16, 1994, p. 19-43.

24. Voir A.-M. Chouillet, « L'anecdote Diderot-Euler, ou Diderot prouvé par A + B », *Dix-huitième siècle*, 10, 1978.

25. *C* XIII, p. 233, 9 avril 1774.

RENTRER CHEZ SOI

1. É. Lizé, « Mémoires inédits de Diderot à Catherine II », *Dix-huitième siècle*, 10, 1978, p. 219.

2. Voir J. Lietz, « Le passage de Diderot par l'Allemagne en 1774 », *Recherches sur Diderot et l'Encyclopédie*, 24, 1998, p. 154-161.

3. *C* XIV p. 72-75, 6 septembre 1774.

4. *C* XIII, p. 221, 8 avril 1774.

5. *OV* III, p. 507-508.

6. *OV* III, p. 578.

7. *C* XIV, p. 65.

8. Cité par D. Dulac, « Le discours politique de Saint-Pétersbourg », *Recherches sur Diderot et l'« Encyclopédie »*, 1, 1986.

9. *Voyage de Hollande, DPV*, XXIV.

10. *DPV* I, p. 31.

11. *C* XIV, 10 mars 1775, p. 134-135.

12. *OV* III, p. 418.

13. *OV* III, p. 493.

14. *OV* III, p. 415.

15. *C* XIV, p. 172-174, 181, 6, 10 décembre 1775.

16. *C* XIV, p. 179, 187, 8 décembre 1775, 15 mars 1776.

17. *C* XV, p. 30, mi-décembre 1776.

18. *C*XIV, p. 218, fin août 1776.

19. *C* XIV, p. 230, 7 octobre 1776.

20. *C* XV, p. 58-59, 9 juin 1777.

21. *C* XV, p. 37, 18 décembre 1776.

22. *OV* II, p. 713.

23. G. Stenger, *Nature et liberté chez Diderot après l'« Encyclopédie »*, Universitas, 1994.

24. C. Duflo, *Diderot philosophe*, p. 512-519.

25. *C* XV, p. 126-127.

VERS LA FIN

1. *C* XV, p. 172, 173, 174, 8 mai, juin 1780.

2. *C* XV, p. 235-236, 1er mai 1781.

3. M. Duchet, « Diderot collaborateur de Raynal », *Revue d'histoire littéraire de la France*, 60, 1960, p. 531-556.

4. Sur la participation de Diderot, voir entre autres : Y. Benot, *Diderot de l'athéisme à l'anticolonialisme*, Maspero, 1970 ; G. Goggi, *Mélanges et morceaux divers. Contributions à l'Histoire des Deux Indes*, Sienne, 1976-1977, 2 vol.

5. *OV* III, p. 632.

6. *OV* III, p. 635-636.

7. *Correspondance littéraire*, XII, p. 499-450, avril 1781 ; p. 518-521, juin 1781.

8. *OV* III, p. 766-767.

9. *OV* III, p. 772.

10. *DPV* I, p. 32.

11. *OV* I, p. 1030.

12. *OV* I, p. 1031.

13. *OV* I, p. 1036.

14. J. Starobinski, « Note sur l'angine de poitrine et la mort subite », *Recherches sur Diderot et l'« Encyclopédie »*, 12, 1992.

15. *DPV* I, p. 32.

16. *DPV* I, p. 34.

17. *DPV* I, p. 35. Selon H. Ronot (« La maladie et la mort de Diderot », *Cahiers haut-marnais*, 24, 1951, p. 47-51), le crachement de sang du 19 février devait être l'indice d'un infarctus pulmonaire. Le mal de Diderot procédant d'un syndrome cardio-rénal et de son évolution vers l'asystolie, sa mort soudaine fait supposer une thrombose des vaisseaux coronariens.

18. H. Dieckmann, « The Autopsy report on Diderot », *Isis*, 41, 1950 ; A. Bigot, « Le procès-verbal de l'autopsie de Diderot », *Cahiers haut-marnais*, 25, 1951.

19. Lettre du 19 novembre 1784. Voir S. Karp et S. Iskul en collaboration avec G. Dulac et N. Plavinskaya, « Lettres inédites de Grimm à Catherine II », *Recherches sur Diderot et l'« Enyclopédie »*, 10, 1991.

ANNEXES

FOLIO BIOGRAPHIES

Attila, par ÉRIC DESCHODT

Balzac, par FRANÇOIS TAILLANDIER

Baudelaire, par JEAN-BAPTISTE BARONIAN

Diderot, par RAYMOND TROUSSON

Jules César, par JOËL SCHMIDT

Cézanne, par BERNARD FAUCONNIER

James Dean, par JEAN-PHILIPPE GUERAND

Marlene Dietrich, par JEAN PAVANS

Fellini, par BENITO MERLINO

Freud, par RENÉ MAJOR et CHANTAL TALAGRAND

Gandhi, par CHRISTINE JORDIS

Billie Holiday, par SYLVIA FOL

Ibsen, par JACQUES DE DECKER

Janis Joplin, par JEAN-YVES REUZEAU

Kafka, par GÉRARD-GEORGES LEMAIRE

Kerouac, par YVES BUIN

Louis XVI, par BERNARD VINCENT

Michel-Ange, par NADINE SAUTEL

Modigliani, par CHRISTIAN PARISOT

Molière, par CHRISTOPHE MORY

Marilyn Monroe, par ANNE PLANTAGENET

Pasolini, par RENÉ DE CECCATTY

Picasso, par GILLES PLAZY

Shakespeare, par CLAUDE MOURTHÉ

Toussaint Louverture, par ALAIN FOIX

Boris Vian, par CLAIRE JULLIARD

Virginia Woolf, par ALEXANDRA LEMASSON

Stefan Zweig, par CATHERINE SAUVAT

COLLECTION FOLIO

Dernières parutions

4108.	George Sand	*Consuelo II.*
4109.	André Malraux	*Lazare.*
4110.	Cyrano de Bergerac	*L'Autre Monde.*
4111.	Alessandro Baricco	*Sans sang.*
4112.	Didier Daeninckx	*Raconteur d'histoires.*
4113.	André Gide	*Le Ramier.*
4114.	Richard Millet	*Le renard dans le nom.*
4115.	Susan Minot	*Extase.*
4116.	Nathalie Rheims	*Les fleurs du silence.*
4117.	Manuel Rivas	*La langue des papillons.*
4118.	Daniel Rondeau	*Istanbul.*
4119.	Dominique Sigaud	*De chape et de plomb.*
4120.	Philippe Sollers	*L'Étoile des amants.*
4121.	Jacques Tournier	*À l'intérieur du chien.*
4122.	Gabriel Sénac de Meilhan	*L'Émigré.*
4123.	Honoré de Balzac	*Le Lys dans la vallée.*
4124.	Lawrence Durrell	*Le Carnet noir.*
4125.	Félicien Marceau	*La grande fille.*
4126.	Chantal Pelletier	*La visite.*
4127.	Boris Schreiber	*La douceur du sang.*
4128.	Angelo Rinaldi	*Tout ce que je sais de Marie.*
4129.	Pierre Assouline	*État limite.*
4130.	Élisabeth Barillé	*Exaucez-nous !*
4131.	Frédéric Beigbeder	*Windows on the World.*
4132.	Philippe Delerm	*Un été pour mémoire.*
4133.	Colette Fellous	*Avenue de France.*
4134.	Christian Garcin	*Du bruit dans les arbres.*
4135.	Fleur Jaeggy	*Les années bienheureuses du châtiment.*
4136.	Chateaubriand	*Itinéraire de Paris à Jérusalem.*
4137.	Pascal Quignard	*Sur le jadis. Dernier royaume, II.*
4138.	Pascal Quignard	*Abîmes. Dernier Royaume, III.*
4139.	Michel Schneider	*Morts imaginaires.*
4140.	Zeruya Shalev	*Vie amoureuse.*

4141. Frédéric Vitoux — *La vie de Céline.*
4142. Fédor Dostoïevski — *Les Pauvres Gens.*
4143. Ray Bradbury — *Meurtres en douceur.*
4144. Carlos Castaneda — *Stopper-le-monde.*
4145. Confucius — *Entretiens.*
4146. Didier Daeninckx — *Ceinture rouge.*
4147. William Faulkner — *Le Caïd.*
4148. Gandhi — *La voie de la non-violence.*
4149. Guy de Maupassant — *Le Verrou et autres contes grivois.*
4150. D. A. F. de Sade — *La Philosophie dans le boudoir.*
4151. Italo Svevo — *L'assassinat de la Via Belpoggio.*
4152. Laurence Cossé — *Le 31 du mois d'août.*
4153. Benoît Duteurtre — *Service clientèle.*
4154. Christine Jordis — *Bali, Java, en rêvant.*
4155. Milan Kundera — *L'ignorance.*
4156. Jean-Marie Laclavetine — *Train de vies.*
4157. Paolo Lins — *La Cité de Dieu.*
4158. Ian McEwan — *Expiation.*
4159. Pierre Péju — *La vie courante.*
4160. Michael Turner — *Le Poème pornographe.*
4161. Mario Vargas Llosa — *Le Paradis — un peu plus loin.*
4162. Martin Amis — *Expérience.*
4163. Pierre Autin-Grenier — *Les radis bleus.*
4164. Isaac Babel — *Mes premiers honoraires.*
4165. Michel Braudeau — *Retour à Miranda.*
4166. Tracy Chevalier — *La Dame à la Licorne.*
4167. Marie Darrieussecq — *White.*
4168. Carlos Fuentes — *L'instinct d'Inez.*
4169. Joanne Harris — *Voleurs de plage.*
4170. Régis Jauffret — *univers, univers.*
4171. Philippe Labro — *Un Américain peu tranquille.*
4172. Ludmila Oulitskaïa — *Les pauvres parents.*
4173. Daniel Pennac — *Le dictateur et le hamac.*
4174. Alice Steinbach — *Un matin je suis partie.*
4175. Jules Verne — *Vingt mille lieues sous les mers.*
4176. Jules Verne — *Aventures du capitaine Hatteras.*
4177. Emily Brontë — *Hurlevent.*
4178. Philippe Djian — *Frictions.*
4179. Éric Fottorino — *Rochelle.*

4180. Christian Giudicelli — *Fragments tunisiens.*
4181. Serge Joncour — *U.V.*
4182. Philippe Le Guillou — *Livres des guerriers d'or.*
4183. David McNeil — *Quelques pas dans les pas d'un ange.*
4184. Patrick Modiano — *Accident nocturne.*
4185. Amos Oz — *Seule la mer.*
4186. Jean-Noël Pancrazi — *Tout est passé si vite.*
4187. Danièle Sallenave — *La vie fantôme.*
4188. Danièle Sallenave — *D'amour.*
4189. Philippe Sollers — *Illuminations.*
4190. Henry James — *La Source sacrée.*
4191. Collectif — *«Mourir pour toi».*
4192. Hans Christian Andersen — *L'elfe de la rose et autres contes du jardin.*
4193. Épictète — *De la liberté* précédé de *De la profession de Cynique.*
4194. Ernest Hemingway — *Histoire naturelle des morts* et autres nouvelles.
4195. Panaït Istrati — *Mes départs.*
4196. H. P. Lovecraft — *La peur qui rôde* et autres nouvelles.
4197. Stendhal — *Féder ou Le Mari d'argent.*
4198. Junichirô Tanizaki — *Le meurtre d'O-Tsuya.*
4199. Léon Tolstoï — *Le réveillon du jeune tsar* et autres contes.
4200. Oscar Wilde — *La Ballade de la geôle de Reading.*
4201. Collectif — *Témoins de Sartre.*
4202. Balzac — *Le Chef-d'œuvre inconnu.*
4203. George Sand — *François le Champi.*
4204. Constant — *Adolphe. Le Cahier rouge. Cécile.*
4205. Flaubert — *Salammbô.*
4206. Rudyard Kipling — *Kim.*
4207. Flaubert — *L'Éducation sentimentale.*
4208. Olivier Barrot/Bernard Rapp — *Lettres anglaises.*
4209. Pierre Charras — *Dix-neuf secondes.*
4210. Raphaël Confiant — *La panse du chacal.*
4211. Erri De Luca — *Le contraire de un.*

4212.	Philippe Delerm	*La sieste assassinée.*
4213.	Angela Huth	*Amour et désolation.*
4214.	Alexandre Jardin	*Les Coloriés.*
4215.	Pierre Magnan	*Apprenti.*
4216.	Arto Paasilinna	*Petits suicides entre amis.*
4217.	Alix de Saint-André	*Ma Nanie,*
4218.	Patrick Lapeyre	*L'homme-sœur.*
4219.	Gérard de Nerval	*Les Filles du feu.*
4220.	Anonyme	*La Chanson de Roland.*
4221.	Maryse Condé	*Histoire de la femme cannibale.*
4222.	Didier Daeninckx	*Main courante* et *Autres lieux.*
4223.	Caroline Lamarche	*Carnets d'une soumise de province.*
4224.	Alice McDermott	*L'arbre à sucettes.*
4225.	Richard Millet	*Ma vie parmi les ombres.*
4226.	Laure Murat	*Passage de l'Odéon.*
4227.	Pierre Pelot	*C'est ainsi que les hommes vivent.*
4228.	Nathalie Rheims	*L'ange de la dernière heure.*
4229.	Gilles Rozier	*Un amour sans résistance.*
4230.	Jean-Claude Rufin	*Globalia.*
4231.	Dai Sijie	*Le complexe de Di.*
4232.	Yasmina Traboulsi	*Les enfants de la Place.*
4233.	Martin Winckler	*La Maladie de Sachs.*
4234.	Cees Nooteboom	*Le matelot sans lèvres.*
4235.	Alexandre Dumas	*Le Chevalier de Maison-Rouge.*
4236.	Hector Bianciotti	*La nostalgie de la maison de Dieu.*
4237.	Daniel Boulanger	*Tombeau d'Héraldine.*
4238.	Pierre Clémenti	*Quelques messages personnels.*
4239.	Thomas Gunzig	*Le plus petit zoo du monde.*
4240.	Marc Petit	*L'équation de Kolmogoroff.*
4241.	Jean Rouaud	*L'invention de l'auteur.*
4242.	Julian Barnes	*Quelque chose à déclarer.*
4243.	Nerval	*Aurélia.*
4244.	Christian Bobin	*Louise Amour.*
4245.	Mark Z. Danielewski	*Les Lettres de Pelafina.*
4246.	Marthe et Philippe Delerm	*Le miroir de ma mère.*
4247.	Michel Déon	*La chambre de ton père.*

4248.	David Foenkinos	*Le potentiel érotique de ma femme.*
4249.	Éric Fottorino	*Caresse de rouge.*
4250.	J. M. G. Le Clézio	*L'Africain.*
4251.	Gilles Leroy	*Grandir.*
4252.	Jean d'Ormesson	*Une autre histoire de la littérature française, I.*
4253.	Jean d'Ormesson	*Une autre histoire de la littérature française, II.*
4254.	Jean d'Ormesson	*Et toi mon cœur pourquoi bats-tu.*
4255.	Robert Burton	*Anatomie de la mélancolie.*
4256.	Corneille	*Cinna.*
4257.	Lewis Carroll	*Alice au pays des merveilles.*
4258.	Antoine Audouard	*La peau à l'envers.*
4259.	Collectif	*Mémoires de la mer.*
4260.	Collectif	*Aventuriers du monde.*
4261.	Catherine Cusset	*Amours transversales.*
4262.	A. Corréard/ H. Savigny	*Relation du naufrage de la frégate la* Méduse.
4263.	Lian Hearn	*Le clan des Otori, III : La clarté de la lune.*
4264.	Philippe Labro	*Tomber sept fois, se relever huit.*
4265.	Amos Oz	*Une histoire d'amour et de ténèbres.*
4266.	Michel Quint	*Et mon mal est délicieux.*
4267.	Bernard Simonay	*Moïse le pharaon rebelle.*
4268.	Denis Tillinac	*Incertains désirs.*
4269.	Raoul Vaneigem	*Le chevalier, la dame, le diable et la mort.*
4270.	Anne Wiazemsky	*Je m'appelle Élisabeth.*
4271.	Martin Winckler	*Plumes d'Ange.*
4272.	Collectif	*Anthologie de la littérature latine.*
4273.	Miguel de Cervantes	*La petite Gitane.*
4274.	Collectif	*«Dansons autour du chaudron».*
4275.	Gilbert Keeith Chesterton	*Trois enquêtes du Père Brown.*
4276.	Francis Scott Fitzgerald	*Une vie parfaite* suivi de *L'accordeur.*
4277.	Jean Giono	*Prélude de Pan* et autres nouvelles.

4278. Katherine Mansfield — *Mariage à la mode* précédé de *La Baie.*
4279. Pierre Michon — *Vie du père Foucault — Vie de Georges Bandy.*
4280. Flannery O'Connor — *Un heureux événement* suivi de *La Personne Déplacée.*
4281. Chantal Pelletier — *Intimités* et autres nouvelles.
4282. Léonard de Vinci — *Prophéties* précédé de *Philosophie et aphorismes.*
4283. Tonino Benacquista — *Malavita.*
4284. Clémence Boulouque — *Sujets libres.*
4285. Christian Chaix — *Nitocris, reine d'Égypte T. 1.*
4286. Christian Chaix — *Nitocris, reine d'Égypte T. 2.*
4287. Didier Daeninckx — *Le dernier guérillero.*
4288. Chahdortt Djavann — *Je viens d'ailleurs.*
4289. Marie Ferranti — *La chasse de nuit.*
4290. Michael Frayn — *Espions.*
4291. Yann Martel — *L'Histoire de Pi.*
4292. Harry Mulisch — *Siegfried. Une idylle noire.*
4293. Ch. de Portzamparc/Philippe Sollers — *Voir Écrire.*
4294. J.-B. Pontalis — *Traversée des ombres.*
4295. Gilbert Sinoué — *Akhenaton, le dieu maudit.*
4296. Romain Gary — *L'affaire homme.*
4297. Sempé/Suskind — *L'histoire de Monsieur Sommer.*
4298. Sempé/Modiano — *Catherine Certitude.*
4299. Pouchkine — *La Fille du capitaine.*
4300. Jacques Drillon — *Face à face.*
4301. Pascale Kramer — *Retour d'Uruguay.*
4302. Yukio Mishima — *Une matinée d'amour pur.*
4303. Michel Schneider — *Maman.*
4304. Hitonari Tsuji — *L'arbre du voyageur.*
4305. George Eliot — *Middlemarch.*
4306. Jeanne Benameur — *Les mains libres.*
4307. Henri Bosco — *Le sanglier.*
4308. Françoise Chandernagor — *Couleur du temps.*
4309. Colette — *Lettres à sa fille.*
4310. Nicolas Fargues — *Rade Terminus*
4311. Christian Garcin — *L'embarquement.*
4312. Iegor Gran — *Ipso facto.*

4313. Alain Jaubert — *Val Paradis.*
4314. Patrick Mcgrath — *Port Mungo.*
4315. Marie Nimier — *La Reine du silence.*
4316. Alexandre Dumas — *La femme au collier de velours.*
4317. Anonyme — *Conte de Ma'rûf le savetier.*
4318. René Depestre — *L'œillet ensorcelé.*
4319. Henry James — *Le menteur.*
4320. Jack London — *La piste des soleils.*
4321. Jean-Bernard Pouy — *La mauvaise graine.*
4322. Saint Augustin — *La Création du monde et le Temps.*
4323. Bruno Schulz — *Le printemps.*
4324. Qian Zhongshu — *Pensée fidèle.*
4325. Marcel Proust — *L'affaire Lemoine.*
4326. René Belletto — *La machine.*
4327. Bernard du Boucheron — *Court Serpent.*
4328. Gil Courtemanche — *Un dimanche à la piscine à Kigali.*
4329. Didier Daeninckx — *Le retour d'Ataï.*
4330. Régis Debray — *Ce que nous voile le voile.*
4331. Chahdortt Djavann — *Que pense Allah de l'Europe?*
4332. Chahdortt Djavann — *Bas les voiles!*
4333. Éric Fottorino — *Korsakov.*
4334. Charles Juliet — *L'année de l'éveil.*
4335. Bernard Lecomte — *Jean-Paul II.*
4336. Philip Roth — *La bête qui meurt.*
4337. Madeleine de Scudéry — *Clélie.*
4338. Nathacha Appanah — *Les rochers de Poudre d'Or.*
4339. Élisabeth Barillé — *Singes.*
4340. Jerome Charyn — *La Lanterne verte.*
4341. Driss Chraïbi — *L'homme qui venait du passé.*
4342. Raphaël Confiant — *Le cahier de romances.*
4343. Franz-Olivier Giesbert — *L'Américain.*
4344. Jean-Marie Laclavetine — *Matins bleus.*
4345. Pierre Michon — *La Grande Beune.*
4346. Irène Némirovsky — *Suite française.*
4347. Audrey Pulvar — *L'enfant-bois.*
4348. Ludovic Roubaudi — *Le 18.*
4349. Jakob Wassermann — *L'Affaire Maurizius.*
4350. J. G. Ballard — *Millenium People.*

4351. Jerome Charyn *Ping-pong.*
4352. Boccace *Le Décameron.*
4353. Pierre Assouline *Gaston Gallimard.*
4354. Sophie Chauveau *La passion Lippi.*
4355. Tracy Chevalier *La Vierge en bleu.*
4356. Philippe Claudel *Meuse l'oubli.*
4357. Philippe Claudel *Quelques-uns des cent regrets.*
4358. Collectif *Il était une fois... Le Petit Prince.*
4359. Jean Daniel *Cet étranger qui me ressemble.*
4360. Simone de Beauvoir *Anne, ou quand prime le spirituel.*
4361. Philippe Forest *Sarinagara.*
4362. Anna Moï *Riz noir.*
4363. Daniel Pennac *Merci.*
4364. Jorge Semprún *Vingt ans et un jour.*
4365. Elizabeth Spencer *La petite fille brune.*
4366. Michel tournier *Le bonheur en Allemagne?*
4367. Stephen Vizinczey *Éloge des femmes mûres.*
4368. Byron *Dom Juan.*
4369. J.-B. Pontalis *Le Dormeur éveillé.*
4370. Erri De Luca *Noyau d'olive.*
4371. Jérôme Garcin *Bartabas, roman.*
4372. Linda Hogan *Le sang noir de la terre.*
4373. LeAnne Howe *Équinoxes rouges.*
4374. Régis Jauffret *Autobiographie.*
4375. Kate Jennings *Un silence brûlant.*
4376. Camille Laurens *Cet absent-là.*
4377. Patrick Modiano *Un pedigree.*
4378. Cees Nooteboom *Le jour des Morts.*
4379. Jean-Chistophe Rufin *La Salamandre.*
4380. W. G. Sebald *Austerlitz.*
4381. Collectif *Humanistes européens de la Renaissance.* (à paraître)
4382. Philip Roth *La contrevie.*
4383. Antonio Tabucchi *Requiem.*
4384. Antonio Tabucchi *Le fil de l'horizon.*
4385. Antonio Tabucchi *Le jeu de l'envers.*
4386. Antonio Tabucchi *Tristano meurt.*
4387. Boileau-Narcejac *Au bois dormant.*
4388. Albert Camus *L'été.*
4389. Philip K. Dick *Ce que disent les morts.*

4390. Alexandre Dumas	*La Dame pâle.*
4391. Herman Melville	*Les Encantadas, ou Îles Enchantées.*
4392. Pidansat de Mairobert	*Confession d'une jeune fille.*
4393. Wang Chong	*De la mort.*
4394. Marguerite Yourcenar	*Le Coup de Grâce.*
4395. Nicolas Gogol	*Une terrible vengeance.*
4396. Jane Austen	*Lady Susan.*
4397. Annie Ernaux/ Marc Marie	*L'usage de la photo.*
4398. Pierre Assouline	*Lutetia.*
4399. Jean-François Deniau	*La lune et le miroir.*
4400. Philippe Djian	*Impuretés.*
4401. Javier Marías	*Le roman d'Oxford.*
4402. Javier Marías	*L'homme sentimental.*
4403. E. M. Remarque	*Un temps pour vivre, un temps pour mourir.*
4404. E. M. Remarque	*L'obélisque noir.*
4405. Zadie Smith	*L'homme à l'autographe.*
4406. Oswald Wynd	*Une odeur de gingembre.*
4407. G. Flaubert	*Voyage en Orient.*
4408. Maupassant	*Le Colporteur* et autres nouvelles.
4409. Jean-Loup Trassard	*La déménagerie.*
4410. Gisèle Fournier	*Perturbations.*
4411. Pierre Magnan	*Un monstre sacré.*
4412. Jérôme Prieur	*Proust fantôme.*
4413. Jean Rolin	*Chrétiens.*
4414. Alain Veinstein	*La partition*
4415. Myriam Anissimov	*Romain Gary, le caméléon.*
4416. Bernard Chapuis	*La vie parlée.*
4417. Marc Dugain	*La malédiction d'Edgar.*
4418. Joël Egloff	*L'étourdissement.*
4419. René Frégni	*L'été.*
4420. Marie NDiaye	*Autoportrait en vert.*
4421. Ludmila Oulitskaïa	*Sincèrement vôtre, Chourik.*
4422. Amos Oz	*Ailleurs peut-être.*
4423. José Miguel Roig	*Le rendez-vous de Berlin.*
4424. Danièle Sallenave	*Un printemps froid.*

Composition Nord Compo
Impression Maury
45330 Malesherbes
le 17 avril 2007.
Dépôt légal : avril 2007.
Numéro d'imprimeur : 128703.
ISBN 978-2-07-034170-2. / Imprimé en France.

145955